Pour un sourire de Jordan

*

Un vétérinaire à Amber Creek

SUE MacKAY

# Pour un sourire de Jordan

BLANCHE

HARLEQUIN

*Collection :* Blanche

*Titre original :*
HEALING THE SINGLE DAD SURGEON



**HARPERCOLLINS FRANCE**
83-85, boulevard Vincent-Auriol, 75646 PARIS CEDEX 13
Service Clients — https://www.harlequin.fr/contenu/contactez-nous
ISBN 978-2-2805-2013-3 — ISSN 0223-5056

Édité par HarperCollins France.
Composition et mise en pages Nord Compo.
Imprimé en octobre 2025 par ScandBook UAB en Lituanie
en utilisant 100% d'électricité renouvelable.
Dépôt légal : novembre 2025.

FSC
www.fsc.org
MIXTE
Papier | Pour une gestion forestière responsable
FSC® C021394

Pour limiter l'empreinte environnementale de ses livres, HarperCollins France s'engage à n'utiliser que du papier fabriqué à partir de bois provenant de forêts gérées durablement et de manière responsable.

# 1

— Eli, tu devrais peut-être laisser ton assistant finir les dernières sutures. Ton fils vient de subir une appendicectomie et il a été emmené dans le service de pédiatrie.

— Quoi ? s'exclama le chirurgien Eli Forrester en regardant fixement son ami Duncan. Pourquoi ne m'a-t-on pas prévenu plus tôt ?

Jordan avait dû se faire opérer et lui n'en avait rien su ? Bien sûr, il n'avait pas son téléphone avec lui quand il était au bloc opératoire, aussi sa sœur Liz n'avait pu ni l'appeler ni lui envoyer de textos.

— Qui l'a opéré ? demanda-t-il.

— Moi. J'étais dans une situation délicate, sachant que tu aurais voulu être avec lui, mais tu étais au beau milieu d'une intervention des plus difficiles. Par ailleurs, je ne pouvais pas attendre, car l'appendice était sur le point d'éclater.

Eli frissonna. Il ne pouvait reprocher à Duncan la décision qu'il avait prise. Lui-même venait d'effectuer une opération qui avait duré trois heures et qui lui avait demandé de rester concentré. Il n'aurait pu s'interrompre sans que cela ait de graves conséquences pour le patient. Savoir que Jordan était en train de subir le feu du bistouri l'aurait terriblement perturbé, il en était conscient, et il respectait le choix qu'avait fait son ami. Mais il était avant tout un papa. Il sentit son estomac se nouer.

— Je suis content que tu te sois chargé de l'opération, reconnut-il.

S'il avait dû choisir le chirurgien à qui confier son fils, il aurait à coup sûr désigné Duncan.

— Jordan a bien supporté l'intervention et il se rétablira vite. Alors, dépêche-toi d'aller le retrouver.

Eli s'empressa d'ôter ses gants d'une main fébrile. Il se tourna vers son assistant en qui il avait pleinement confiance.

— Vous voulez bien terminer... ?

— Absolument ! Allez-y, votre fils a besoin de vous !

Eli avait déjà traversé la moitié de la salle lorsqu'il lança par-dessus son épaule un « merci ! » plein de reconnaissance.

Pourquoi Liz ne l'avait-elle pas appelé dès qu'elle avait soupçonné que quelque chose n'allait pas ? Ne travaillant pas le lundi, elle était en mesure d'accorder toute son attention à Jordan. Quand avait-elle remarqué qu'il avait mal au ventre ? Elle avait l'enfant chez elle depuis 7 heures du matin, aussi il y avait sûrement eu des signes avant-coureurs. Mais Jordan étant atteint de trisomie 21, il n'était pas toujours facile de comprendre ce qu'il ressentait, ni même de déceler qu'il avait un problème.

L'ascenseur qui l'emmenait au service de pédiatrie lui parut d'une lenteur d'escargot. Il se dit qu'il aurait mieux fait de prendre l'escalier.

Si Jordie était fidèle à son comportement habituel, il serait agité et chercherait à quitter son lit, mais avec un peu de chance, il serait encore sous l'effet de l'anesthésie et dormirait à moitié.

Il entra en trombe dans le service.

— Leanne, comment va Jordan ? demanda-t-il à l'infirmière assise au bureau central.

— Il était assez agressif et ne cessait de vous réclamer, mais Anna a réussi à le calmer et maintenant il va bien. Et il lutte contre le sommeil.

Anna. L'infirmière que tout le monde adorait. Jordan ne ferait pas exception. Eli devait avouer que lorsqu'elle ne s'adressait pas à lui d'un ton sec, il éprouvait pour elle une grande attirance. Parfois, il devait lui tourner le dos avant de céder à l'envie de lui dire : « Et si vous veniez déjeuner avec moi ? » Il était crucial qu'il garde la tête froide et ne se laisse troubler par aucune femme s'il voulait protéger son fils – et lui-même.

— Sa garde terminée, Anna est restée tenir compagnie à Jordan, car il nous manque une infirmière en ce moment.

Pas étonnant qu'elle soit tellement appréciée de tout le monde. N'avait-elle donc personne qui l'attendait chez elle ?

— Dans quelle chambre est-il ?

— La n° 3.

— Je serai avec Jordan à partir de maintenant.

Il se dirigea vers la chambre n° 3. Il fallait qu'il voie Jordan, qu'il le serre dans ses bras, qu'il le rassure et le persuade que tout allait bien. Il passerait la nuit avec son fils, car si l'enfant se réveillait et découvrait qu'il n'était pas dans sa chambre, il risquait de paniquer. Maintenant, il comprenait vraiment la peur qui habitait les parents de ses petits patients lorsqu'ils étaient confrontés à ce genre de situation.

Lorsqu'il entra dans la chambre n° 3, il vit l'infirmière Anna assise au bord du lit de Jordan, en train de lui lire une histoire d'une voix douce et mélodieuse. Sa chevelure rousse était, comme à son habitude, nouée en une longue tresse qui lui arrivait jusqu'au milieu du dos. Il eut une sensation étrange. Était-ce du désir ? De l'attirance ? Il avait déjà ressenti cela lorsqu'il se trouvait trop près d'elle alors qu'ils discutaient du cas d'un patient. Jusqu'à présent, il avait toujours réussi à ignorer l'effet qu'elle lui faisait, mais cela lui devenait de plus en plus difficile à mesure que le temps passait.

Jordie semblait subjugué par Anna, buvant chacune de ses paroles. Eli sentit son cœur se serrer. C'en était trop. Sans le savoir, Anna touchait chez lui tellement de points sensibles qu'il avait du mal à feindre l'indifférence. Pourtant, c'était l'attitude qu'il devait adopter s'il voulait être en sécurité.

Il s'approcha du lit en affichant un grand sourire.

— Coucou, Jordie. Comment va mon garçon ?

— Papa ! Anna me lit mon histoire préférée.

L'enfant avait parlé à une telle vitesse qu'Eli n'aurait rien compris s'il n'avait pas été habitué aux difficultés d'élocution de son fils, dues à la trisomie 21.

Se penchant vers lui, il l'étreignit aussi fort que le lui permettait la plaie abdominale laissée par l'opération. Lui posant un baiser léger sur la tête, il commença enfin à se détendre.

— Merci d'être restée, Anna, dit-il. C'est quelque chose qui compte vraiment.

Rien n'obligeait la jeune femme à le faire.

— Jordan est facilement déstabilisé lorsqu'il se trouve confronté à une nouvelle situation et celle-ci a dû être particulièrement effrayante pour lui, poursuivit-il.

— Pas de problème. Il était très agité et vous réclamait, alors j'ai cherché comment je pouvais le calmer. Apparemment, il aime bien les histoires de chiots.

— C'est celles qu'il préfère en ce moment.

Assis au bord du lit, il essayait de ne pas prêter attention au sourire bienveillant qu'Anna adressait à Jordan, mais cela s'avérait difficile. Il fixa toute son attention sur son fils.

— Maintenant, mon garçon, tu devrais essayer de dormir.

— Non. J'ai déjà beaucoup dormi.

C'était vrai, mais personne dans le service ne voulait d'un Jordan à bout de forces refusant de rester en place ne serait-ce qu'une minute. Jusqu'à présent, l'enfant avait la chambre pour lui tout seul, un autre privilège réservé au fils d'un chirurgien.

— Je vais m'allonger près de toi, dit Eli.

Il faudrait qu'il tente de se libérer un peu le lendemain, malgré un emploi du temps bien chargé avec toutes les opérations programmées. Mais il espérait que ses collègues se montreraient coopératifs, comme ils avaient l'habitude de le faire les uns pour les autres.

— Il s'est calmé et je l'ai vu bâiller plusieurs fois, donc il y a des chances qu'il s'endorme, dit Anna en affichant un sourire qui, cette fois, s'adressait à Eli.

Il sentit son estomac se nouer. Pas surprenant que la jeune femme soit aussi populaire si elle souriait ainsi à tout le monde.

La moitié du personnel masculin devait tout faire pour essayer d'attirer son attention. Était-elle célibataire ? Bizarre qu'il ne se soit pas posé la question plus tôt. Elle ne portait pas d'alliance, mais cela ne voulait rien dire. La plupart des employés de l'hôpital ne portaient aucun bijou au travail. De toute façon, elle avait sans doute quelqu'un dans sa vie.

Pourquoi s'interrogeait-il ainsi sur sa vie privée ? Cela ne le concernait pas. Il devait penser à Jordan, et donc avant tout veiller à ne pas devenir trop proche d'une femme qui ne pourrait pas donner au petit garçon toute l'aide dont il avait besoin.

— Bien, dit-il. Encore merci. Je suis sûr que vous avez envie maintenant de rentrer chez vous.

Il avait parlé d'un ton brusque dans l'espoir de dissimuler ce qu'il ressentait vraiment.

Anna lui lança un regard glacial avant de se lever.

— Bonne nuit, Jordan. On se revoit demain, mon petit.

Et elle sortit de la chambre sans se retourner.

— Crétin, murmura Anna en se dirigeant vers le bureau central.

Eli Forrester avait la réputation d'être assez brusque. Pour elle, c'était surtout un grossier personnage. Ils avaient déjà eu quelques accrochages à cause de sa façon de s'adresser aux infirmières. C'était un excellent chirurgien, génial avec les enfants, mais il n'était guère aimable avec le personnel. Il semblait croire que tout le monde devait lui obéir au doigt et à l'œil. Mais elle devait avouer que cela ne l'empêchait pas de lorgner de son côté quand il était dans le service. Non seulement il était magnifique, mais il y avait dans son attitude distante quelque chose qui l'attirait et qui lui donnait envie de mieux le connaître. Il l'avait remerciée d'être restée auprès de Jordan. « C'est quelque chose qui compte vraiment », avait-il dit. On pouvait voir là un premier pas vers une attitude plus cordiale, ce qui n'était encore jamais arrivé.

L'expression qu'elle avait lue sur son visage lorsqu'il tenait Jordan dans ses bras l'avait touchée. Avec son fils, il était doux comme un agneau. Il était clair qu'il l'adorait. Ce qui aurait dû être le cas de tous les parents.

Eli semblait par ailleurs exténué. Il avait les traits tirés et se tenait les épaules courbées, comme écrasé par la fatigue. D'après Leanne, il était en train d'effectuer une intervention particulièrement délicate lorsqu'il avait appris que son fils avait été opéré en urgence de l'appendicite. Cela expliquait son air épuisé.

Comment expliquer qu'il s'occupait seul de son fils ? Il n'avait jamais été question d'une mère qui viendrait veiller sur l'enfant. Eli était-il un papa solo ? Tout ce qu'elle savait de lui, c'était qu'il était un chirurgien spécialisé en pédiatrie. Et qu'il était très sexy… à condition qu'il sorte de sa réserve, ce qui n'arrivait pas souvent.

— Hé, tu ferais mieux de t'en aller pendant qu'il en est encore temps, dit Leanne en levant les yeux de son ordinateur.

— Je m'en vais. M. Forrester a dit qu'il passerait la nuit avec Jordan.

— Pourquoi l'appelles-tu M. Forrester et non Eli, comme tu le fais d'habitude ?

— Parce qu'il m'a énervée.

— Je sais qu'il est coutumier du fait, mais là, il est très contrarié de n'avoir pas su plus tôt que Jordan subissait une opération.

Anna laissa échapper un long soupir.

— Oui, je comprends ça.

Elle aurait réagi comme lui si elle s'était trouvée dans la même situation. Si elle était la mère d'un petit garçon.

Stop. La souffrance d'avoir dû faire adopter son fils était toujours là, tapie dans un coin, prête à se réveiller à tout moment pour la tourmenter.

— Eli prend-il du thé ou du café ? demanda-t-elle.

Elle allait se montrer gentille avec lui. Cela ne ferait de mal à personne et, qui sait ? Peut-être cela le pousserait-il à être plus aimable, lui aussi.

Leanne ouvrit de grands yeux.

— Tu vas lui en apporter un ?

— Autant bien se comporter avec lui.

Et elle serait récompensée par la vue de cette longue silhouette étendue sur le lit. Après, elle rentrerait chez elle et l'oublierait. Voilà tout !

— Je crois qu'il aime les cafés crème. Pendant que tu y es, pourrais-je avoir un thé noir, s'il te plaît ?

— Bien sûr.

Peut-être pourrait-elle aussi faire réchauffer la tartelette salée qu'elle avait apportée pour son déjeuner et qu'elle n'avait pas eu le temps de manger. Elle se moqua d'elle-même en se voyant si attentionnée à l'égard de ce « crétin », mais elle avait l'habitude d'être gentille avec tout le monde. Pourquoi ferait-elle une exception aujourd'hui pour le Dr Eli ?

Dix minutes plus tard, après avoir donné son thé à Leanne, elle entra dans la chambre n° 3 avec un plateau dans les mains. Eli était en train de lire une histoire à Jordan qui semblait sur le point de s'endormir.

— Je vous croyais partie depuis longtemps, dit-il à mi-voix, sans doute dans l'espoir de ne pas réveiller Jordan. Qu'apportez-vous là ?

— Du café, avec une tartelette et de la salade. Je me suis dit que vous n'aviez probablement rien mangé depuis un bon bout de temps, chuchota-t-elle en posant le plateau sur la table.

— Qu'y a-t-il dans cette tarte ?

Il regardait fixement l'assiette, l'air surpris, comme s'il n'avait pas l'habitude qu'on ait pour lui un geste aussi simple que de lui apporter à manger.

— Avez-vous des allergies alimentaires ?

Sa tarte contenait du bacon, de l'œuf, des champignons, des tomates, du fromage et du persil.

— Non.

— Alors, mangez ça et régalez-vous. J'avais pris cette tartelette pour mon déjeuner, mais je n'ai pas eu le temps de l'avaler.

— Anna...

Il semblait hésiter, ce qui ne lui ressemblait pas du tout. Elle lui sourit.

— Oui ?

— Merci beaucoup. J'apprécie vraiment. En effet, je n'ai rien mangé depuis des heures et, sans vous, je n'aurais rien eu avant demain matin.

Il n'y avait plus aucune trace de froideur chez lui, à présent, mais quelque chose qui ressemblait à une bienveillance inhabituelle. Elle se sentit fondre.

— Ce n'est pas grand-chose, mais cela comblera un peu votre creux à l'estomac.

Eli tourna son regard vers Jordan, puis revint à Anna.

— Au fait, Jordie pense que vous êtes la meilleure.

Cela ne pouvait que la toucher, bien sûr. Elle adorait les enfants. Si seulement elle… *Arrête tout de suite.* Rien ne pouvait modifier le passé ni lui ramener son fils.

— Il est adorable.

— Je le pense aussi, mais je ne suis pas objectif, dit Eli avec le sourire le plus doux qu'elle lui ait jamais vu.

Ah, s'il affichait ce sourire plus souvent, tout l'hôpital lui obéirait au doigt et à l'œil. Il obtiendrait d'elle sûrement tout ce qu'il voudrait, bien qu'elle ait horreur de se faire manipuler par qui que ce soit. Quand elle travaillait à côté de lui, il lui arrivait souvent d'être troublée et de ressentir un picotement sous la peau. Il était tellement séduisant, avec son teint bronzé, ses cheveux noirs un peu trop longs et ses longues jambes. Mais il suffisait qu'il ouvre la bouche et dise quelque chose sur ce ton tranchant qui lui était habituel, aussitôt le picotement disparaissait, faisant place au regret amer d'avoir été trop sensible au charme d'un homme si désagréable.

— N'est-ce pas le cas de tous les parents ? observa-t-elle.

C'était stupide. Les siens s'étaient comportés tout autrement. Ils l'avaient obligée à se plier à leur décision lorsqu'elle était tombée enceinte à l'âge de quinze ans. Ils avaient toujours pensé à eux en premier. Malheureusement, elle avait dû accepter leur choix parce qu'il n'y avait pas d'autre solution si elle voulait que son enfant ait une vie décente. Une vie qu'elle n'était pas en mesure de lui offrir.

Une ombre passa sur le visage d'Eli.

— La plupart, oui, je suppose.

Ouah ! Quelque chose ou quelqu'un l'avait blessé. Avait-elle touché chez lui un point sensible ? Elle ne posa aucune question. Cela ne ferait que déclencher un autre commentaire tout aussi sec.

— Je m'en vais, dit-elle. Je vous verrai tous les deux demain.

Elle devait prendre son service à 7 heures. Mais elle ne lui apporterait pas son petit déjeuner. Elle s'était déjà montrée très gentille avec lui. Il pourrait parfaitement se débrouiller tout seul demain, quand il serait en meilleure forme, pas vrai ?

— Bonne nuit, Anna.

Il avait prononcé son nom d'une voix suave, chose à laquelle elle pourrait trop facilement s'habituer.

Agitant la main dans un petit geste d'adieu, elle quitta la chambre sans dire un mot. Cet homme la troublait déjà suffisamment. Bien plus qu'elle ne l'aurait voulu. Quand il était avec son fils, il se montrait bien différent de celui qu'il était au travail. C'était un père aimant et vulnérable. Cette vulnérabilité surprenait chez lui. Qui sait ce qui se cachait encore derrière ce visage énigmatique ?

Elle se croyait immunisée contre les hommes trop séduisants. Immunisée, ou bien désabusée au point d'avoir renoncé à essayer d'en trouver un qu'elle aimerait et avec qui elle pourrait fonder la famille dont elle avait toujours rêvé. Cela ne s'était encore jamais produit et elle venait d'avoir trente-quatre ans. Maintenant, chaque fois qu'elle se rapprochait d'un homme qui lui plaisait, elle redoutait le moment où elle devrait lui parler de ce qu'elle avait fait de son fils. À deux reprises, elle s'était confiée à celui qu'elle considérait comme son futur compagnon possible et, chaque fois, elle avait été traitée de sale égoïste, et pire encore. Dès lors, il lui était devenu très difficile de parler de son passé, redoutant de n'être pas assez bien pour qu'un homme ait envie de fonder un foyer avec elle.

Elle avait été contrainte d'abandonner son fils vingt-quatre heures après la naissance du bébé. On ne lui avait pas laissé le choix. Elle n'acceptait pas pour autant la décision qu'elle avait dû prendre.

Mais si c'était à refaire, elle agirait exactement de la même façon. Pour le bien de son enfant, pas pour elle.

C'était la meilleure chose à faire. Du moins se le répétait-elle tous les jours. Elle avait à peine seize ans quand son fils était né et ses parents avaient menacé de la renier si elle le gardait. Comment aurait-elle pu élever son enfant toute seule ? Son cœur s'était brisé quand l'infirmière lui avait pris son bébé, et les morceaux ne s'étaient jamais recollés.

C'était ce qui l'avait poussée à devenir infirmière en pédiatrie. Elle pouvait s'occuper d'enfants, les faire sourire et les rendre à leurs familles en sachant qu'elle avait toujours bien pris soin d'eux. Jamais elle ne pourrait se racheter auprès de son fils, mais elle s'efforçait de faire de son mieux en veillant sur d'autres enfants.

Eli avait le cœur lourd en regardant Anna s'en aller. Il éprouvait pour elle une profonde attirance, il ne pouvait le nier. Il lui arrivait souvent de la regarder à la dérobée ou de se sentir troublé par sa présence, mais il ne pouvait se permettre de montrer ses sentiments alors qu'il avait tant de responsabilités à assumer et le devoir de protéger son fils.

La mère de Jordan avait choisi de les quitter tous les deux. Comment pourrait-il faire confiance à une autre femme ? Il avait toujours su garder un visage impassible qui ne révélait rien de ce qu'il éprouvait intérieurement. Mais pas ce soir. C'était sans doute dû à la fatigue après une journée difficile et un manque de sommeil la nuit précédente, car Jordan avait été particulièrement agité. Mais il avait surtout été terriblement secoué en apprenant que son fils était en salle d'opération.

Il appréciait vraiment la façon dont Anna avait su apaiser Jordan. Elle avait aussi pris le temps de lui apporter de quoi se restaurer, car elle avait compris qu'il ne voudrait pas quitter son fils. Cela l'avait beaucoup touché. Mais les choses ne devaient pas aller plus loin. Il n'était pas à la recherche d'une femme avec qui passer le reste de sa vie.

*Ce n'est pas vrai, Eli.*

Tomber amoureux d'une femme merveilleuse avec qui il pourrait tout partager lui semblait impossible. Melissa avait été incapable de le faire. Elle s'était retrouvée enceinte sans l'avoir voulu. Ils étaient alors tous deux étudiants et Melissa avait eu du mal à faire face à sa grossesse. Elle avait trouvé encore plus difficile d'accepter que l'enfant soit atteint de trisomie 21. Juste avant le deuxième anniversaire de Jordan, elle avait demandé le divorce, déclarant qu'elle devait partir à l'étranger pour achever ses études de stylisme et qu'elle ne voulait pas contraindre Eli et Jordan à la suivre. En d'autres termes, elle mettait fin à son mariage et renonçait à son fils. L'un des avantages de cette décision était qu'il avait obtenu la garde exclusive de Jordan. L'autre, c'était qu'il avait appris à se montrer extrêmement prudent en ce qui concernait les femmes. Il s'interdisait de tomber amoureux tant que son fils habiterait chez lui, ce qui allait durer encore de très nombreuses années.

Il se pencha vers Jordie. Il aimait tellement ce petit bonhomme que c'en était douloureux. Il n'arrivait pas à comprendre comment Melissa avait pu abandonner leur fils. Comment une mère pouvait-elle agir ainsi ? Ou un père. Il ne savait que trop bien quelle était la souffrance d'avoir été abandonné par la seule personne qui ne devrait jamais rompre les liens avec son enfant. Sa mère l'avait confié aux services sociaux alors qu'il n'avait que six mois parce qu'elle trouvait trop difficile de s'occuper de lui et qu'elle avait mieux à faire. Il avait eu beaucoup de chance d'être adopté par Jackie et Kerry. Ils l'aimaient autant que leurs deux filles qui, elles aussi, l'avaient tout de suite adopté. Il avait grandi en sachant qu'il était très aimé et qu'il le serait toujours. Mais il était perturbé par le fait que sa mère biologique le rejetait encore aujourd'hui.

Pourtant, il ne lui demandait rien d'autre que de l'accepter comme faisant un peu partie de sa vie.

— Cette tartelette est en train de refroidir, dit Leanne qui se tenait au pied du lit. Vous ne voudriez pas qu'Anna s'aperçoive que vous ne l'avez pas mangée.

Il leva les yeux vers elle.

— J'étais perdu dans mes pensées.

— J'ai vu. Pourquoi ne pas vous asseoir pendant que je vérifie la température et les constantes vitales de Jordan ?

Il suivit son conseil. S'asseyant sur la chaise, il commença à déguster la tartelette en poussant un soupir de satisfaction.

— Cette tarte est une vraie tuerie. C'est Anna qui l'a faite ?

— Probablement. Elle adore cuisiner. Chut, Jordan. Tiens-toi tranquille ou bien je te ferai des chatouilles.

Jordan avait les yeux grands ouverts et regardait autour de lui comme s'il avait oublié où il était. Repoussant son plateau, Eli se leva pour tenir la main de son fils pendant que Leanne terminait de vérifier ses constantes.

— Parfait, dit-elle. Je lui donnerai des antibiotiques dans une heure.

— Merci, Leanne. Merci pour tout.

Elle écarquilla les yeux, comme surprise de le voir si amical avec elle. Sa réaction n'était pas étonnante, il devait l'admettre. Il ne se liait guère avec ses collègues, à l'exception de quelques chirurgiens dont il avait fait la connaissance après s'être spécialisé. Il venait à l'hôpital pour s'occuper des patients et ensuite il rentrait chez lui pour veiller sur Jordan. Il ne lui restait pas beaucoup d'énergie pour autre chose.

— Je ne fais que mon travail, dit-elle. Si vous comptez rester ici cette nuit, nous ferions mieux de vous installer un lit.

— Je me contenterai du fauteuil qui est dans le couloir. J'irai le chercher plus tard.

— Il devrait y avoir dans cette chambre un lit qu'on n'a pas rapporté. Je vais le faire monter. Croisez les doigts pour qu'on n'ait pas de nouveaux patients qui arrivent cette nuit !

— Puis-je d'abord finir ma tartelette ? J'aurai du mal à la manger si je croise les doigts et je ne veux pas perdre une miette de cette chose délicieuse.

Leanne eut de nouveau l'air étonnée, puis elle se mit à rire.

— Terminez votre dîner, je ne veux pas qu'Anna me fasse des reproches.

Il avait du mal à imaginer Anna se mettre en colère contre quelqu'un – excepté lui. Il avait vu comment elle réagissait quand elle s'offusquait du ton qu'il prenait pour donner ses instructions.

S'allongeant près de Jordie, il se détendit et songea à Anna Passau. C'était si agréable. Elle était magnifique. Il ne pouvait pas se permettre de laisser parler son cœur, mais elle lui rendait la tâche difficile.

Il souffrait d'avoir été abandonné par sa mère biologique, et le départ de Melissa n'avait rien arrangé. Il était convaincu d'être en partie responsable de l'échec de leur mariage. S'il avait été un bon mari, elle ne l'aurait pas quitté, non ?

Malgré tout l'amour que lui avait donné sa famille adoptive, il n'arrivait pas à oublier le mal que lui avaient fait ces deux femmes. Elles avaient sapé sa confiance en lui.

Anna, avec sa chevelure d'un roux flamboyant et son sourire irrésistible, incarnait à ses yeux une tout autre image de la femme. Était-elle vraiment celle qu'il rêvait de rencontrer ? Rien que le fait d'y penser suffisait à lui faire perdre la tête. Il devait se ressaisir et reprendre ses distances dès demain. Mais était-ce vraiment la meilleure attitude à avoir ? Anna s'était montrée gentille et amicale. Même Leanne avait ri avec lui. Mieux s'entendre avec le personnel pourrait rendre les journées de travail plus agréables.

Il avait appris à tenir ses collègues à distance après que deux infirmières l'avaient harcelé pour sortir avec lui, et encore plus lorsqu'elles avaient su que Melissa le quittait. Aucune d'elles n'avait compris pourquoi il refusait leurs avances. Il avait alors changé d'attitude et décidé de se montrer froid avec tout le personnel, en particulier avec les femmes.

Repoussant le plateau, il se tourna vers Jordan. Son cœur se dilata en voyant l'enfant sourire dans son sommeil. C'était un petit bonhomme solide qui prenait bien les taquineries de certains de ses camarades. Il avait quelques bons copains dans l'école qu'il fréquentait, et il était ravi d'y aller, d'y trouver des jeux, des livres, et plein d'enfants avec qui s'amuser. Il avait une enseignante exceptionnelle qui lui apprenait comment se servir d'un stylo et d'une feuille de papier. Aidé de toute sa famille, Eli se donnait beaucoup de mal pour offrir à son fils le même environnement débordant d'amour dans lequel lui-même avait grandi.

Il entendit le bruit d'un lit qu'on roulait dans le couloir. Sans doute avait-il besoin de se reposer, maintenant. Toutes ces réflexions ne faisaient que soulever un tas de questions pour lesquelles il n'avait pas de réponse. Il se leva pour aller prêter main-forte à l'aide-soignant, bien que celui-ci ait l'habitude d'effectuer ce genre de tâche.

Il avait l'impression que tout le monde se mobilisait pour lui venir en aide. Surtout Anna. Il ne put s'empêcher de sourire. Anna était en train de devenir pour lui un sujet de préoccupation presque douloureux, tant elle finissait par l'obséder.

Mais c'était une douleur délicieuse, qu'il était heureux de subir, du moins pour le moment.

# 2

— Bonjour tout le monde ! lança Anna en faisant son entrée le lendemain matin dans le service de pédiatrie.

Il n'était pas encore 7 heures et elle se sentait d'excellente humeur. Elle adorait son travail et elle avait passé une très bonne nuit, même si son cerveau avait été hanté à plusieurs reprises par l'image du Dr Forrester. Ou plutôt : M. Forrester. Il n'aurait pas apprécié qu'elle l'appelle « docteur ». Or, elle n'avait aucune envie de le contrarier. Moins il serait grincheux, mieux ce serait.

— Comment s'est passée la nuit ? demanda-t-elle aux infirmières prêtes à s'en aller une fois la relève assurée.

— Pas trop mal, en comparaison de l'après-midi que vous avez eu hier, répondit Debbie. Il n'y a pas eu de nouveaux patients et, à part la fille victime d'un accident de voiture qui a été hospitalisée hier matin, les autres ont été relativement tranquilles. Jordan Forrester s'est réveillé plusieurs fois très énervé, mais son père a su le calmer rapidement.

— L'efficacité de la présence paternelle. Il n'y a rien de mieux.

Sauf peut-être la présence maternelle. *Arrête, Anna. La jalousie ne t'amènera nulle part.*

— Eli est-il encore là ou bien est-il allé prendre son petit déjeuner ? demanda-t-elle.

Ce fut l'intéressé lui-même qui répondit. Il venait d'apparaître devant elle, l'air bien plus détendu que la veille. Il n'avait plus de cernes sous les yeux ni les épaules affaissées.

— Je me suis douché et habillé avant de reprendre le travail, dit-il. Grâce à mes collègues qui prennent en charge une partie de mes patients, j'aurai une journée relativement légère, ce qui me permettra de passer du temps avec Jordan. Je vais aller prendre un petit déjeuner au café situé au coin de la rue.

— De toute évidence, répondit Anna, vous avez bien dormi malgré le manque de confort. Comment va Jordan ce matin ?

— Il est prêt à se lever et à tout casser, dit-il en riant.

C'était un vrai rire spontané. Jamais elle ne l'avait entendu se lâcher ainsi.

— Je vais aller le voir tout de suite.

— Il vous réclame et il demande pourquoi il ne va pas à l'école aujourd'hui. Savez-vous comment on répond à cette question ? Vous devez souvent l'entendre ici.

— Je trouverai bien quelque chose à lui dire. Enfin, si c'est moi qui m'occupe de lui.

Elle se tourna vers Leanne qui venait d'arriver. Elle semblait perturbée.

— Tu vas bien, Leanne ?

— Oui. Luca n'avait pas envie d'aller au jardin d'enfants et refusait de sortir de la voiture. J'ai fini par gagner. La corruption fait parfois des merveilles, mais maintenant je dois me souvenir d'acheter d'ici ce soir un livre sur les policiers.

— Parfois, dit Eli, on n'a pas le choix de faire autrement.

Seigneur ! Ce type était en train de se métamorphoser. Peut-être parce qu'il avait passé la nuit avec son petit garçon et qu'il s'était rendu compte par lui-même combien ici tout le monde travaillait dur et se dévouait sans limite pour assurer le bien-être des enfants ? Mais il le savait déjà. Il était plus probable qu'il possédait un côté doux et gentil qui ressortait sous l'influence de son fils. Cela était réconfortant et amenait Anna à porter sur lui un autre regard.

— Comment faites-vous pour corrompre Jordan ? demanda-t-elle.

— En lui offrant des poissons en chocolat, répondit-il avec un grand sourire. Ça marche, quand je suis à bout de patience et que je dois préparer le dîner ou lui faire prendre son bain.

— Je n'en doute pas. Je céderais à la tentation, moi aussi, pour un poisson en chocolat. Non, plutôt pour un sachet.

Il se mit à rire, comme s'ils étaient seuls tous les deux, ce qui n'était pas le cas. Regardant autour d'elle, Anna constata que tout le monde les dévisageait d'un air surpris. Alors, elle se mit à rire, elle aussi. Eli semblait s'être détendu avec elle, ce qui était nouveau.

— Bon, mettons-nous au travail, rappela Leanne.

Elle avait pris un ton sérieux, mais une lueur malicieuse brillait dans ses yeux comme si elle pensait qu'il y avait entre Anna et Eli plus que ne le laissaient penser les apparences.

— Faites-nous le rapport sur la nuit dernière et rentrez chez vous, ajouta-t-elle en s'adressant aux infirmières qui attendaient la relève. Eli, vous n'avez pas besoin de rester. J'imagine que vous savez ce qu'il en est pour Jordan ?

— En effet. Il va être agité, maintenant qu'il se sent un peu mieux. C'est juste pour vous prévenir, ajouta-t-il, le regard inquiet.

— Nous savons gérer ce genre de situation, dit Anna. Nous nous débrouillerons avec lui. Son abdomen peut être douloureux encore un moment, mais tout ira bien, promis.

— J'en suis sûr.

Il n'avait pas l'air vraiment convaincu.

Elle veillerait sur le petit garçon tout en s'occupant des autres enfants. S'approchant de Leanne, elle écouta la liste des jeunes patients attribués aux différentes infirmières et se réjouit de voir qu'elle serait chargée de Jordan. Il y avait chez ce petit quelque chose qui donnait envie de passer du temps avec lui. Tout comme son père.

Attention ! Elle ne devait pas aller sur ce terrain-là. Sortir avec un chirurgien avec qui elle travaillait ne pourrait que lui causer des problèmes. Elle était sortie une fois avec un pédiatre qui avait rompu quand il avait appris qu'elle avait fait adopter son fils. Après quoi, il avait veillé à ce que tout le monde sache qu'elle n'était pas assez bien pour lui.

De toute façon, tout rentrerait dans l'ordre quand Jordan sortirait de l'hôpital et qu'Eli ne s'inquiéterait plus pour lui.

— Anna, Louisa Crane va bientôt sortir des urgences. J'aimerais que tu t'occupes aussi d'elle. Nous la mettrons dans la chambre de Jordan, car nous n'avons plus de lit disponible.

— Pas de problème. Comment va-t-elle ?

Louisa était atteinte de mucoviscidose et elle venait régulièrement à l'hôpital.

— L'infection pulmonaire met son cœur à rude épreuve.

Il vaudrait mieux alors que Jordan ne se montre pas trop agité, sinon il faudrait envisager que l'un des deux enfants change de chambre.

— Je vais aller voir Jordan, dit-elle.

La journée commençait.

— Anna, je vais mieux ! s'écria Jordan quand elle entra dans la chambre.

— Jordie, ne crie pas si fort, intervint Eli d'un ton sévère. Tu es dans un hôpital et il y a d'autres enfants qui sont malades.

En le voyant, Anna sentit une vague de chaleur l'envahir. Elle était à la fois heureuse et méfiante. Que lui arrivait-il ?

— Je... je pensais que vous étiez parti prendre votre petit déjeuner.

— J'étais sur le point d'y aller, mais Jordan a parlé à sa grand-mère sur mon téléphone.

— Elle va venir me voir demain, dit Jordan en faisant des bonds sur son lit. Oh ! j'ai mal !

Il venait de toucher la plaie chirurgicale qu'il avait à l'abdomen.

— Arrête de t'agiter comme ça, dit Anna en soulevant sa veste de pyjama. Sinon, tu vas te faire encore plus mal.

— Je n'aime pas avoir mal.

— Je te crois volontiers. Je vais te faire un nouveau pansement et, après, tu auras ton petit déjeuner.

— Il y aura quoi ?

— Tu verras bien. C'est une surprise.

— Attention, dit Eli. Il est assez difficile.

— Comme son papa ?

Elle se rappelait combien il s'était inquiété, la veille, de savoir ce qu'il y avait dans la tartelette.

— Au fait, je me suis régalé. Merci de m'en avoir fait profiter. Mais vous, qu'avez-vous mangé ?

— L'autre tartelette que j'avais préparée en même temps.

— Vous aimez cuisiner ?

— J'adore ! Il y a tellement de recettes à suivre – ou pas.

Elle apportait souvent à l'hôpital des gâteaux et des biscuits qu'elle voulait faire goûter à ses collègues, et tous appréciaient ses initiatives. Par chance, ses hanches ne semblaient pas souffrir de sa passion pour la cuisine.

— Je ferais mieux de me dépêcher d'aller prendre mon petit déjeuner si je veux avoir le temps de revoir Jordan avant de me préparer pour l'opération.

Pourquoi cette phrase était-elle si sexy dans la bouche d'Eli ? Anna sentit son pouls s'accélérer en l'imaginant se laver soigneusement les mains au lavabo avant d'entrer au bloc opératoire, alors que cette routine obligatoire n'avait rien d'excitant en soi… Cet homme avait le don de la mettre dans des états incroyables.

Elle reporta toute son attention sur son petit patient, attendant de retrouver son calme.

— Laisse-moi examiner ton ventre, Jordan.

— Non, j'ai mal.

— C'est pourquoi je veux le voir.

Avec des gestes délicats, elle réussit à soulever la veste de pyjama et à baisser suffisamment le pantalon pour voir la plaie.

— Je vais ôter le pansement, annonça-t-elle.

— Pourquoi ?

— Tu dois en avoir un propre.

— Pourquoi ?

— Pour guérir plus rapidement.

— Comment ?

Ce gamin cessait-il parfois de poser des questions ?

— Il y a une coupure dans ton ventre. Elle doit cicatriser et nous l'y aidons en gardant le pansement toujours propre.

Regardant autour d'elle, elle constata qu'Eli était parti. Pour échapper aux questions de son fils ? Revenant à Jordan, elle lui sourit.

— Tu auras une petite cicatrice que tu pourras montrer à tes amis. Ils seront jaloux.

— Oui, dit-il en agitant son poing en l'air. Ça me plaît.

Avec un peu de chance, pensa-t-elle, elle parviendrait aussi facilement à lui faire prendre son petit déjeuner.

De retour de la cafétéria, Eli trouva Jordan assis dans son lit en train de regarder un album, le sourire aux lèvres.

— Eh, bonhomme, tu as l'air content !

— Anna m'a donné ce livre qui était dans un placard. Elle m'a dit que c'était le meilleur sur les éléphants.

De nouveau, Anna était sur le devant de la scène.

— Et que t'a-t-elle demandé de faire ?

— Avant, je devais manger des céréales et des pêches.

*Bien joué, Anna.*

Elle savait s'y prendre pour obtenir ce qu'elle voulait des enfants. En avait-elle elle-même ?

— Et tu as obéi.

Sinon, Jordan n'aurait pas eu son livre.

— Je dois faire attention à mon ventre. Papa, tu savais que j'avais une cicatrice ? Anna m'a dit de la montrer à tout le monde à l'école.

Voilà comment on pouvait rendre un enfant heureux. Anna avait le don de présenter les choses sous leur meilleur jour à son fils. Il devrait rester vigilant. Il ne fallait pas que Jordan s'imagine qu'elle faisait partie de leur vie, comme le petit garçon avait tendance à le croire quand il s'agissait de personnes qu'il aimait beaucoup. Cela posait parfois des problèmes quand il réalisait qu'elles n'allaient pas rester dans les parages. Si tout se passait comme prévu, il ramènerait Jordan à la maison dès ce soir et Anna n'interviendrait plus dans la vie de l'enfant. Mais *lui* continuerait à la voir à l'hôpital, en train de s'occuper des patients, emplissant l'air de son parfum vanillé qui lui rappelait l'odeur des biscuits que sa mère lui faisait quand il était petit.

— Tu peux me lire une histoire ? demanda Jordan, plein d'espoir.

— Désolé, Jordie, il faut que j'aille travailler. Je reviendrai te voir plus tard.

Il devait procéder à une thyroïdectomie, mais Duncan se chargerait d'opérer son patient suivant, ce qui lui permettrait de faire une pause et de passer un moment avec son fils avant sa prochaine opération, programmée à 11 heures.

— Ce n'est pas juste, se plaignit Jordan, visiblement déçu.

— Tu sais que je dois aider les gens à aller mieux.

— Comme le fait Anna ?

— Oui.

Il était temps qu'il fasse sortir Jordie de l'hôpital. Anna lui avait tourné la tête. Il espérait seulement qu'il ne lui arriverait pas la même chose... Il n'avait cessé de penser à elle toute la nuit. Sans doute parce que, la veille, il l'avait côtoyée toute la journée, se dit-il pour se rassurer. Et non parce qu'il était trop sensible à ce qui se dégageait d'elle et qui lui mettait le corps en feu dès qu'elle le regardait.

— À tout à l'heure, bonhomme, dit-il en posant un baiser sur la tête de son fils.

Alors qu'il se dirigeait vers l'ascenseur, il entendit le rire d'Anna. Cela suffit à le faire sourire, alors que ce rire ne lui était même pas adressé.

Les portes de l'ascenseur s'ouvrirent. Il entra dans la cabine et appuya sur le bouton pour se rendre au bloc opératoire.

— Attendez !

Anna s'engouffra dans la cabine et appuya sur le bouton du deuxième étage avant de se retourner précipitamment, ce qui la fit entrer en collision avec Eli. Il la retint pour lui éviter de tomber.

— Attention !

— Oh ! Eli, désolée !

— Où courez-vous donc si vite ?

— À la pharmacie.

Elle le regardait, les yeux écarquillés. Il la tenait toujours par le bras et elle ne faisait pas un geste pour se libérer. Il eut l'impression de se noyer dans ses grands yeux verts.

— Anna...

Il la lâcha et recula, s'adossant à la paroi de la cabine. Anna était aussi belle intérieurement que physiquement. Et elle éveillait chez lui un désir brûlant. Mais tout cela était beaucoup trop rapide. L'opération de Jordan ne datait que de la veille et il n'avait pas eu le temps de réfléchir à ce qui lui arrivait. Son attirance pour Anna était si forte qu'il devait faire appel à toute sa volonté pour résister à l'envie de la prendre dans ses bras et de l'embrasser.

*Ping !* Les portes de l'ascenseur s'ouvrirent.

Il se ressaisit aussitôt. À quoi pensait-il ? Ils étaient au travail. Et ils ne sortaient pas ensemble. Certes, Anna était incroyablement séduisante, mais...

*Reprends-toi, va voir tes patients, et oublie cette excitation qui t'a envahi.*

Facile à dire. Jouer les indifférents était encore plus difficile maintenant qu'il savait qu'elle était bien plus gentille et généreuse qu'il ne l'avait cru. Il devait se rappeler qu'il avait un fils à protéger, et aussi un cœur à ménager.

Anna sortit de la cabine sans jeter un regard derrière elle.

— À plus tard, murmura-t-il tandis qu'elle s'éloignait dans le couloir et que d'autres personnes entraient dans l'ascenseur.

Jamais aucune femme ne l'avait troublé aussi profondément qu'Anna. Il avait hâte de se plonger dans le travail sans qu'aucune distraction ne vienne lui faire perdre sa concentration. Le bloc opératoire était son refuge lorsqu'il n'arrivait pas à faire face aux problèmes.

*Anna n'est pas un problème.*

— Bonjour, coach, on n'attendait plus que vous, dit Phil, l'anesthésiste, en le voyant entrer dans la salle d'opération vêtu de sa tenue de chirurgien.

— Cela n'a pas été facile de quitter Jordan.

— Tout va bien. On vient juste de nous amener Millie. Comment va votre petit garçon ?

— Il s'agite trop, mais Anna semble avoir un effet apaisant sur lui.

— Cela ne m'étonne pas ! dit Phil en riant.

Apparemment, Anna avait la réputation d'être une merveilleuse infirmière. Mais il était temps de l'oublier et de se focaliser sur l'opération.

— Je vais parler à Millie.

L'adolescente qui allait subir une thyroïdectomie était allongée sur la table d'opération, somnolant déjà sous l'effet des sédatifs qu'on lui avait administrés.

— Bonjour, Millie.

Elle ouvrit les yeux.

— Bonjour, docteur.

— On dirait que tu es prête. As-tu des questions à me poser ?

Cette demande était toujours délicate, mais il aimait que ses patients se sentent en confiance avant de passer sous le bistouri.

— Non, aucune. Finissons-en, d'accord ?

— Phil, il faudrait donner à Millie quelque chose de plus fort. On se parlera plus tard, Millie.

Il attendit que l'anesthésiste l'informe que l'adolescente était bien endormie, puis il saisit son scalpel.

— Tout le monde est prêt ?

L'ensemble de l'équipe hocha la tête.

— Bien, allons-y.

De retour de la pharmacie, Anna regagna son service en prenant l'escalier, car elle ne voulait pas risquer de croiser de nouveau Eli dans l'ascenseur. C'était la dernière personne qu'elle avait envie de voir. En sa présence, elle éprouvait une excitation que, jusqu'à présent, elle avait toujours réussi à contenir, mais, tout à l'heure, dans la cabine, elle avait ressenti le désir fou de se rapprocher de lui, de le toucher, de voir ce corps superbe se presser contre le sien. Elle avait perdu la tête.

Et maintenant, qu'allait-il se passer ? Elle ne pourrait pas toujours l'éviter. La seule solution était de l'ignorer, de jouer les indifférentes. Les sensations qu'il provoquait chez elle ne signifiaient rien du tout. Elle devait se focaliser sur le fait qu'ils étaient un médecin et une infirmière qui travaillaient dans le même hôpital. Un médecin et une infirmière ! Cela ressemblait à un roman d'amour à l'eau de rose.

Sauf qu'elle ne pouvait pas se permettre de tomber amoureuse d'un homme qui avait un fils. Elle gardait un souvenir terrible des deux histoires qu'elle avait vécues et qui avaient l'une et l'autre mal tourné quand son partenaire du moment avait appris qu'elle avait abandonné son bébé. Aucun de ces deux hommes n'avait admis qu'elle n'avait pas vraiment eu le choix. Il se passerait sûrement la même chose si elle se rapprochait d'Eli et lui racontait tout.

Bien sûr, ils n'en étaient pas là. En fait, ils n'avaient noué aucune sorte de relation personnelle. Or, il n'était pas dans ses habitudes de se projeter ainsi, et le fait qu'elle le fasse montrait qu'elle était déjà tombée sous le charme. Il y avait bien longtemps qu'elle n'avait pas eu de telles pensées pour un homme.

— T'aurait-on volé ton déjeuner sous ton nez ? demanda Leanne en riant.

Le problème, avec les vrais amis, c'était qu'ils vous connaissaient trop bien et vous perçaient à jour trop facilement.

— J'ai dû prendre l'escalier, car les ascenseurs n'étaient pas libres, dit-elle pour expliquer son air contrarié.

— Trouve autre chose ! Tu empruntes l'escalier au moins une fois par jour, si ce n'est plus.

Anna ne dit rien. Elle prit un dossier et feignit de le consulter.

— Cela n'aurait pas plutôt quelque chose à voir avec Dr Délicieux, par hasard ? insista Leanne.

— Mais non, pourquoi ?

Son amie éclata de rire.

— Je le savais ! Tu vas devoir faire de gros efforts pour garder l'air impassible si cette histoire est appelée à perdurer.

Anna se laissa tomber sur une chaise et poussa un long soupir.

— Ce n'est pas le cas.

Décidément, elle ne parvenait plus à garder la tête froide. Et tout ça à cause d'un type sexy doté de beaux yeux gris au regard perçant.

— Il garde trop ses distances, ajouta-t-elle.

Elle songea à la façon dont il l'avait dévorée des yeux dans l'ascenseur et cela lui donna des frissons. Des frissons brûlants, pleins de désir.

— Eli est trop réservé, dit Leanne. Nous avons tous remarqué qu'il ne parlait jamais de lui. Je pense que c'est parce que nous avons eu à nous occuper de Jordan dans le service qu'il s'est un peu laissé aller. Il a été touché en voyant avec quel soin tu veillais sur son fils et cela a dû l'aider à se détendre. Il a apprécié et, depuis, il n'a d'yeux que pour toi.

Elle n'avait pas besoin d'entendre ces remarques qui ne faisaient qu'intensifier son attirance pour Eli.

— Ce sont des bêtises, Leanne, tout ça ne veut rien dire.

Mais si son amie avait raison ? Cela vaudrait peut-être la peine de chercher à savoir ce qui, chez elle, touchait cet homme. Était-elle prête à prendre ce risque ? Si les choses tournaient mal, ce qui se produirait probablement, tout ici deviendrait très compliqué. Car, quoi qu'il arrive dans sa vie privée, jamais elle ne quitterait son travail, car elle l'adorait. Elle adorait venir en aide aux enfants des autres, les faire rire alors qu'ils traversaient des épreuves très dures. C'était pour elle une façon d'essayer de se racheter d'avoir abandonné son fils.

— C'est un type formidable, dit Leanne. Pourquoi ne pas essayer de mieux le connaître ? Tu mérites de faire une pause, Anna. D'avoir quelqu'un qui t'attend à la maison quand tu rentres chez toi après une dure journée à l'hôpital. Quelqu'un avec qui partager autre chose que le travail.

— Arrête ! Je ne suis pas prête.

Elle mentait. Elle était tout à fait prête, mais elle n'avait pas trouvé l'homme qui l'accepterait pour ce qu'elle était, et non pour ce qu'elle avait fait. Mais méritait-elle vraiment de connaître le bonheur après ce qu'elle avait infligé à son fils ? Elle ne le croyait pas.

Et si le moment était venu d'aller de l'avant ? Le pouvait-elle ? Pourquoi ne pas essayer ? Oh ! la réponse était simple. Elle ne pouvait pas se permettre de laisser à nouveau un homme lui briser le cœur. Cela lui était déjà arrivé et elle ne supporterait pas que cela se reproduise une fois de plus.

— Tu es bel et bien prête, insista Leanne. Allez, il est temps de nous remettre au travail.

Soulagée, Anna se rendit dans la chambre de Jenna, une petite fille d'à peine onze ans qui s'était cassé la cheville. La veille, on lui avait placé une plaque.

— Bonjour, Jenna, comment te sens-tu ?

— J'ai mal à cause des exercices que le kiné m'a fait faire.

La vie reprenait son cours normal. Et là, elle pouvait gérer la situation. C'était bien mieux que de se retrouver dans un ascenseur avec Dr Sexy. Qu'il aille au diable ! Parce que rien de bon ne pouvait naître de ces incroyables réactions qu'Eli déclenchait chez elle. C'était trop risqué.

# 3

Le vendredi, une forte sonnerie retentit, indiquant qu'il y avait une urgence. Eli abandonna l'ordinateur sur lequel il consultait les dossiers de certains de ses patients.

— Chambre 4, cria-t-il en se précipitant dans le service, ameutant tout le monde pour avoir du renfort.

Leanne le rejoignit aussitôt.

— Nous y avons installé un garçon de onze ans il y a deux heures, après sa sortie du bloc opératoire où on lui avait drainé le liquide qu'il avait dans les poumons. Mais il y a deux autres garçons avec lui dans cette chambre.

Quand Eli entra dans la pièce, il vit Anna en train d'essayer de maintenir un jeune garçon qui se débattait pour sortir du lit.

— Que se passe-t-il ? demanda-t-il.

— Une mauvaise réaction à quelque chose, répondit Anna en serrant les dents. Il se bat avec moi depuis quelques minutes et j'ai dû demander à l'un des autres garçons d'appuyer sur le bouton d'alarme, car j'avais besoin de mes deux mains pour empêcher celui-ci de se lever.

Eli contourna le lit et posa les mains sur les épaules de l'enfant.

— Bon, laissez-moi vous relayer.

— Anthony, tu m'entends ? demanda Anna en continuant de le maintenir.

Elle tourna la tête vers Eli.

— Il ne répond à aucune de mes questions. Je ne suis même pas sûre qu'il m'entende.

Cela ressemblait fort à une crise d'épilepsie.

— Quel analgésique lui a-t-on donné après son opération ?

Le garçon avait une respiration superficielle et rapide. Anna donna le nom du produit.

— Il a pris aussi un autre médicament pour l'hyperventilation.

Génial.

— Leanne, apportez le défibrillateur, au cas où on en aurait besoin.

— J'y vais.

Anna saisit le poignet d'Anthony, essayant de lui prendre le pouls.

— Ce n'est pas facile, il gesticule tellement ! Calme-toi, Anthony. Nous essayons de t'aider.

— Il est tout en sueur, dit Eli. Aïe !

Il venait de recevoir un coup de coude dans les côtes, ce qui lui coupa le souffle. Anna saisit le bras du garçon et le tint solidement.

— Il ne se rend pas compte de ce qui lui arrive, n'est-ce pas ?

— J'ai bien peur que non. C'est grave.

— Je n'ai pas pu lui prendre le pouls correctement, mais il est rapide.

— Je m'y attendais.

Soudain, Anthony s'affaissa. Il avait la bouche ouverte et ne respirait plus.

— Je ne sens plus son pouls, dit Anna.

Croisant les mains, Eli les posa sur la poitrine du garçon et commença les compressions thoraciques pour le réanimer.

— Un, deux… Où est le défibrillateur ? Trois, quatre.

— Il arrive, dit Anna, prête à pratiquer les insufflations dans les poumons d'Anthony dès qu'Eli aurait terminé les compressions.

— Ah, le voilà !

Leanne posa l'appareil sur le support et tendit à Anna les palettes afin qu'elle les mette sur la poitrine du garçon.

— … 29, 30, annonça Eli calmement.

Mettant rapidement les palettes de côté, Anna souffla dans la bouche du garçon, à deux reprises, puis elle se redressa et plaça les électrodes du défibrillateur sur le torse nu d'Anthony.

Elle fit un signe de tête à Leanne.

— Prête.

— Écartez-vous ! ordonna Leanne.

Eli arrêta les compressions et recula, prêt à intervenir de nouveau si le courant électrique ne parvenait pas à relancer le cœur d'Anthony.

— Prêt.

Le corps du garçon se souleva d'un coup, puis retomba sur le matelas. L'écran de l'appareil montrait une ligne verte qui montait et descendait.

Eli éprouva un énorme soulagement.

— C'était moins une, dit-il.

Devoir continuer les compressions sur un enfant était terrible. Leurs côtes se brisaient parfois sous la pression et l'instinct disait d'y aller doucement, même si la médecine ordonnait le contraire.

— Bon, voyons où nous en sommes avec ce gamin.

Anna qui était déjà en train de prendre le pouls d'Anthony parut soulagée, elle aussi. Voyant qu'il la regardait, elle hocha la tête.

— Son pouls est stable et plus fort qu'avant. Il est toujours rapide, mais beaucoup moins que tout à l'heure.

— Sa respiration aussi est stable, dit-il. Je trouve qu'il est chaud.

Il prit le thermomètre qu'Anna tenait dans sa main et il le plaça dans l'oreille du garçon.

— 38,3 °. Quel est le spécialiste qui le suit ?

— Hillary. Elle assure les consultations externes en ce moment.

— Je vais l'appeler.

Ce n'était pas à lui de soigner Anthony, à présent, puisque la crise était passée.

— Il lui faut un sédatif, et supprimer les médicaments qu'on lui prescrivait avant, poursuivit-il.

— Je vais rester près de lui un moment, dit Anna. Espérons qu'il n'ait pas de nouvelle crise. Pauvre enfant ! C'était effrayant.

— Ça va ? Il se débattait comme un forcené quand vous tentiez de le maîtriser. Vous n'avez pas reçu de coup, vous aussi ?

Elle secoua la tête, faisant danser sa queue-de-cheval. Il eut des frissons en imaginant ces boucles rousses se balancer sur sa peau. *Du calme, mon gars.*

— Non. C'est vous qui n'avez pas eu de chance.

— Ce n'était pas trop grave. J'ai été surtout surpris. Je reviendrai après avoir parlé à Hillary.

Il quitta la chambre et résista à l'envie de se retourner pour jeter un dernier regard à Anna. Il était au travail et devait rester concentré.

Lorsqu'il revint, Anna était en train d'éponger doucement le front d'Anthony, trempé de sueur. Il sentit une bouffée de désir l'envahir. Elle s'était comportée de la même façon avec Jordan, l'autre soir. Si douce et si attentionnée. Il voulait bénéficier de ses attentions, lui aussi...

Il se ressaisit aussitôt.

— Hillary va arriver.

— Bien, dit Anna. Ce petit gars a de la chance.

*Parce que vous avez aidé à le sauver.*

— Oui, c'est vrai.

Une semaine plus tard, alors que sa garde de nuit venait de prendre fin, Anna se massa le bas du dos en soupirant.

— Contente que ce soit fini.

La nuit avait été difficile. Un garçon avait été opéré d'urgence à l'abdomen après avoir été victime d'un accident de voiture. Un autre avait été admis dans le service avec les deux bras fracturés après être tombé d'une fenêtre du second étage.

— Va-t'en pendant que tu le peux, dit Gabrielle. J'ai lu tes notes et je n'ai pas besoin d'avoir d'autres explications.

Anna remercia l'infirmière en lui adressant un sourire las. On était samedi et elle allait avoir deux jours de congé, ce dont elle se réjouissait.

— J'espère que ta journée ne sera pas trop stressante, dit-elle. À plus tard. Je vais aller manger quelque chose pour faire taire mon estomac qui gargouille.

Comme elle se retournait, elle faillit entrer en collision avec Eli.

— Oh ! bonjour ! lança-t-elle en reculant d'un bond.

— Bonjour.

Il l'attrapa par le bras pour l'empêcher de tomber, puis il l'entraîna à l'écart.

— Content d'apprendre que vous avez faim parce que j'étais venu vous proposer de vous joindre à moi pour aller prendre un petit déjeuner dans le café situé au coin de la rue.

Pourquoi cette invitation alors qu'il n'avait cessé de l'éviter depuis ce qui s'était passé entre eux la semaine dernière dans l'ascenseur ? À moins qu'il ne s'agisse de parler d'un patient ?

— Vous êtes sûr ?

— Pourquoi vous ferais-je cette proposition, si ce n'était pas le cas ? répondit-il avec un sourire amusé.

Il avait raison. Mais avait-elle envie de passer du temps avec lui en dehors du travail ? D'un autre côté, cela pourrait peut-être les aider à rompre la glace et à nouer des liens amicaux.

— D'accord. Mais, je vous préviens, mon ventre affamé ne se contentera pas d'un simple toast grillé.

Il éclata de rire.

— Ce sera un petit déjeuner complet, je vous le promets.

Ils se dirigèrent vers l'ascenseur.

— Pourquoi êtes-vous ici de si bonne heure ? demanda-t-elle.

— Je voulais voir un de mes patients.

— Vous saviez que j'étais de l'équipe de nuit ?

— C'est pour cette raison que je suis venu vous proposer de m'accompagner au café.

Cela commençait à ressembler à un rendez-vous. Sauf que ce

n'en était pas un. Ce n'était pas possible. Pas après s'être montrés aussi froids l'un envers l'autre ces derniers temps.

— Vous n'avez pas mon numéro. Mais pourquoi l'auriez-vous ?

— En fait, j'aimerais bien l'avoir maintenant. Qui sait quand j'aurai l'envie pressante de vous appeler ?

Il parut lui-même un peu surpris d'avoir tenu ces propos.

Elle, en tout cas, l'était. Jamais elle n'aurait cru qu'Eli Forrester dirait une chose pareille s'il n'y avait pas mûrement réfléchi avant. Était-ce bon signe ? L'aurait-elle un peu ébranlé ? Très bien. Il l'avait déjà si souvent déstabilisée que c'était bien son tour de connaître cela.

— Je vous le donnerai tout à l'heure à condition que vous me donniez le vôtre.

— Marché conclu, dit-il en souriant.

Elle partit d'un rire franc et joyeux. Elle allait partager son petit déjeuner avec un homme qu'elle n'aurait jamais imaginé pouvoir être attiré par elle. Malgré sa fatigue, elle sentait une nouvelle énergie l'habiter.

— Je veux vous remercier du dîner que vous m'avez apporté l'autre soir, dit Eli.

Cela calma un peu l'enthousiasme d'Anna.

— Vous ne me devez rien.

— Disons que c'est un prétexte, d'accord ?

Un prétexte pour quoi ? Il n'avait pas besoin d'en chercher un.

— Bon, d'accord.

La banalité de sa réponse ne laissait rien transparaître de l'attirance qu'elle avait pour lui, alors qu'elle en était elle-même parfaitement consciente.

— Comment va Jordan ? Il a retrouvé toute son énergie ?

— Presque. Il est tout excité à l'idée d'aller à l'école aujourd'hui.

— Je veux bien le croire.

— C'est là, dit Eli en montrant le café où ils se rendaient.

— Bonjour, Eli, lança la femme derrière le comptoir en les

voyant entrer. Installez-vous à votre table habituelle tant qu'elle est libre. Je vais apporter le menu à votre amie.

— Bonjour, Margaret.

Allant vers une table pour deux placée près de la fenêtre, il avança une chaise pour l'offrir à Anna.

— Asseyez-vous, je vous en prie.

En plus, il se comportait en gentleman. Ce qui, à vrai dire, ne la surprenait pas. Il semblait prendre soin des autres de bien des manières sans jamais rien livrer de lui-même.

Elle s'assit.

— Alors, Jordan est de nouveau sur pied ?

L'enfant était sorti de l'hôpital le lendemain de l'opération, après qu'Eli eut terminé sa journée de travail.

— Rien ne l'arrête depuis qu'il est revenu à la maison. Il a même parfois trop d'énergie. Maman a peur qu'il se fasse mal, mais on ne peut retenir longtemps un jeune chien fou.

— Vous êtes un papa solo ?

— Oui. Ma mère et ma sœur Liz m'aident beaucoup. Je leur dois énormément. Mon père aussi m'est d'un grand secours.

*Quelle chance vous avez !*

— S'occupent-ils de Jordan quand vous êtes de garde ?

— Oui, il reste avec maman ou l'une de mes sœurs. Tout le monde l'adore.

— Rien ne vaut une famille aimante.

Elle n'avait pas connu cela. Non seulement ses parents ne l'avaient pas soutenue quand elle était tombée enceinte, mais elle avait dû travailler dans des supermarchés pour payer ses études d'infirmière, ce qui avait été pour elle une façon vraiment dure, mais efficace, de découvrir ce qu'était la vie.

— Je vous ai vue faire la grimace, dit Eli. Vous n'êtes pas proche de votre famille ?

— Disons que mes parents n'ont pas toujours été là pour moi quand j'avais besoin d'eux.

La serveuse apparut et posa un menu devant Anna.

— Voilà. Que voulez-vous boire ?

Soulagée de la voir faire diversion, Anna lui sourit.

— Du thé, s'il vous plaît. Et je prendrai un petit déjeuner complet avec des œufs brouillés, ajouta-t-elle après avoir consulté rapidement le menu.

— La même chose pour moi, Margaret. Avec du café, comme d'habitude.

— Je vous apporte cela tout de suite, dit-elle en s'éloignant.

— Ce doit être parfois difficile d'élever votre fils tout seul.

— Oui, quelquefois, mais je ne changerais cela pour rien au monde. J'ai la garde exclusive de Jordan. Ma femme est partie quand il n'avait que deux ans.

Il détourna le regard.

— Vous êtes un papa très attentionné. Passer la nuit à l'hôpital avec lui pour le rassurer et éviter qu'il ait peur en se réveillant au milieu de visages inconnus, c'était génial.

— Merci.

— Maintenant, je me tais.

— Bien, dit Eli en lui souriant. Je vais terminer l'histoire pour que vous ne vous posiez plus de questions à mon sujet. Melissa voulait s'installer à New York pour développer sa carrière de styliste. Même si l'idée de vivre dans une grande ville ne m'emballait pas, j'étais prêt à la suivre, mais il s'est avéré qu'elle ne souhaitait pas ma présence, ni celle de Jordan.

Il ne semblait ni triste ni fâché. Plutôt soulagé, en fait. Peut-être le mariage battait-il déjà de l'aile ?

— Je suis désolée d'apprendre cela.

— Et vous, êtes-vous mariée ?

C'était maintenant à elle de se livrer.

— J'ai eu deux relations sérieuses. La première avec un certain Danny. Quand nous nous sommes rencontrés, il était médecin stagiaire et j'étais diplômée depuis un an. Nous sommes restés ensemble presque deux ans avant de commencer à nous éloigner l'un de l'autre. Cela s'est fait sans drame.

Elle omit de préciser qu'il avait été horrifié d'apprendre qu'elle avait abandonné son fils. Sa réaction lui avait donné à penser qu'elle ne méritait pas d'avoir un jour une vie de famille heureuse.

— Nous passions de moins en moins de temps ensemble et nous avons fini par rompre.

La serveuse revint, apportant les boissons. Anna se servit une tasse de thé avant de poursuivre son récit :

— Depuis, j'ai revu Danny à plusieurs reprises et je n'ai aucun regret. Il est papa de deux bambins et heureux avec sa femme.

Si seulement elle avait eu autant de chance que lui. Mais il n'était pas trop tard. À trente-quatre ans, elle pouvait encore être mère.

— La seconde relation n'a pas été meilleure, continua-t-elle. Pire, en fait. Il a trouvé que je n'étais pas assez bien pour lui, voilà tout.

— Je suis désolé.

Eli la regardait avec compassion, ce qu'elle n'appréciait pas vraiment. S'il connaissait toute l'histoire, elle lirait sans doute du dégoût dans ces beaux yeux gris, comme cela lui était souvent arrivé. Mieux valait passer à autre chose.

— La mère de Jordan reste-t-elle en contact avec lui ?

Eli fit la moue.

— Elle lui téléphone pour son anniversaire et à Noël, et à de rares autres occasions. Chaque fois qu'elle revient en Nouvelle-Zélande, ce qui n'est pas fréquent, elle passe lui faire une petite visite.

*Je n'ai jamais rencontré cette femme, mais je ne l'aime pas*, pensa Anna.

— Ce n'est pas bien.

Apparemment, il existait plusieurs façons d'être privé d'un parent. Qu'est-ce qui était le pire ? N'avoir jamais connu sa mère biologique, ou bien passer deux ans avec elle et ensuite la perdre ?

Elle était si nerveuse qu'elle renversa à moitié sa tasse de thé. Eli lui tendit une serviette en papier pour essuyer la table.

— Vous avez raison, dit-il. Mais il n'y a aucun moyen de savoir à l'avance si une personne fera passer ses besoins avant ceux de ses enfants.

À coup sûr, il serait scandalisé s'il apprenait ce qu'elle avait fait.

Il ne chercherait pas à comprendre pourquoi elle avait agi ainsi, il s'arrêterait au fait qu'elle avait abandonné son fils.

Elle se sentait si perturbée qu'elle renversa encore un peu de thé.

— Est-ce que ça va ? demanda Eli.

Non, ça n'allait pas. Elle avait envie de sortir de ce café, de s'éloigner d'Eli et de ses questions. Mais c'était sa faute : n'avait-elle pas été la première à l'interroger sur Jordan et sa mère ?

Elle ne pouvait pas s'enfuir. Si elle voulait essayer de tourner la page, d'avoir la vie qu'elle souhaitait vraiment, elle devait faire face à la situation.

— Désolée, je ne suis pas bien quand j'entends raconter des histoires de parents qui font du mal à leurs enfants.

Eli fronça les sourcils. Sans doute ne croyait-il pas vraiment à l'explication qu'elle venait de lui donner et qui semblait bien faible au regard de la violence de la réaction qu'elle avait eue.

— Tout cela vient de quelque chose dont je n'ai pas envie de parler, conclut-elle.

Elle ne pouvait en dire plus pour l'instant. Eli n'avait pas besoin d'apprendre son histoire tant qu'elle ne le connaîtrait pas mieux. Il fallait qu'il en sache plus sur elle, ce qui lui permettrait peut-être alors de comprendre et d'accepter ce qu'elle avait fait.

Le froncement de sourcils disparut lentement.

— D'accord. Nous en sommes arrivés rapidement à nous faire des confidences, ajouta-t-il en buvant une gorgée de café, l'air soucieux.

Puis il sourit, ce qui la rassura.

— Ce n'est pas dans mes habitudes et je soupçonne que, derrière ce sourire que vous affichez volontiers, vous êtes tout aussi réservée que moi.

— C'est vrai, reconnut-elle en souriant.

— Détendez-vous. Je ne vais pas vous soumettre à un interrogatoire en règle. Mais je vais aller chercher un torchon pour essuyer tout ce thé que vous avez renversé.

Au même instant, Margaret apparut, apportant deux assiettes bien garnies.

— Je m'en occupe. Restez assis et goûtez-moi ça.

Anna regarda fixement l'assiette que la serveuse avait posée devant elle.

— Mais cela va me prendre toute la journée d'avaler tout ça !

Il y avait là de quoi nourrir un régiment.

— Nous faisons des *doggy bags*, précisa Margaret en riant.

— J'ai la réputation de ne jamais rien laisser dans mon assiette, déclara Eli en saupoudrant la sienne de poivre.

Où mettait-il tout ce qu'il ingurgitait ? Sa silhouette incroyable ne donnait aucun signe du moindre excès de graisse.

— Me lanceriez-vous un défi ? demanda Anna.

— Peut-être.

Il souriait, l'air détendu, comme s'il ne pensait plus à la conversation pesante qu'ils venaient d'avoir. Tant mieux, car elle n'était pas prête à lui parler de son enfant. Très peu de gens étaient au courant et elle tenait à ce que cela continue.

— D'accord. On y va !

Pendant un moment, ils se concentrèrent sur leur repas et restèrent silencieux, à la grande satisfaction d'Anna. Elle n'avait pas envie d'évoquer des sujets trop personnels.

Lorsqu'elle vit Eli repousser son assiette vide et prendre un air de circonstance, elle sut que quelque chose d'important allait se jouer. Ignorant ce qui se cachait derrière ces yeux gris, elle sentit son estomac se nouer.

Il sortit une enveloppe de sa poche et la lui tendit.

— C'est pour vous.

Une main enfantine y avait tracé son nom en l'estropiant : *Ana*.

— Cela vient de Jordan ?

— Oui.

— C'est très gentil.

Elle ouvrit l'enveloppe et en retira une carte. Une vague de chaleur l'envahit.

— Il s'agit d'une invitation ? Pour l'anniversaire de Jordan ?

— Oui.

Elle ouvrit la carte. Son nom s'y trouvait inscrit, correctement orthographié cette fois. La fête aurait lieu dimanche après-midi. Demain, donc. Si elle acceptait, cela voulait dire qu'elle devrait aller acheter un cadeau après avoir dormi quelques heures ce matin. Pourquoi était-elle invitée ?

Elle connaissait à peine Jordan. C'était un enfant adorable, mais elle ne faisait pas partie de sa vie. Pourtant, elle était tentée d'accepter parce qu'elle aimait beaucoup ce petit bonhomme. Et ce serait aussi l'occasion de voir Eli en dehors du travail. Comme maintenant. Elle lui jeta un coup d'œil et son cœur se serra. Il affichait un air soucieux qui montrait qu'il n'avait pas envie qu'elle accepte l'invitation.

— Où est le problème ? demanda-t-elle.

— Vous avez envie de venir ?

Mieux valait répondre franchement.

— J'aimerais beaucoup, mais je ne comprends pas vraiment pourquoi j'ai été invitée. Est-ce votre idée ou celle de Jordan ?

— Celle de Jordan.

Au moins, elle savait maintenant à quoi s'en tenir.

— Je vais être honnête, ajouta Eli. J'ai essayé de le faire changer d'avis, mais il a refusé de m'écouter.

— Vous ne voulez pas qu'il devienne trop proche de moi et qu'ensuite je disparaisse de sa vie, ce qui le ferait souffrir ? C'est ça, n'est-ce pas ?

— Exact.

— Alors, vous voulez que je décline l'invitation, ce qui lui fera de la peine malgré tout.

Elle comprenait. Mais Eli ne lui laissait vraiment aucune chance de montrer qu'elle était capable de gérer la situation en faisant appel à son bon sens.

— Mais non ! protesta-t-il. En fait, je suis partagé. Mon père me dit toujours que je réfléchis trop et que je ferais mieux parfois de laisser les choses se dérouler, quitte à faire face ensuite aux conséquences, s'il y en a.

Elle le regarda fixement.

— Je ne sais pas où j'en suis. C'est un petit garçon génial et je suis très touchée qu'il m'invite à son anniversaire, mais je ne veux pas être la cause de problèmes entre vous deux.

Eli parut réfléchir un moment.

— Écrivez *oui* sur la carte-réponse et je la lui donnerai quand je rentrerai à la maison, dit-il enfin.

Son sourire hésitant ne livrait aucun indice sur ce qu'il pensait vraiment.

— Vous êtes sûr ?

— Je me montre très protecteur avec Jordan, et n'oubliez jamais ça, mais, oui, je suis sûr.

— Je ne peux pas vous reprocher de vouloir protéger votre fils. Il a dû avoir le cœur brisé quand Melissa est partie.

— Je ne pense pas qu'il puisse comprendre un jour ce qui s'est passé. Moi-même, je ne le comprends toujours pas.

Il y avait derrière ces mots une profondeur qu'elle ne saisissait pas complètement. Il y avait là de la colère envers son ex-femme, oui, sûrement, mais aussi autre chose. La douleur d'avoir perdu celle qu'il aimait, sans doute. Mais elle n'allait pas le questionner. Elle savait qu'il valait mieux se taire, parfois.

Elle posa sa main sur celle d'Eli.

— Il a de la chance de vous avoir comme papa.

Eli lui pressa doucement les doigts avant de les lâcher aussitôt, comme s'il s'était fait piquer.

— Merci.

Cet homme lui plaisait beaucoup. Il était sincère, attentionné et adorable. Son genre d'homme, si toutefois elle en avait un. Jusqu'à présent, elle s'était toujours trompée dans le choix des hommes avec qui elle était sortie et cela avait fini par la convaincre qu'elle ne méritait pas d'être heureuse.

Elle fouilla dans son sac et sortit un stylo.

— Je vais répondre tout de suite à cette invitation.

— À quand remonte la dernière fois où vous avez assisté à une fête d'enfant ? demanda Eli avec un sourire en coin.

— Encore un défi ?

— C'est possible, avoua-t-il, l'air toujours aussi détendu.

— Eh bien, c'était il y a deux mois environ. Leanne est une amie proche. Son mari et elle ont deux jeunes enfants et je passe beaucoup de temps avec eux.

Elle était très attachée à ces enfants, convaincue qu'ils feraient toujours partie de sa vie, d'une manière ou d'une autre.

— Bon, dit Eli, je crois que j'ai eu tort de vous lancer ce défi ! Je l'ai perdu d'avance.

Pas tout à fait, se dit Anna le lendemain après-midi alors qu'elle arrivait chez Eli, tenant dans ses mains une assiette de biscuits au chocolat qu'elle avait faits le matin même. Elle avait le trac à l'idée de rencontrer la famille Forrester. Elle ne les connaissait pas, ayant seulement croisé Jackie, la mère d'Eli, lorsque celle-ci était venue voir Jordan à l'hôpital. Ce n'avait été qu'une brève rencontre, car tous étaient très occupés et la garde d'Anna touchait à sa fin.

Les enfants jouaient sur la pelouse. Quand Jordan l'aperçut, il se précipita vers elle.

— Anna, vous êtes venue ! cria-t-il en se jetant sur elle.

Elle s'était préparée à l'assaut et le prit dans ses bras.

— Joyeux anniversaire, Jordan ! Merci de m'avoir invitée.

— Il fallait que vous veniez. Je le voulais. C'est pour moi ? dit-il en s'emparant du paquet-cadeau qu'elle avait dans son sac.

— Doucement, Jordie, n'oublie pas tes bonnes manières, intervint Eli en les rejoignant. Bonjour, Anna, content que vous soyez venue.

Il avait l'air sincèrement heureux tandis qu'il la débarrassait de l'assiette de biscuits.

— Comment aurais-je pu ne pas venir après avoir promis que je le ferais ?

— Bien sûr. Alors, Jordan, qu'est-ce qu'on dit ?

— Merci, Anna. Je peux ouvrir mon cadeau ?

Il commençait déjà à déchirer le papier d'emballage.

— Mais oui, ouvre-le, c'est pour toi.

Elle croisa les doigts, espérant que le petit garçon aimait toujours autant les éléphants.

— Ouah, génial ! Regarde, papa ! Grand-mère, regarde, j'ai eu un éléphant !

— Merci, Anna, dit Eli Vous ne pouviez mieux choisir. Maintenant, venez rencontrer la tribu.

— Je suis ravie que son cadeau lui plaise, avoua-t-elle. Les enfants changent si souvent d'avis.

— Papa, je te présente Anna Passau. Anna, voici mon père, Kerry Forrester, et maman, Jackie, que vous avez déjà rencontrée à l'hôpital.

— Anna, ravi de faire votre connaissance, dit Kerry en lui donnant une brève accolade. Jordan n'a cessé de parler de vous depuis qu'il est sorti de l'hôpital. Il vous trouve géniale.

Cet accueil la mit aussitôt très à l'aise.

— C'est un enfant adorable. Ravie de vous rencontrer. Et heureuse de vous revoir, Jackie.

— Bonjour, Anna. Nous sommes enchantés que vous vous joigniez à nous pour cette fête, dit Jackie en la serrant dans ses bras.

Enchantés ? N'était-ce pas un peu exagéré ? Mais comment ne pas aimer cette famille après un pareil accueil ?

*Calme-toi. Ce n'est qu'une fête d'anniversaire en l'honneur de leur petit-fils, rien de plus.*

— Je suis vraiment ravie d'être ici.

Même si c'était un peu étrange d'être invitée à une fête chez un patient. Il est vrai qu'elle était une collègue de son père et qu'elle commençait à devenir plus proche de lui. En tant qu'amie, ou davantage ? Elle n'en savait rien.

— Il vous reste à faire connaissance avec les sœurs d'Eli et leurs conjoints, dit Jackie. Allez, venez.

Anna la suivit.

Une jeune femme à la silhouette menue, vêtue d'un jean et d'un chemisier rayé noir et blanc, vint vers elles et tendit la main à Anna.

— Bonjour, vous êtes Anna, n'est-ce pas ? Je suis Liz, la sœur aînée d'Eli.

— Bonjour, Liz.

— La sœur autoritaire, lança Eli par-dessus son épaule.

— Non, c'est moi qui tiens ce rôle, déclara une autre jeune femme. Bonjour, Anna, je suis Karen, la meilleure des sœurs.

Une autre poignée de main fut échangée. Soudain, Anna se sentit presque intimidée.

— Bonjour, Karen.

Pourquoi ces femmes l'examinaient-elles si attentivement ? Elle était venue ici pour fêter l'anniversaire de Jordan, rien d'autre. Sauf qu'elle avait espéré pouvoir passer un peu de temps avec Eli, si toutefois il pouvait lui consacrer un moment durant cette fête organisée en l'honneur de son fils.

— Voulez-vous un verre de vin ? proposa Liz. C'est l'anniversaire de Jordan, mais les adultes ont bien le droit de se détendre, eux aussi. Cela vous aidera peut-être à tous nous supporter. Nous n'avons pas la réputation de garder nos distances.

*Contrairement à votre frère ?*

— Je boirais volontiers un peu de vin.

Elle suivit Liz jusqu'à la table installée dans la véranda.

— Lesquels sont vos deux enfants ? demanda-t-elle.

Liz parut surprise de la voir si bien informée.

— Là-bas, près du château gonflable, c'est Mackenzie. Elle a six ans. Et Thomas est le garçon avec un T-shirt vert en train de persécuter son père parce qu'il veut faire cuire les saucisses sur le barbecue. Il a sept ans.

Anna sentit au pincement au cœur. Elle avait raté tant de choses qu'elle n'avait pas vécues avec son fils ! Comme de partager un barbecue, par exemple.

— Ils sont adorables.

— Infernaux, vous voulez dire, rectifia Liz en riant. Mais je les adore. Et vous, avez-vous des enfants ?

— Pas encore.

C'était ce qu'elle disait toujours pour éviter d'avoir à raconter son histoire.

— Mais qui sait ce qui nous attend ? ajouta-t-elle.

— C'est vrai. Bon, préférez-vous du sauvignon blanc ou du pinot gris ?

— Du pinot gris, s'il vous plaît.

Elle fut tentée de boire son verre d'un coup et d'en réclamer un autre. Les questions dont la bombardait la famille d'Eli la rendaient nerveuse, bien qu'elles soient parfaitement normales. Il fallait qu'elle se calme.

— Je ferais bien d'aller voir si je peux me rendre utile, dit-elle en regardant du côté d'Eli qui était en train d'organiser un jeu pour les enfants.

— Ce n'est pas la peine, protesta Liz. Vous n'êtes pas venue pour ça.

— La force de l'habitude, sans doute.

Être occupée lui permettait aussi de se soustraire aux questions épineuses.

Eli tapa soudain dans ses mains.

— Allez, les enfants, venez par ici. Nous allons vous bander les yeux et vous devrez coller une queue sur le cheval. Celui qui réussira à la placer au plus près du bon endroit aura un petit cadeau. C'est parti !

Il se tourna vers Anna.

— Vous voulez jouer ? Ou préférez-vous aller sur le château gonflable ?

Il se montrait vraiment différent de celui qu'il était au travail. Parce qu'il était en famille et qu'avec eux il pouvait se détendre complètement, n'ayant rien à leur cacher ? Peut-être. Mais qu'est-ce qu'un homme comme Eli aurait à cacher ? Il était toujours calme et sûr de lui. Et distant, bien sûr.

*Cesse de te poser des questions et amuse-toi.*

C'était une bonne idée.

— Il vaut mieux que je ne me risque pas sur le château gonflable si vous voulez qu'il reste entier. Mais tenter de coller la queue du cheval pourrait avoir des résultats aussi désastreux. Je n'ai aucun sens de l'orientation.

— Ce n'est pas l'impression que vous donnez, déclara Eli. D'après ce que j'ai vu, vous savez toujours où vous êtes et ce que vous êtes en train de faire.

Elle pouvait prendre cela pour un compliment. De toute évidence, il l'avait observée au travail, ce qui lui fit plaisir. Aurait-elle envie d'attirer l'attention d'un homme séduisant, par hasard ?

— Allez-y, les enfants commencent à s'impatienter.

Eli se mit à rire.

— Comme d'habitude, non ?

— C'est vrai, vous avez raison.

Dans son travail, elle avait souvent constaté que ses petits patients supportaient mal d'attendre.

Tous les enfants eurent droit à plusieurs tentatives. Puis vint le moment de désigner le vainqueur.

— Je crois que c'est cette queue qui est la plus proche de la cible, dit Eli après avoir examiné soigneusement la position de chacune. À qui est-elle ?

— À moi ! s'écria une petite fille.

— Non, c'est la mienne ! protesta Jordan.

— Eh, fiston, intervint Eli, c'est celle d'Alice la plus proche, et c'est bien à son tour de gagner. Toi, tu as déjà gagné le concours de trempage de beignet.

Jordan se calma aussitôt. Prenant le petit paquet qu'Eli tenait dans ses mains, il le donna à Alice.

— C'est pour toi, dit-il en la serrant dans ses bras.

Ah, quel enfant délicieux, se dit Anna, émue.

— Un trempage de beignet ? demanda-t-elle en regardant Eli.

— Ne m'en parlez pas ! Cela a mis une vraie pagaille. Encore une brillante idée de Liz pour amuser les enfants.

— Il n'y a pas de mal à se poisser un peu, protesta Liz. C'est obligé quand on participe à ce genre de fête !

Eli éclata de rire.

— Je n'avais pas vu que cela figurait dans le règlement.

Décidément, Anna ne le reconnaissait plus. Il était vraiment différent de celui qu'elle avait côtoyé jusque-là au travail. Mais elle appréciait autant ces deux versions d'Eli. S'il lui était arrivé souvent, à l'hôpital, d'avoir envie de lui dire de cesser de se comporter comme un crétin, aujourd'hui elle se faisait une tout autre idée de lui. Et cela la déstabilisait. Comment allait-elle gérer cela ? Et dans quelle mesure s'intéressait-il à elle ?

— Vous savez comment vous y prendre avec les enfants, dit Liz, surgissant à côté d'elle. J'imagine que c'est parce que vous passez le plus clair de votre temps à vous occuper d'eux à des périodes où ils sont particulièrement vulnérables.

— Oui, je suis à l'aise avec les enfants. Je me suis toujours senti une certaine affinité avec eux.

Elle avait parlé sans réfléchir. Les membres de la famille Forrester semblaient avoir le don de l'amener à se confier. Et quand elle s'en rendait compte, c'était trop tard. Elle en avait déjà trop dit. Heureusement, elle n'avait rien révélé de très important, à l'instant, mais c'était un avertissement pour l'inciter à se montrer plus prudente.

— Pourquoi en serait-il autrement ? dit Liz en souriant. Ils sont capables de nous faire tourner en bourrique, mais il y a quelque chose de merveilleux chez eux. Bon, je ferais mieux de regarnir la table avant que quelqu'un ne pique une crise parce qu'il n'y a plus de gâteau !

Anna la regarda traverser la pelouse et elle éprouva un moment de solitude, ce qui n'était pas dans son caractère. La famille d'Eli était facile à vivre et, de toute évidence, ils s'entendaient tous très bien. Soudain, elle se mit à souhaiter qu'elle et ses parents enterrent la hache de guerre. Non seulement elle avait perdu son fils, mais aussi les deux seules personnes qui auraient dû se tenir toujours à ses côtés, quelles que soient ses erreurs. S'ils l'appelaient parfois, en de rares occasions, elle ne se sentait jamais à l'aise avec eux. Le passé avait creusé entre eux un fossé. Pour toujours, semblait-il. Une fois, elle avait essayé de se rapprocher d'eux, mais elle s'était entendu dire qu'elle avait gâché son potentiel et visé trop bas en choisissant de devenir infirmière.

— Vous avez l'air de vouloir vous enfuir, dit Eli dans son dos.

Elle se retourna et le regarda fixement.

— Mais non ! Je m'amuse.

Il haussa un sourcil.

— Vous devriez trouver mieux à dire.

Il avait raison.

— Votre famille est adorable.

— Quel est le problème avec la vôtre ?

— Nous ne nous entendons pas du tout. J'ai fait quelque chose, autrefois, qui a tout gâché.

— C'est dur. Tout le monde fait des erreurs, un jour ou l'autre. Qu'avez-vous fait ? Mais peut-être préférez-vous ne pas m'en parler ?

Si elle le lui disait, à coup sûr, il la jetterait dehors. Pourtant, elle avait envie de lui avouer la vérité et d'en finir une bonne fois pour toutes. Au moins, elle saurait à quoi s'en tenir. Mais ce n'était ni le moment ni l'endroit pour ça.

— Cela ne me gêne pas que vous m'ayez posé la question, mais le moment est mal choisi pour vous répondre. C'est l'anniversaire de Jordan.

Il la regarda un long moment sans rien dire, puis hocha la tête.

— Vous avez raison, mais si jamais vous avez envie d'évacuer tout ça, vous n'aurez qu'à me faire signe.

Elle se serait volontiers jetée dans ses bras. Elle n'avait jamais connu un homme aussi réconfortant et compréhensif qu'Eli.

— D'accord.

Serait-il aussi compréhensif si elle lui disait tout ? Elle frissonna, croyant connaître déjà la réponse.

— Allez, venez, c'est l'heure de nourrir les fauves, dit-il en la prenant par le coude pour l'emmener vers la terrasse.

Une table couverte de pâtisseries et de sucreries était entourée d'une dizaine d'enfants surexcités et de parents qui tentaient de les calmer.

— Qui a préparé tout cela ? demanda Anna.

— Maman et Liz. Ce qui restera ira demain à la garderie, quand Jordan s'y rendra.

— Je croyais qu'il commençait l'école demain ?

— Ce sont les vacances, cette semaine, alors il ne reprendra l'école que lundi prochain. Cela lui laissera un peu plus de temps pour se remettre de son opération. Mais il a hâte d'y aller et, en attendant, je ne sais pas comment je vais parvenir à calmer son impatience.

— Vous y arriverez. J'ai vu comment vous saviez l'apaiser quand il avait peur, à l'hôpital, et quand il souffrait. Vous êtes un père formidable.

— Merci. Je vous aime bien, ajouta-t-il en lui frôlant le visage d'une caresse légère.

À cet instant, un cri déchira l'air.

Ils regardèrent autour d'eux, cherchant d'où ça venait. Soudain, Eli traversa la pelouse en courant et rejoignit une petite fille qui se trouvait près de la haie.

— Sarah, que se passe-t-il ?

— J'ai été piquée par une abeille, répondit-elle, en pleurs.

Elle semblait avoir du mal à respirer.

— Viens, je vais t'emmener à l'intérieur.

Il la prit dans ses bras et se dirigea à grandes enjambées vers la maison. Une jeune femme se précipita vers eux.

— Qu'est-il arrivé ? Sarah, tu vas bien ?

— Jane, est-ce que Sarah a des allergies ? demanda Eli en allongeant la petite fille en larmes sur un canapé.

— Pas à ma connaissance.

— Elle vient d'être piquée par une abeille et je veux l'examiner sérieusement.

Il n'en dit pas davantage, mais Anna avait vu l'œdème qui commençait à se former autour des yeux de Sarah tandis que ses difficultés respiratoires s'intensifiaient.

— Voulez-vous que j'appelle les secours ? proposa-t-elle.

— Oui, je veux bien, répondit Eli. Jane, nous allons faire venir une ambulance. Je crains que Sarah ne réagisse mal à cette piqûre et il vaut mieux l'emmener à l'hôpital.

— Au cas où il arriverait quelque chose de grave ? C'est ce que tu veux dire ? s'écria Jane en s'affaissant contre Anna.

Puis elle se ressaisit et tendit la main vers sa fille.

— Sarah, tout va bien se passer. Le papa de Jordan veille sur toi.

Anna avait son téléphone collé à l'oreille.

— Envoyez-nous une ambulance. Nous avons ici une petite fille qui a été piquée par une abeille et qui semble avoir une réaction anaphylactique. Pas d'allergie connue.

Elle donna l'adresse, remercia l'opérateur et raccrocha.

— Que se passe-t-il ? demanda Kerry, depuis le pas de la porte. J'ai entendu Sarah crier. S'est-elle blessée ?

Regardant autour d'elle, Anna réalisa que la pièce s'était remplie de parents inquiets.

— Sarah a été piquée par une abeille et elle a une mauvaise réaction, expliqua-t-elle. Quelqu'un pourrait-il aller guetter l'arrivée de l'ambulance pour guider les paramédicaux jusqu'ici ?

— Je voudrais que tout le monde recule pour nous faire de la place pendant que nous nous occupons de Sarah, ordonna Eli du ton sans réplique qu'il avait à l'hôpital.

Liz s'approcha de Jane et lui passa un bras autour de la taille.

— Ta fille est entre de bonnes mains, Jane.

— Mais... si jamais..., murmura la malheureuse mère qui ne pouvait retenir ses larmes.

— Ne pense pas à cela. Sois courageuse pour Sarah.

— Le pouls est faible, signala Anna en s'adressant à Eli.

— Et elle ne réagit plus à mon contact.

— Est-ce que l'antenne locale des ambulances est loin d'ici ?

— Non, à dix minutes au plus.

— Je suis prête, si nous devons pratiquer une réanimation.

— Moi aussi.

Il avait le visage sombre. Puis il esquissa un sourire et regarda Jane.

— Tout va bien. Est-ce que ta fille a déjà été piquée ?

— Oui, cela lui est souvent arrivé quand elle va dans la ferme de ses grands-parents. Tu es sûr qu'il s'agit d'un choc anaphylactique ?

Il n'y avait aucun doute. Anna en avait vu assez souvent pour le savoir.

— Certaines personnes ne réagissent pas à la première piqûre ni la première fois où ils mangent un aliment auquel ils sont allergiques, expliqua Anna. Cela peut se développer lentement.

Jane lui jeta un regard interrogateur.

— Je suis infirmière en pédiatrie.

— Merci pour votre aide, murmura la mère de Sarah avec un faible sourire.

— Je vous en prie.

Anna sentit le poignet de Sarah devenir tout mou dans sa main. Elle regarda Eli et vit dans ses yeux qu'il était aussi inquiet qu'elle.

L'attente semblait interminable. Enfin, ils entendirent le son d'une sirène qui se rapprochait.

Sarah suffoqua. Elle avait les yeux fermés et sa poitrine cessa de se soulever.

Eli commença aussitôt les compressions.

— Un, deux, trois...

Il continua ainsi, s'arrêtant à la trentième compression.

Pratiquant le bouche-à-bouche, Anna insuffla de l'air dans les poumons de Sarah. La petite fille se mit à tousser, inspira, ouvrit les yeux et fondit en larmes.

Deux hommes en uniforme apparurent, apportant un gros sac et une civière.

— Bonjour. C'est Sarah ?

— Oui, voici Sarah, et sa maman, Jane, répondit Eli en se redressant.

Pendant qu'il mettait les paramédicaux au courant de la situation, Anna rejoignit Jackie et Liz.

— Elle respire mieux, dit-elle, mais ils vont lui mettre un masque à oxygène pour l'aider à régulariser son souffle.

— Elle semble si petite, murmura Jackie. Je n'arrive pas à croire que cela ait pu lui arriver.

Anna l'étreignit un bref instant.

— Elle va bien, à présent. Mais on a tous eu très peur. Si j'allais faire chauffer de l'eau pour le thé ?

— Excellente idée, approuva Liz. Je m'en charge. J'ai besoin de m'occuper.

— Je comprends, dit Anna.

Elle se tourna vers Eli.

— Cela a été un gros choc pour Jane.

Il lui passa un bras autour de l'épaule et l'attira vers lui.

— Oui, c'est sûr.

— Sarah a eu de la chance que nous soyons là.

Il la tint plus étroitement contre lui.

— Oui.

# 4

— Un choc terrible pour n'importe quel parent, commenta Eli quelques heures plus tard.

La fête était terminée et Jordan s'était endormi après qu'Anna lui eut lu deux histoires. Quelle journée ! Il avait proposé à Anna de rester boire un verre de vin et maintenant il se sentait mal à l'aise. Elle s'intégrait trop bien.

— Jane était terrifiée, dit-elle. Cela se comprend. Personne ne s'attend à ce qu'une chose pareille arrive à son enfant.

— Heureusement que nous étions là pour intervenir.

Anna eut un bref sourire.

— Sarah devra se montrer vigilante, désormais. Et je parie que Jane va la surveiller de près. Pauvre petite !

— Oui. Aucun enfant n'aime se sentir différent des autres.

Il regarda autour de lui et soupira. Une fois encore, sa famille l'avait aidé à tout ranger après la fête.

— Que ferais-je sans eux ?

— Vous parlez de votre famille ? demanda Anna. Vous seriez en train de laver la vaisselle et de ranger les restes dans le réfrigérateur !

— Vous avez fait votre part, vous aussi. Merci, Anna. Jordan a été ravi de son cadeau et de votre présence.

Son fils vénérait Anna. Mais ce qui préoccupait Eli, c'était son attirance pour elle. Elle était adorable, et tellement sexy. S'il ne lui avait pas prêté attention auparavant, c'était parce qu'ils ne s'étaient vus qu'au travail où ils étaient tous deux focalisés sur les patients.

— Je ferais mieux de partir, dit-elle.

— Vous n'avez pas fini votre verre de vin. Nous pouvons faire réchauffer des restes si vous avez faim. Ou, si vous préférez, je commanderai quelque chose.

*Doucement. Ne lui mets pas la pression. Tu donnes l'impression d'être prêt à tout.*

Peut-être l'était-il. Cela faisait très longtemps qu'il ne s'était pas senti aussi troublé par une femme. Depuis le départ de Melissa, il n'avait eu que quelques aventures sans lendemain, rien de plus.

Anna secoua la tête, faisant danser ses longues boucles rousses, ce qui donna à Eli l'envie de les caresser.

— Ne vous donnez pas cette peine. Il y a tout ce qu'il faut dans votre réfrigérateur.

— Cela veut dire que vous restez encore un peu ?

— Oui, je pense.

— Parfait ! Y a-t-il quelqu'un qui pourra venir vous chercher ?

— Je suis célibataire et je vis seule dans ma maison à Lincoln.

Était-ce une façon de lui dire qu'elle aimerait passer plus de temps avec lui ? Et lui, aimerait-il aussi la voir davantage en dehors du travail ? Hélas, oui. Il n'aurait pas dû lui proposer de rester terminer les restes de la fête avec lui. Il ne pouvait s'engager dans une relation qui risquait de nuire à son fils.

— J'ai cru comprendre que jamais aucun patient ne vous a invité à l'une de ses fêtes ? dit-il en se forçant à sourire.

— Jamais. Je suis contente d'être venue à l'anniversaire de Jordan, même si vous avez peur qu'il se fasse des illusions sur la place que je peux avoir dans sa vie.

— Le départ de sa mère l'a profondément blessé, et je ne veux pas qu'il revive cela. Si je reste célibataire, c'est qu'il y a une bonne raison à cela.

— Pour moi aussi, avoua Anna.

— Ah ! Laquelle ?

Posant son verre, elle se leva.

— Je ferais mieux d'y aller, maintenant.

Il se précipita vers elle pour la retenir.

— Non, Anna, restez, s'il vous plaît. Je vous promets de ne plus vous poser de questions personnelles.

Elle posa sur lui un regard lourd de tristesse.

— J'apprécie beaucoup votre compagnie, Eli. Mais je ne suis pas prête à parler de mon passé. Pas encore.

— Alors, je n'y ferai plus allusion. Voyons ce que nous pouvons faire réchauffer pour le dîner.

Sans réfléchir, il lui tendit la main et fut surpris de sentir les doigts d'Anna se resserrer sur les siens. Serait-elle aussi peu sûre d'elle qu'il l'était lui-même en matière de relation amoureuse ? Il n'était pas près de le découvrir, en tout cas. Il avait promis de ne pas l'importuner par ses questions.

— Je peux aussi commander quelque chose si nous n'avons pas envie de nous contenter des restes de la fête.

Elle se mit à rire.

— Je serais ravie d'avoir quelques-unes de ces délicieuses galettes de poisson, accompagnées d'une petite salade.

— Je n'aurais pas dû vous inviter. Ces galettes sont aussi l'un de mes plats préférés.

— Alors, j'espère qu'il en reste beaucoup, sinon vous allez devoir vous priver.

Elle se permettait de le taquiner. Il aimait bien ça. Elle ne prenait pas de gants avec lui, contrairement à certaines femmes avec qui il était brièvement sorti. Anna ne se jetait pas à son cou, ce qu'il trouvait rafraîchissant.

— J'ai de la chance, il en reste plein. Les enfants n'y ont pas touché.

— Tant mieux. Je meurs de faim.

Quelques minutes plus tard, ils étaient assis au comptoir, occupés à déguster leurs galettes et d'autres restes.

Eli leva son verre pour trinquer avec Anna.

— À un bel après-midi !

Elle choqua son verre contre le sien et but une gorgée de vin.

— Je me ferais un plaisir de vous appeler un taxi si vous ne voulez pas conduire, proposa-t-il.

— Oh ! je n'ai pas beaucoup bu, je ne crains rien.

Elle regarda autour d'elle et sourit.

— J'adore ces œuvres d'art.

Des dessins de Jordan décoraient la porte du réfrigérateur et le mur derrière le comptoir.

— Il aime se servir d'un pinceau.

— Il devait être épuisé après une journée pareille. Mais il a quand même réussi à garder les yeux ouverts pendant que je lui lisais des histoires pour l'endormir. Est-ce qu'il a un bon sommeil, en général ?

— Cela dépend. Parfois, il se réveille toutes les heures, et il y a des nuits où il dort profondément jusqu'à l'aube.

— Ce doit être difficile pour vous certains jours.

— Comme pour tous les parents, qu'ils soient seuls ou en couple. Il y aura toujours des nuits blanches.

— Imaginez ce que ce sera lorsqu'il aura son premier rendez-vous sentimental, dit-elle en riant. Vous vous demanderez : Que fait-il ? Est-il en sécurité ? Se comporte-t-il bien ?

Il était heureux qu'elle ne parle pas de Jordan comme s'il était quelqu'un de différent.

— Ce n'est pas pour tout de suite, mais je ne suis pas pressé de vivre ces années-là.

Comme elle lui jetait un coup d'œil, il éclata de rire.

— Oui, je m'inquiète déjà !

— Pourquoi n'en suis-je pas étonnée ? dit-elle en levant les yeux au ciel.

— Parce que vous savez déjà que j'aime me comporter en personne responsable.

— Au travail, oui. Mais je commence seulement à découvrir comment vous êtes dans le privé.

Qu'elle le trouve trop directif quand il était au travail le contrariait un peu, même s'il avait été le premier à en parler.

— Je veux surtout m'assurer que tout ce qui s'avère nécessaire pour un patient est fait correctement, rectifia-t-il.

Anna pâlit.

— Je comprends, dit-elle en repoussant son assiette vide et en reprenant son verre. Le problème, c'est que nous savons tous ce que nous faisons et nous le faisons bien.

— Je suis d'accord avec vous. C'est juste que je suis perfectionniste, même si je sais que c'est impossible d'être parfait dans la pratique médicale, puisque chaque cas est particulier. Vous n'avez jamais eu envie d'être médecin ?

— Non, jamais. Cela exige trop d'années d'études. J'étais impatiente de gagner ma vie. J'avais toujours rêvé de devenir infirmière et c'est ce que j'ai fait. J'adore ce métier, apprendre à connaître un patient et essayer de l'aider de mon mieux.

Si seulement elle lui disait ce qui lui était arrivé. Mais était-il lui-même prêt à lui révéler que sa mère biologique l'avait abandonné ? Et qu'il lui en voulait toujours, après toutes ces années ? Et que, malgré tout, il avait grandi dans une famille formidable ? Non, c'était beaucoup trop tôt pour qu'il lui raconte tout cela. Ce n'était pas du tout le moment.

En se tournant sur son tabouret, son genou heurta celui d'Anna. Il ne s'écarta pas.

— Moi, je voulais être pompier, puis policier, et ensuite, horticulteur. Finalement, j'ai fait médecine. J'adorais les cours de sciences, à l'école, et surtout la biologie. Et me voilà.

Réalisait-elle qu'elle avait posé la main sur son genou ? Il plaça alors sa main sur la sienne, attendant de voir si elle chercherait à se libérer. Comme elle n'en fit rien, il lui prit la main et y posa un baiser.

— Je suis content que vous soyez venue aujourd'hui, malgré vos hésitations à accepter l'invitation.

— Moi aussi, dit-elle en rougissant.

Serait-elle timide et manquerait-elle de confiance en elle en dehors du travail ? Il avait tout à apprendre sur cette femme merveilleuse et il voulait tout savoir d'elle. Maintenant.

S'approchant de ses lèvres, il s'en empara et lui donna un baiser léger qui s'intensifia quand Anna le lui rendit. Il fut alors saisi d'un désir qu'il n'avait pas ressenti depuis des années. Ce n'était pas seulement physique, mais une sensation bien plus profonde. Une sorte d'osmose.

Quittant son tabouret, il prit Anna dans ses bras pour l'embrasser fiévreusement. Tout en lui livrant ses lèvres douces et chaudes, elle lui caressait le dos, l'enveloppant de son parfum, ce qui le troubla encore plus.

Soudain, elle s'écarta.

— Oups ! Je crois qu'il vaut mieux que nous en restions là.

— Pourquoi ? demanda-t-il d'une voix enrouée par le désir.

— Papa, t'es où ? appela Jordan depuis sa chambre.

Aussitôt, Eli lâcha Anna, en essayant de ne pas trop en vouloir à son fils d'interrompre ce moment magique.

— Papa !

— J'arrive !

Anna attrapait déjà son sac.

— Anna, je suis désolé.

— Pas de problème, dit-elle avec un petit sourire qui lui donna l'envie de l'emmener dans sa chambre après s'être occupé de Jordan.

*Jordan*. Il passait avant tout le reste.

— On se verra au travail, dit-il.

— Bien sûr, répondit-elle froidement, comme s'il avait dit quelque chose qui l'avait contrariée.

Et elle s'en alla, le laissant en proie à un désir dévorant qu'il était incapable de maîtriser.

Anna monta dans sa voiture et, fermant les yeux, elle respira profondément. Qu'avait-elle failli faire ? Si Jordan n'avait pas appelé son père, elle aurait sûrement suivi Eli dans sa chambre.

Le baiser qu'ils avaient échangé la laissait sur sa faim.

Ouvrant les yeux, elle mit la clé de contact et démarra. Il était temps qu'elle rentre chez elle et prenne une douche froide. Non seulement elle éprouvait un désir brûlant pour Eli, mais elle appréciait l'homme qu'il était, maintenant qu'elle avait découvert sa sensibilité et sa générosité.

Où cela les mènerait-il ? Qu'attendait-elle d'Eli ? Une aventure ? Une amitié ? Ou quelque chose de profond et de durable ? L'idée lui plaisait. Mais le méritait-elle ? Danny, puis Jock, les deux hommes avec qui elle avait cru pouvoir passer le reste de sa vie, lui avaient fait comprendre qu'elle ne méritait pas d'être heureuse, après avoir abandonné son bébé.

Malgré tout, elle n'avait pas renoncé à l'espoir de trouver l'homme idéal et d'éprouver pour lui un amour passionné.

*Comme ce que tu as ressenti quand Eli t'a embrassée ?*

Exactement. Il lui avait fait perdre la tête. Il s'était montré tendre. Aimant. Enivrant. Comment pourrait-elle continuer de travailler avec lui en ignorant ces sensations ? Cela s'annonçait difficile. Mais elle n'allait pas quitter son poste à l'hôpital pour le fuir. Ce serait de la folie.

Elle tenta de ne plus penser à lui durant le reste du trajet. Cependant, lorsqu'elle se mit au lit, de nouveau Eli vint hanter ses pensées. Quelques minutes plus tard, son téléphone émit un bip indiquant l'arrivée d'un texto. Il venait d'Eli.

Ouah.

Elle regarda fixement l'écran, croyant avoir une hallucination. Mais non, elle ne rêvait pas. Jamais elle n'aurait cru Eli Forrester capable d'envoyer un tel message. Raison de plus pour se montrer prudente. Elle envoya sa réponse.

Bonne nuit.

Eli savait qu'il n'aurait pas dû adresser ce message à Anna.

Assis dans son salon, une bouteille d'eau glacée à la main, il se trouvait stupide. Elle était partie depuis quarante-cinq minutes, mais il était encore habité par un désir brûlant pour elle. Même les larmes de Jordan, quand il lui avait dit qu'il devait rester au lit et dormir s'il voulait être en forme pour aller à l'école le lendemain, n'avaient pas réussi à éteindre le feu qui l'embrasait.

Anna Passau l'obsédait. Même s'il savait qu'il devait faire passer Jordan en premier. Sa famille ne cessait de lui répéter qu'il devait oublier le passé et refaire sa vie, que Jordan n'en serait que plus heureux, mais il refusait d'exposer son fils au risque de connaître une nouvelle fois la douleur de voir s'en aller quelqu'un à qui il se serait attaché.

Anna n'était pas Melissa. Mais qui pouvait savoir ce que leur réserverait l'avenir s'il s'engageait avec elle ?

Son téléphone bipa. Un message d'Anna. Il sourit et sentit son corps s'embraser aussitôt.

Bonne nuit.

Son sourire s'effaça. Pas de *Ouah* ! Et il était là, perdant la tête pour un simple baiser. Ce n'était pas suffisant. Il voulait plus. Beaucoup plus.

Tenant la bouteille au-dessus de son torse, il la vida sur sa chemise dans l'espoir de se calmer. Sans résultat.

Faire les cent pas dans la maison ne l'apaisa pas davantage. Il ne pouvait quand même pas tondre la pelouse en pleine nuit pour se défouler, les voisins n'apprécieraient guère… Qu'est-ce qu'un homme était censé faire quand il avait perdu le contrôle de ses pensées ?

Réfléchir au genre de rendez-vous qu'il pouvait proposer à Anna. Un rendez-vous ? Comme l'inviter au restaurant ou dans un pub, et la ramener chez elle ? Qu'est-ce que les gens faisaient d'autre, lors d'un rendez-vous ? Il voulait de nouveau l'embrasser. Elle ne lui avait pas envoyé un message enflammé. Juste « Bonne nuit ».

*Montre-lui que tu ne te réduis pas à un baiser ou au sexe.*

Il prit son téléphone et trouva l'annonce d'un concert qui aurait lieu dans un vignoble de Waipara le samedi suivant. Il pouvait proposer à Anna d'y aller avec lui. Ou bien il pouvait acheter les billets maintenant et lui en parler plus tard. Il pouvait aussi organiser un pique-nique. Si Anna déclinait l'invitation, il donnerait les billets à l'une de ses sœurs. Et il ferait semblant de n'y attacher aucune importance.

Le lundi, Eli entra dans le service alors qu'Anna s'occupait des patients, assurant sa garde de 15 heures à 23 heures.

— Bonjour, Anna. Qu'avez-vous fait de beau ce matin ?

Le voir si amical avec elle après la façon brutale dont ils s'étaient quittés la nuit dernière la troubla. Elle avait pensé qu'il reprendrait peut-être ses distances.

— J'ai travaillé dans mon potager pour planter des piments et des poivrons. Espérons que le beau temps sera de la partie.

— Qu'avez-vous planté d'autre ?

Elle sourit.

— La liste est longue. Rien ne vaut les légumes frais venant du jardin.

— Elle nous fait profiter de la moitié de ses récoltes, intervint Leanne depuis son bureau. On a du mal à tout manger !

— Mettez mon nom sur la liste des bénéficiaires, voulez-vous ? dit Eli en passant devant Anna pour prendre un dossier. J'ai vu Andy, Leanne. Vous avez raison. Sa blessure abdominale est infectée. Je vais lui prescrire des antibiotiques plus puissants.

— Voyez cela avec Anna, elle prend le relais. Je vais chercher mes enfants pour les emmener à leur cours de natation.

Elle donna un petit coup de coude à Anna en la contournant.

— Tu nous as manqué, hier, dit-elle avec un sourire moqueur.

— J'étais occupée.

— Je m'en suis doutée. À demain, ajouta-t-elle en allant vers la porte.

— Depuis combien de temps êtes-vous amies, toutes les deux ? demanda Eli après le départ de Leanne.

— Nous avons fait nos études d'infirmière ensemble. Bon, que dois-je savoir au sujet d'Andy ? J'ai lu son dossier.

Elle espérait que le fait de se plonger dans le travail calmerait son cœur qui battait beaucoup trop vite. Qui aurait cru qu'elle ne pourrait plus se trouver près d'Eli sans se sentir mal à l'aise ? Tout cela parce qu'elle s'était rendue chez lui pour assister à une fête d'enfants.

*Trouve autre chose, Anna. Tout cela parce qu'il t'a embrassée et qu'il a un sourire diabolique.*

— Il s'est présenté aux urgences ce matin avec une douleur gastrique sévère due à une infection intestinale. J'ai ouvert, ôté le foyer d'infection, nettoyé le site le mieux possible, mais l'infection était là.

Il savait qu'il ne faisait que répéter ce qu'elle avait déjà lu dans le dossier, mais il tenait à être précis.

— La septicémie est un souci. Je surveille cela de près. Je veux des prises de sang toutes les deux heures pour effectuer une numération globulaire complète.

— Très bien. Ce sera fait. Avez-vous un autre de vos patients à me signaler ?

— Pas pour le moment. Je vais faire une amygdalectomie chez une fillette de huit ans, ce qui ne devrait pas poser de problème.

— Soyez prudent, dit Anna en souriant.

— Oui. Je n'ai pas l'habitude de tenter le sort. À plus tard, peut-être, ajouta-t-il en se dirigeant vers la sortie.

— Je ne sors pas d'ici avant 23 heures.

Eli lui fit un petit signe d'adieu par-dessus son épaule et s'en alla sans rien dire de plus.

Elle ne le revit que lorsqu'il vint prendre des nouvelles d'Andy.

— Il a beaucoup dormi, dit-elle. Il a eu ses antibiotiques et un analgésique léger parce qu'il s'est plaint d'avoir très mal. Sinon, tout va bien.

— C'est ce que j'attendais, répondit Eli en lisant les résultats s'affichant sur le moniteur.

Il avait l'air satisfait.

— Alors, je retourne dans mon bureau, annonça-t-elle.

Le service était calme, hormis le bruit des conversations et des rires que les enfants hospitalisés échangeaient avec leurs parents venus leur remonter le moral.

— Auriez-vous le temps d'aller boire un café ? demanda Eli.

— Mais oui.

Lorsqu'ils arrivèrent dans la salle de repos du personnel, Anna se réjouit de voir que la pièce était déserte. Elle préférait de loin passer ce moment en tête à tête avec Eli.

— Quelqu'un nous a devancés, dit-elle en voyant que la cafetière était pleine et encore chaude.

Eli la prit par le bras et l'attira vers lui.

— Je suis désolé que nous ayons été interrompus hier soir.

— Moi aussi.

Il se pencha vers elle pour l'embrasser et glissa sa langue dans sa bouche. Anna sentit ses jambes se dérober sous elle. Elle s'agrippa à lui et lui rendit son baiser avec la fougue engendrée par la frustration qu'elle ressentait depuis son départ précipité de chez lui, la nuit dernière.

— Eli, murmura-t-elle.

Il se fit plus pressant, la rendant folle de désir. Puis il recula, mit les mains dans ses poches et détourna le regard tandis qu'une infirmière entrait dans la pièce.

— Gabrielle, dit-il, c'est vous qui avez préparé le café ?

Le voir si maître de lui inquiéta Anna. Ne comptait-elle donc pas pour lui ? Il avait entendu l'autre infirmière arriver, semblait-il, alors qu'elle-même était tellement absorbée par leur baiser que rien n'aurait pu l'en distraire, pas même l'explosion d'une bombe.

— J'espère que cela ne vous ennuie pas de partager, ajouta Eli en s'adressant à Gabrielle.

— Il y en a assez pour nous trois. Je vais emporter ma tasse dans le bureau, car je dois rédiger des notes sur l'enfant qui vient d'être ramené du bloc opératoire.

— Merci pour le café, dit Anna. Je ne vais pas tarder à vous rejoindre.

Elle prit sa tasse et se laissa tomber sur une chaise.

— On l'a échappé belle, dit-elle après le départ de Gabrielle. Seriez-vous par hasard doté d'une ouïe exceptionnelle ?

— J'ai juste senti que quelqu'un arrivait, répondit-il en sucrant son café avant de la rejoindre à table.

— Heureusement que votre sixième sens a fonctionné. Il aurait été gênant qu'elle nous surprenne. Cette infirmière n'a pas la réputation d'être particulièrement discrète.

— Détendez-vous, Anna. Le danger est passé.

Il semblait incroyablement à l'aise, comme s'il se moquait complètement que quelqu'un soit venu perturber leur baiser.

— Vous avez l'habitude de ce genre de situation ? demanda-t-elle sans réfléchir.

Tant pis ! Après tout, autant dire tout haut ce qu'elle pensait. Au moins, elle saurait à quoi s'en tenir.

Eli reposa brutalement sa tasse sur la table.

— Non, Anna, ce n'est pas le cas. Comme vous l'avez souligné, je ne passe pas pour être très amical avec le personnel, de quelque façon que ce soit.

Prise de remords, elle fit la grimace.

— Je suis vraiment désolée. Je suis très mal à l'aise avec ce genre de choses.

— Vous n'aimez pas que les gens sachent que vous passez de bons moments ?

— Je ne veux pas que les infirmières avec qui je travaille me questionnent sur vous. Non pas que je passe beaucoup de temps avec vous, mais… Oh ! je ne sais même pas ce que j'essaye de dire.

Elle le regardait fixement, avec l'envie folle de se jeter dans ses bras. Ce qu'elle ne faisait jamais avec personne. Elle avait appris dix-huit ans auparavant que cela ne la menait nulle part, sinon à s'attirer des ennuis.

Eli lui prit la main et se leva.

— Venez ici. Je comprends parfaitement ce que vous voulez dire. Vous redoutez autant que moi de vous rapprocher de quelqu'un, alors, le mieux est que nous profitions de ces moments passés ensemble, et nous verrons bien ce qui arrive.

Quel homme ! Elle pourrait déjà tomber amoureuse de lui, si toutefois elle se faisait à cette idée. Ce qui était peu probable après avoir essayé d'être heureuse en amour et s'être vue rejetée. Ce qu'elle voulait, c'était tomber amoureuse de l'homme qui serait le bon pour elle. Le plus effrayant, c'était qu'Eli semblait pouvoir être cet homme-là, si elle l'y autorisait. Et s'il le souhaitait. Mais elle devait d'abord savoir ce qui le retenait, mis à part son ex-femme et Jordan. Étaient-ce là les seules raisons, ou bien y avait-il encore autre chose qui empêchait Eli de s'engager dans une relation sérieuse ?

— Bon, dit-elle, je ferais mieux d'emporter mon café dans mon bureau avant que l'on ne se demande où je suis passée.

— Pas avant d'être allée au bout de ce baiser.

Elle n'eut même pas le temps de réfléchir. Elle était déjà dans les bras d'Eli, échangeant avec lui un baiser qui déclencha chez elle la même excitation, délicieuse et incontrôlable, que celle qu'elle avait connue tout à l'heure.

Le baiser prit fin et Eli se dirigea vers la porte, avant de revenir sur ses pas.

— Je voulais vous demander si vous étiez libre samedi soir pour venir avec moi à un concert de rock dans un vignoble, à Waipara. Nous pourrions faire un pique-nique et prendre du vin.

Il lui proposait un rendez-vous. Un vrai rendez-vous.

— J'adorerais vous y accompagner.

— Ah, tant mieux ! Sinon, j'aurais été obligé de choisir à laquelle de mes sœurs donner les billets, dit-il avec un sourire malicieux. Nous parlerons des détails pratiques plus tard.

Et, cette fois, il quitta pour de bon la pièce.

Elle le suivit du regard, le cœur battant. Il n'y avait aucun doute, Eli était quelqu'un d'exceptionnel. Elle retourna dans son bureau et s'assit. Ce ne fut qu'à ce moment-là qu'elle réalisa qu'elle avait laissé sa tasse de café sur la table de la salle de repos du personnel.

# 5

Anna était magnifique, moulée dans son jean et un chemisier vert émeraude qui mettait en valeur ses jolies rondeurs. Ses cheveux, libres de toute attache, lui tombaient sur les épaules. Revenant du stand de vin, Eli, au comble du bonheur, s'arrêta un instant pour l'observer de loin tandis qu'elle scrutait la foule. Il était sous le charme, séduit non seulement par le physique et le tempérament de feu de la jeune femme, mais aussi par sa délicieuse personnalité.

Allons ! pensa-t-il en haussant les épaules. Il était ici pour se distraire avec Anna et il entendait profiter à fond de ce moment

— Je vois que vous avez déjà préparé les verres, dit-il en riant tandis qu'il ouvrait la bouteille. Ils vendent beaucoup de vin sous la tente, là-bas.

— Rien d'étonnant à cela. Ce domaine est très réputé et, de plus, nous n'avions pas le droit de venir avec nos propres bouteilles.

Eli s'assit à côté d'elle sur une chaise de jardin et remplit les verres. Il lui en tendit un.

— À cette merveilleuse soirée ! dit-il.

Qui savait comment elle se déroulerait ? Mais il était en compagnie d'une femme charmante et il se sentait si détendu qu'il croyait presque rêver.

Le premier groupe de rock commença à jouer et le public se tut autour d'eux. Eli vit qu'Anna battait la mesure, frappant ses doigts contre sa cuisse.

— Génial, dit-elle.

Du moins, c'était ce qu'il avait cru entendre. Mais la sono était si forte qu'il était difficile de savoir ce que disait son voisin. Il lui prit la main et s'installa confortablement pour profiter du concert et de la présence de cette femme qui lui plaisait de plus en plus.

— Il semble qu'il m'est impossible de l'ignorer plus longtemps.

— Ignorer quoi ? demanda Anna en se rapprochant de lui.

Il n'avait pas réalisé qu'il avait parlé tout haut. Elle devait avoir l'oreille fine si elle avait réussi à l'entendre.

— Le panier de victuailles pour le pique-nique, répondit-il dans l'espoir de noyer le poisson.

Mais Anna ne fut pas dupe.

— Essayez de trouver autre chose.

Ils étaient si proches l'un de l'autre qu'il sentait le parfum vanillé de la jeune femme.

— Je me disais que je prenais grand plaisir à cette sortie avec une femme que j'apprécie davantage de jour en jour.

Elle s'écarta de lui, le regardant fixement de ses yeux verts qui exprimaient une vraie surprise. Elle secoua la tête.

— Je dois être victime d'hallucinations auditives, dit-elle.

*J'aimerais que ce soit le cas*, pensa-t-il.

Il était lui-même choqué de s'être ainsi livré à elle. Cela montrait combien il avait peu l'habitude des rendez-vous galants.

— Je pense vraiment ce que j'ai dit, insista-t-il.

Autant se montrer honnête. Ce n'était pas comme s'il lui avait déclaré qu'il était tombé amoureux d'elle.

— Vous ne cesserez jamais de me surprendre, dit Anna.

— Jusqu'au jour où Jordan s'est fait opérer, vous ne me connaissiez que comme chirurgien. Mais je ne me réduis pas aux scalpels et aux gants en vinyle.

— J'imagine.

— Vous imaginez ? Vous n'irez pas loin.

— Alors, dites-m'en plus.

— Plus tard, quand je ne serai plus en compétition avec le groupe de musiciens.

*Et cela me laissera le temps de réfléchir à ce que je compte faire. Avec Anna.*

Quittant sa chaise, elle le prit par la main.

— Venez, allons danser.

— Moi ? Danser du rock ?

Il regarda autour de lui. Le public s'était levé et s'agitait au rythme de la musique. La moitié des gens ne savaient pas danser, mais personne n'avait l'air de s'en soucier.

— Bon, d'accord, allons-y.

Une heure plus tard, les musiciens quittèrent la scène, laissant la place au groupe suivant.

Anna s'écroula contre Eli.

— Il faut que je boive et que je mange, dans cet ordre-là !

— Moi aussi, dit Eli.

Ils n'avaient pas cessé de danser depuis qu'ils s'étaient levés de leurs chaises, et il y avait pris beaucoup de plaisir. Anna lui était apparue plus séduisante que jamais, mais s'il la voyait patauger dans la boue, il la trouverait encore terriblement sexy.

— Nos verres n'ont pas survécu aux mouvements de la foule, constata-t-il. Ils sont vides !

Ils gisaient dans l'herbe, au pied des deux chaises.

— Quel dommage ! Ce vin était délicieux.

— Nous pouvons en boire encore au cours du repas, dit-il en ouvrant le panier du pique-nique. Mais vous vouliez d'abord boire de l'eau, ajouta-t-il en lui tendant une bouteille.

Puis il commença à déballer les victuailles.

— Cela a l'air fameux, déclara Anna en attrapant un petit pâté pour le déguster aussitôt.

Il la regardait, fasciné. Tout semblait si simple, si facile, avec cette femme. Il devait se montrer très prudent. Si elle avait le pouvoir de le bouleverser simplement en avalant un petit pâté, il n'osait imaginer les dégâts qu'elle pouvait faire avec un baiser ou en couchant avec lui. Mais il décida de ne pas tenir compte de ces signaux d'alarme et de profiter à fond de la soirée. Peut-être aurait-il des regrets demain, mais cette nuit il goûterait tout le plaisir d'être avec Anna.

— Voulez-vous entrer ? demanda Anna quelques heures plus tard alors qu'Eli se garait devant chez elle.

Elle prenait le risque de lui faire des avances, car elle avait envie de prolonger le merveilleux moment qu'ils venaient de passer ensemble. Pour tout dire, elle le désirait. Elle avait follement envie de lui. Pas seulement dans son lit, mais dans sa vie. Jusqu'à présent, ils s'étaient très bien entendus, beaucoup mieux qu'elle ne l'aurait imaginé il n'y a pas si longtemps. Elle voulait que cela continue.

— Avec grand plaisir, dit-il.

— Génial.

Était-il celui avec qui elle ferait sa vie ? Elle n'en savait rien. Le seul moyen de le découvrir, c'était de passer du temps avec lui. Il la quitterait sans doute tôt ou tard, et le perdre ne serait pas facile. Il la touchait profondément, par son côté attentionné, son sens de l'humour, son attachement à Jordan et à sa famille. Et, surtout, par sa capacité à la comprendre ou, du moins, par son désir de la comprendre même quand il avait du mal à y arriver. Bien sûr, il ignorait ce qu'elle avait fait. S'il l'avait su, il l'aurait sans doute fuie comme la peste. Il ne pardonnait pas à son ex-femme d'avoir abandonné Jordan. Il la jugerait aussi sévèrement s'il connaissait son histoire.

— Vous semblez perdue dans vos pensées, dit-il en l'accompagnant jusqu'à sa porte.

Elle se tourna vers lui pour l'embrasser.

— Je suis là, avec vous.

Il s'empara de ses lèvres et lui donna un baiser si passionné qu'elle sentit son corps s'embraser. S'agrippant à lui, elle lui rendit son baiser en y mettant la même fièvre.

— Anna, grogna-t-il, ouvre la porte, veux-tu ?

Elle dut s'y reprendre à trois fois avant de réussir à mettre la clé dans la serrure. Une fois à l'intérieur de la maison, elle referma la porte d'un coup de hanche et, se collant à Eli, elle continua de l'embrasser.

Il la pressa contre lui, les mains posées sur ses hanches. Elle sentit combien il était excité, lui aussi, et cela ne fit que la stimuler davantage encore.

— J'ai envie de toi.

— Patience, Anna. Nous avons toute la nuit devant nous.

— Je suis incapable d'attendre cinq minutes de plus, et encore moins toute la nuit !

Il rit et la souleva dans ses bras puissants.

— C'est par où ?

— Par là. Tout droit.

Pendant qu'il la portait jusqu'à sa chambre, elle l'embrassa dans le cou et le lécha à petits coups de langue. Sa peau avait un goût divin. Et son parfum était irrésistible.

— Doucement, Anna, ou je ne tiendrai pas la distance !

— Moi non plus. C'est là !

La lune éclairait sa chambre comme en plein jour. Alors qu'Eli l'allongeait sur le lit, elle s'accrocha à lui et l'attira contre elle, le corps tremblant comme une feuille.

— Les vêtements...

Elle voulut lui ôter sa chemise, mais sans y parvenir complètement. Eli, étendu sur elle, réussit à faire glisser son jean sur ses hanches. Elle lui posa alors la main sur l'entrejambe et put constater tout l'effet qu'elle lui faisait.

— Anna... attends.

— Je ne peux pas.

— Il le faut.

Il se redressa, fouilla dans sa poche, puis il ôta son pantalon et se débarrassa de sa chemise.

— Je dois mettre un préservatif.

— Je prends la pilule.

— Je veille à être toujours couvert.

Il commença à déboutonner lentement le chemisier d'Anna.

— Mieux vaut prévenir que guérir ? murmura-t-elle.

— Absolument.

Elle ne pouvait lui reprocher sa prudence. Personne n'a envie de devenir parent par surprise. S'emparant de son sexe, elle se mit à le caresser.

— Arrête, dit Eli en écartant sa main.

Il se pencha et lécha doucement ses seins, éveillant chez elle des sensations qui l'envoyèrent sur une autre planète.

N'y tenant plus, elle s'empara de sa main et la plaça entre ses jambes, réclamant des caresses qu'il lui prodigua aussitôt. Elle se cambra, emportée par un désir irrépressible pour cet homme extraordinaire.

Eli s'agenouilla entre ses jambes et la souleva, puis il la pénétra lentement, doucement, avant de se retirer.

— Eli ! cria-t-elle. Encore, je t'en prie !

Il obéit, accélérant le rythme à chaque mouvement jusqu'au moment où elle le supplia.

— Eli, maintenant !

Il la pénétra, puissant et rapide, et ne put se retenir de crier au moment où il jouit.

— Anna, oh, Anna !

Quand il se retira, il la serra tout contre lui.

— Eli, c'était plus que merveilleux, murmura-t-elle, blottie contre sa poitrine.

Il l'étreignit plus étroitement encore et elle ferma les yeux.

Ce qu'elle vivait lui semblait incroyable. Ils étaient dans leur monde à eux, à l'écoute l'un de l'autre. Ils n'avaient pas besoin de se parler, il suffisait que leurs corps se touchent. Elle avait attendu une éternité pour ressentir un tel bien-être. Elle ne savait même pas que c'était possible.

— Anna, murmura-t-il. Je ne sais pas quoi dire, à part que je suis plus qu'heureux.

— C'est suffisant. Tenter d'en dire plus ne ferait qu'amoindrir l'émerveillement que tu viens de me faire vivre.

Il lui posa un baiser léger sur le front.

— Tu es fabuleuse.

— Il faut être deux pour danser le tango.

— Je pense que nous avons été bien meilleurs au lit que sur la piste de danse, dit-il avec un rire léger qu'elle trouva terriblement sexy.

Ils firent de nouveau l'amour, cette fois en prenant tout leur temps pour découvrir le corps de l'autre, de la tête aux pieds. Après avoir pris l'un et l'autre tout le plaisir possible, ils connurent ensemble le même moment de jouissance.

Blottie dans les bras d'Eli, Anna s'endormit, émerveillée par ce qui venait de se passer entre eux. Quand elle se réveilla, Eli était en train de sortir du lit.

— Eli ?

— Je rentre chez moi. Liz doit ramener Jordie à la première heure, car elle est attendue quelque part. Merci pour cette merveilleuse soirée.

Il se pencha vers elle et l'embrassa doucement.

— J'ai vraiment adoré notre rendez-vous.

— Moi aussi.

— Il faudra recommencer.

— Quand tu veux.

Eli parut surpris, comme s'il n'avait pas imaginé une chose pareille.

— Rien ne presse, dit Anna en lui caressant le menton.

— Tu as raison.

Il était en train de faire marche arrière. Et de se rhabiller rapidement.

— Merci, Eli, dit-elle en sortant du lit. Tu es très doué pour sonner la fin de la récréation.

— Anna, ce n'était pas mon intention, dit-il d'un ton hésitant. J'ai passé une nuit merveilleuse avec toi. Un moment incroyable.

— Mais ?

— La réalité nous rattrape. Je ne peux pas passer beaucoup de temps avec toi. J'ai d'autres engagements qui sont prioritaires.

— Tu crois que je ne le comprends pas ? Arrête de me traiter comme si j'espérais que tu me fasses passer avant tout le reste. En fait, nous ne nous voyons pas beaucoup.

Et voilà ce qui restait d'une nuit fabuleuse. Elle partait rapidement en fumée.

— Je vois. Bon, je ferais mieux d'y aller. On se verra au travail.

Anna attendit que la porte d'entrée se referme, puis elle alla la verrouiller, car elle savait qu'Eli ne reviendrait pas ce soir.

Heureusement qu'elle était de l'équipe de nuit durant les trois jours à venir, car cela limitait les risques qu'elle tombe sur lui. Elle se sentait le cœur lourd. En essayant de mieux le connaître, elle avait surtout compris qu'il ne voulait pas être trop proche d'elle si cela pouvait nuire à Jordan. Bon, d'accord, mais il semblait que ce petit garçon régissait toute la vie de son père. Ou peut-être qu'Eli se servait de lui comme prétexte ? Il y avait là matière à réflexion.

La première moitié de la semaine s'écoula sans qu'Anna, de service la nuit, ait revu Eli. Elle se sentait mal. Après la soirée fantastique qu'ils avaient eue, elle pensait avoir trouvé l'homme pour qui elle était prête à prendre tous les risques. Mais, apparemment, il ne partageait pas la même impression. Sans doute ne méritait-elle pas de connaître le grand amour.

Le jeudi, elle se retrouva dans l'équipe du matin avec Leanne.

— As-tu envie qu'on fasse les soldes pour acheter des tenues d'été quand nous aurons fini notre garde ? proposa son amie.

Pas vraiment. Mais pourquoi pas, après tout ? Il ne fallait pas laisser Eli tout lui gâcher.

— Pourquoi pas ? dit-elle. J'aurais bien besoin de faire peau neuve.

Leanne se mit à rire.

— Est-ce que par hasard cela aurait quelque chose à voir avec un certain chirurgien ?

— Qu'est-ce qui te fait penser cela ?

— Le fait que tu es toujours à l'affût pour voir s'il n'arrive pas dans la pièce où nous sommes.

— Lui et moi, nous ne voyons pas les choses de la même façon en ce moment.

— C'est ce que j'ai cru comprendre. Et c'est pourquoi je pense que t'emmener faire du shopping est une bonne idée.

Elle jeta un coup d'œil sur l'écran de l'ordinateur.

— Tu devrais profiter de ce moment de calme pour aller manger quelque chose, ajouta-t-elle.

Anna se leva et s'étira.

— Je serai à la cantine si tu as besoin de moi.

— J'essayerai de ne pas t'appeler, dit Leanne en souriant.

À cet instant, Anna sentit la présence d'Eli dans la pièce. D'habitude, elle semblait toujours savoir quand il était dans les parages, mais pas cette fois.

— Je m'en vais, dit-elle. Bonjour, Eli. Êtes-vous passé voir Laurie ? Elle va bien, aujourd'hui. Elle ne souffre plus et l'inflammation se résorbe.

— Je viens juste d'aller la voir. Son état s'est beaucoup amélioré depuis hier.

Il avait pris son air sérieux de médecin au travail.

— Y aurait-il un problème ? s'enquit Anna.

— Mais non. Cela ne vous ennuie pas si je me joins à vous pour aller boire un café à la cantine ?

Il avait l'air toujours aussi sérieux.

— Non, bien sûr.

Elle se dirigea vers l'ascenseur sans vérifier si Eli la suivait. Lorsqu'il entra dans la cabine, elle poussa un soupir de soulagement.

— Tout va bien ? s'enquit-elle.

— Mais oui.

En ce qui la concernait, c'était plutôt non.

— As-tu quelque chose de prévu ce week-end ?

Il ne lui avait encore proposé aucun autre rendez-vous. Peut-être que, pour lui, ce n'avait été qu'une nuit de plaisir, rien de plus. Autant le savoir maintenant et s'éviter ainsi une lourde déception, plus tard, alors qu'elle se serait vraiment attachée à lui. *Ne l'es-tu pas déjà ?* Si, énormément, s'avoua-t-elle en silence.

— Jordan est invité à l'anniversaire de son meilleur ami qui va fêter ses cinq ans et qui va faire son entrée à la même école que lui lundi prochain.

— Comment Jordan se sent-il à l'école jusqu'à présent ?

— Il adore y aller.

Sa bouche se crispa.

— L'une de mes craintes est qu'on se moque de lui à cause de sa différence.

— C'est un petit garçon solide.

— Tu n'as pas vu dans quel état il est lorsqu'il se fait harceler par des gamins qui se croient parfaits.

Non, mais elle pouvait imaginer le petit visage en larmes de Jordan essayant de comprendre pourquoi les enfants se moquaient de lui.

— C'est dur pour vous deux.

— Tu travailles, ce week-end ?

Avait-il l'intention de lui proposer de sortir avec lui ?

— Je suis de garde dimanche soir, mais autrement je suis libre.

— Je suis sûr que tu seras très occupée.

L'espoir qu'elle avait nourri un bref instant s'évanouit. Ils n'allaient pas se voir ce week-end.

Quittant l'ascenseur, elle se dirigea vers la cantine. Elle n'avait plus faim, mais elle s'efforcerait d'avaler quelque chose pour qu'Eli ne réalise pas à quel point elle était blessée.

— Je vais te chercher un café, dit-il.

— Merci. Je m'occupe de trouver une table disponible.

Quelque chose clochait, c'était évident. Il ne l'avait pas appelée depuis samedi dernier. Et elle n'avait pas essayé de prendre contact avec lui. Pourtant, il était là, montrant qu'il voulait discuter avec elle. C'était incohérent.

Lorsqu'elle s'assit devant son déjeuner et les deux cafés, Eli lui adressa un sourire chaleureux, ce qui la déstabilisa encore davantage.

— Bon appétit, Anna. Jordan t'a réclamée hier soir. En réalité, il le fait tous les soirs.

Le moment de vérité était arrivé.

— Est-ce que cela pose un problème ?

— J'espère que non.

Encore un coup asséné en plein cœur.

— Je ne vois pas comment ce pourrait en être un.

À moins qu'il ne veuille pas que son fils ait une autre femme dans sa vie.

— Après ce qu'a fait Melissa, je le surprotège sûrement, mais je ne veux pas le voir subir cela une nouvelle fois. Je n'arrive toujours pas à comprendre comment elle a pu partir comme elle l'a fait. Quelle mère peut abandonner son enfant ? Et comment une femme peut-elle faire adopter son bébé qu'elle a porté et nourri pendant neuf mois ? Cela me dépasse.

Anna sentit son estomac se nouer. C'était ce qu'elle redoutait d'entendre depuis le début. Tout était fini entre eux, avant même d'avoir commencé. Inutile de lui dire qu'elle avait abandonné son bébé, et d'essayer de lui expliquer pourquoi. Elle avait le sentiment qu'il l'inclurait dans le jugement qu'il portait sur les femmes en général et qui le poussait à ne faire confiance à aucune d'elles.

— Tu penses que je pourrais faire du mal à ton fils ? Mais, Eli, si nous devions devenir plus proches l'un de l'autre, cette question nous concernerait tous les deux et nous en discuterions afin de prendre les mesures nécessaires pour nous assurer que Jordan ne pâtisse en rien de notre relation.

Il s'appuya contre le dossier de sa chaise, l'air déconcerté.

— Tu sais ce que j'aime chez toi ? Ta franchise. Tu n'essayes pas de me faire plaisir en me disant ce que tu crois que j'aimerais entendre. Tu dis simplement ce que tu penses.

— C'est la seule façon de procéder.

Mais il y avait des choses qu'elle n'était pas prête à lui avouer tant que les choses n'auraient pas avancé entre eux.

— Oui, c'est vrai. Anna, je ne veux pas cesser de te voir.

Alors, elle ferait mieux de tout lui dire. Elle verrait ainsi sa réaction et elle saurait à quoi s'en tenir.

Elle respira un grand coup.

— Eli, je...

— Je déteste voir Jordan si vulnérable. Je ne voudrais pour rien au monde qu'il s'attache à quelqu'un que j'aurais introduit dans la famille et qu'il soit amené à en souffrir.

Il marqua une pause, tambourinant nerveusement avec ses doigts sur la table.

— Anna, je dois y aller doucement. Si cela ne te convient pas, je pense que nous resterons simplement amis.

— Je comprends, mais d'abord...

Elle fut interrompue par le bipeur d'Eli, ce qui, finalement, fut pour elle un soulagement. Elle n'avait pas très envie de lui parler de son passé, surtout ici, dans la cafétéria, au milieu d'une foule de gens.

— Je dois partir, dit Eli en se levant. Il y a un patient qui m'attend aux urgences.

— Nous reparlerons de tout cela une autre fois.

On aurait dit qu'elle aussi choisissait d'y aller doucement, même si cela lui brisait le cœur.

Elle le regarda s'éloigner, prise de vertige. Eli lui plaisait vraiment et elle avait du mal à imaginer qu'il puisse désormais n'être pour elle qu'un ami.

— Bonjour. Vous êtes Anne Passau ?

Un jeune homme se tenait debout près de sa table et l'observait d'un air méfiant.

— Oui, en effet. Est-ce qu'on se connaît ?

— Je suis Charlie.

Elle resta bouche bée. Elle avait dû mal entendre.

— Qui ?

— Votre fils.

— Ils vous ont appelé Charlie ?

C'était le prénom qu'elle avait choisi pour lui alors qu'elle savait déjà qu'elle n'aurait pas son mot à dire sur le nom qu'il porterait, ni même si elle le reverrait un jour.

— Papa et maman ont fait cela pour vous. Et pour moi.

Elle le regardait fixement, ne se lassant pas de le contempler. Son fils. Charlie. Que faisait-il ici ? Comment l'avait-il retrouvée ? Que se passait-il ?

— Charlie...

— Je peux m'asseoir ?

— Mais oui, bien sûr ! s'écria-t-elle.

*Ne t'en va pas.*

— Je ne sais pas quoi dire, poursuivit-elle. Je suis stupéfaite, surprise, heureuse, effrayée. J'éprouve toutes les émotions possibles. Je n'arrive pas à croire que c'est toi. Pourquoi es-tu ici ? Je veux dire, pourquoi es-tu venu à l'hôpital et non chez moi ? Ou bien ignores-tu où j'habite ?

*Doucement, Anna. Laisse-lui une chance de s'exprimer.*

Il s'assit, les joues toutes rouges.

— Euh... c'est parce que... quand mon frère, qui a été adopté comme moi, a retrouvé sa mère biologique, leur première rencontre s'est faite chez elle, là où elle vivait avec son mari et ses autres enfants. Elle l'a accueilli avec des cris et des hurlements, disant qu'il n'avait pas le droit de venir chambouler sa vie. Je ne voulais pas que cela se passe comme ça pour nous et j'ai pensé que vous seriez plus à l'aise s'il y avait beaucoup de monde autour de nous.

Elle ferma les yeux un bref instant.

— Jamais je n'aurais réagi de cette façon. J'ai désiré te revoir depuis que tu m'as été enlevé...

Elle avait les lèvres sèches. Levant sa tasse, elle avala une gorgée de café froid, puis essaya de reprendre la parole.

— ... Depuis ta naissance. Je suis ravie que tu sois là.

Plus que ravie, mais elle ne trouvait pas d'autre mot pour décrire ce qu'elle ressentait.

— As-tu essayé de me retrouver ? demanda-t-il.

— Je n'avais aucune raison de le faire. L'adoption m'interdisait explicitement toute visite.

— Et tu as signé cela.

Il ne laissait rien paraître de ce qu'il pensait.

— Je n'avais pas le choix.

— Tu aurais pu me garder.

— Je viens de te le dire, je n'avais pas le choix.

Elle ferma de nouveau les yeux, respira un grand coup et, regardant Charlie bien en face, elle tenta de lui expliquer ce qu'avait été sa situation.

— J'ai eu seize ans deux semaines avant ta naissance. J'étais encore à l'école. Même si j'étais partie travailler, prenant un job, deux jobs, pour t'entretenir, je n'aurais pas gagné assez pour t'offrir un toit, te nourrir et te vêtir.

— Tu vivais chez tes parents, papa et maman me l'ont dit, objecta-t-il d'un ton vif.

— Ils m'ont dit qu'ils me jetteraient dehors si je te gardais. Je serais partie si j'avais pu me débrouiller toute seule. Je voulais te garder. Je ne voulais pas te faire adopter. Tu es mon fils. Je ne voulais pas que tu sois élevé par des étrangers.

Elle marqua une pause.

— Ce fut le moment le plus difficile de ma vie. Tout ce que j'espérais, c'était qu'un jour tu comprennes que ce qui comptait le plus pour moi, c'était que tu aies une belle vie. C'était cela le plus important.

— Tu ne penses pas que grandir avec ma mère biologique aurait été plus important ?

— Oui, c'est vrai. Du moins, je le suppose, mais je ne suis pas dans ta position, alors je peux me tromper.

Les mains croisées sur ses genoux, elle regardait fixement le jeune homme assis près d'elle. Elle n'avait aucun doute : c'était bien son fils. Même s'ils ne se ressemblaient guère physiquement. Il n'avait pas les yeux verts comme ceux qu'elle voyait tous les matins dans la glace. Il était grand, contrairement à elle. Et ses cheveux étaient clairs, pas roux. Mais il y avait quelque chose dans sa façon de s'asseoir, de se tenir droit, les lèvres serrées, qui lui rappelait sa propre attitude lorsqu'elle était stressée ou contrariée.

— J'ai toujours rêvé de te rencontrer, de te dire que tu m'avais rendu service, car je ne voulais pas avoir affaire à une femme qui avait été capable de m'abandonner.

La douleur la transperça. Elle s'affaissa sur sa chaise.

— Je ne peux te dire à quel point je suis désolée, mais je croyais faire ce qui était le mieux pour toi.

Jamais il ne la comprendrait ni ne la croirait, s'il fallait se fier au regard furieux qu'il lui lançait.

Il resta silencieux un moment et Anna se demanda s'il allait s'en aller pour ne plus jamais revenir. Elle attendit, n'osant lui parler. Pourtant, il y avait tant de choses qu'elle avait besoin de savoir, mais elle craignait que si elle lui posait des questions, il ne disparaisse de nouveau de sa vie.

Puis il prit la parole, la surprenant une fois encore.

— D'une certaine façon, c'est ce que tu as fait. Papa et maman ont été les meilleurs parents que je pouvais espérer avoir. Ils m'aiment tellement, et je les aime aussi. Ils m'ont donné une vie fabuleuse, m'ont toujours soutenu en toutes circonstances, essayant même de me faire comprendre que tu avais été obligée de faire ce que tu as fait.

— Je n'ai jamais demandé cette clause stipulant que je ne voulais pas être contactée pour faire partie de ta vie.

— Ils m'ont dit que c'étaient tes parents qui l'avaient exigé.

— Oui, c'est vrai.

Elle ne le leur avait jamais pardonné, ce qui expliquait probablement qu'ils n'avaient jamais pu avoir ne serait-ce qu'une relation amicale.

— Tu es infirmière, dit-il, changeant brusquement de sujet.

— Oui, en effet.

— Je suis en première année de formation pour devenir infirmier, moi aussi.

Pour la première fois, il esquissait un semblant de sourire. Soudain, elle se sentit beaucoup mieux.

— Nous avons donc quelque chose en commun, dit-elle, en espérant que cela ne le ferait pas s'enfuir en courant.

— C'est ce que j'ai pensé quand je l'ai découvert.

— Où fais-tu tes études ?

Le sourire s'effaça.

— À Wellington. C'est là que j'ai toujours vécu.

— Wellington ? Je ne savais pas que c'était là que tu avais grandi.

— Non, bien sûr que non.

Il était de nouveau en colère.

— Comment m'as-tu retrouvée ?

— Ce n'est pas moi, dit-il en la regardant d'un air méfiant. C'est maman. Elle ne m'a pas dit comment elle avait fait, sauf qu'elle savait que ta famille habitait à Christchurch à l'époque, et elle est partie de là. Je pense qu'elle savait que ton père travaillait dans une entreprise et elle a commencé à mener son enquête. Elle avait compris que j'avais besoin de savoir qui tu étais, et qu'en même temps je ne voulais pas savoir.

De nouveau, elle ressentit une profonde douleur. Mais elle pensait pouvoir comprendre ce qu'il ressentait. Cela lui faisait encore mal. Dès l'instant où on lui avait pris son bébé, elle avait espéré vivre un jour comme aujourd'hui. Maintenant qu'elle avait revu son fils, elle ne voulait pas le voir disparaître à nouveau. Elle ne le supporterait pas.

— Tu ne peux pas savoir comme je suis heureuse que tu aies décidé de venir me voir.

— J'ai souvent été en colère contre toi, tout en ayant envie d'en savoir plus sur toi.

Il se leva.

— Il est temps que je parte. J'étais à Christchurch pour suivre un stage dans un cabinet de médecine générale et j'ai un vol à 17 heures pour rentrer chez moi.

Elle se leva d'un bond.

— Charlie, ne pars pas ! Pas déjà. Je t'en prie !

— Je dois y aller.

Il marqua une hésitation.

— Puis-je avoir ton numéro de téléphone ?

— Absolument.

Il sortit son portable de sa poche.

— C'est quoi ?

— Puis-je avoir le tien ?

— Non. Pas encore, ajouta-t-il dans un murmure.

— Je comprends.

Et s'il ne l'appelait jamais ? Elle en aurait le cœur brisé. Mais elle avait enfin pu le voir, elle savait à quoi il ressemblait, elle connaissait le son de sa voix. Pourtant, c'était loin d'être suffisant.

Elle lui donna son numéro. C'était mieux que rien.

Charlie leva les yeux de son téléphone. Soudain, il ressemblait à un petit garçon qui avait perdu quelque chose d'énorme au lieu de l'avoir trouvé. L'avait-elle déçu ? À quoi s'était-il attendu ?

— Charlie ?

— À bientôt, dit-il en s'éloignant.

Il ne l'avait pas serrée dans ses bras, il n'avait pas jeté un dernier regard derrière lui en la quittant. Rien.

Anna ne le quitta pas des yeux jusqu'à ce qu'il sorte de la cafétéria et elle attendit. Mais il ne revint pas sur ses pas.

Se laissant tomber sur sa chaise, elle se prit la tête entre les mains et fondit en larmes.

# 6

— Tiens, bois ça, dit Leanne en posant une tasse de café sur la table avant de s'asseoir à côté d'Anna qui leva lentement la tête vers elle.

Elle avait le visage ravagé et les joues bouffies à force d'avoir pleuré.

— Je crois que je ne peux rien avaler.

Ne la voyant pas revenir dans le service, Leanne était venue la chercher à la cafétéria. Anna lui avait alors parlé de Charlie et, devant son désarroi, son amie avait pris place à sa table, commandé d'autres cafés, et elle lui tenait la main.

— Allez, bois, cela te fera du bien.

En essayant de saisir sa tasse, Anna renversa un peu de café. Elle la reposa brutalement sur la table et la contempla comme si elle avait un monstre devant elle.

— Je n'arrive pas à le croire. J'ai toujours cultivé l'espoir de revoir un jour Charlie, et c'est arrivé.

De grosses larmes roulaient sur ses joues. Leanne lui adressa un sourire compréhensif.

— Tu le désirais depuis si longtemps. Il te faudra du temps pour assimiler tout cela. Tu ferais mieux de rentrer chez toi, tu n'es pas en état de reprendre le travail.

— Je suis si heureuse, si émerveillée qu'il m'ait trouvée, murmura Anna, regardant fixement ses mains. Mais je me sens toute chamboulée, comme si une autre bombe allait exploser.

— C'est tout à fait naturel.

— Merci, Leanne. Que ferais-je sans toi ?

— Tu vas t'en sortir. Tu es beaucoup plus forte que tu ne le penses, ajouta son amie en la serrant dans ses bras. Je vais retourner travailler. Nous parlerons ce soir. Sois patiente avec toi, ma belle.

— Moi ?

— Oui, toi. Téléphone-moi plus tard.

— Promis. Je crois que je vais aller faire un tour dans le parc. J'ai besoin de remettre de l'ordre dans mes idées.

Si toutefois c'était possible. Charlie avait refait surface dans sa vie. Charlie.

Anna se promena pendant des heures dans Hagley Park. Elle errait sans but précis, ne cessant de réfléchir.

Charlie, son fils, était venu la retrouver. C'était difficile à croire. Mais elle le revoyait, debout près de la table de la cafétéria, la regardant comme s'il avait devant lui une apparition. Il était bien réel. Charlie, son fils.

Elle était en proie à toutes les émotions. Heureuse, déconcertée, triste, débordant d'amour pour le jeune homme qu'elle avait mis au monde dix-huit ans auparavant. À certains moments, il avait paru ravi de la voir, mais à d'autres il semblait en proie au doute et profondément déçu. Il fallait s'y attendre. Il avait dû grandir en se demandant pourquoi elle l'avait abandonné et sans doute l'avait-il parfois détestée pour cela. Regrettait-il de l'avoir trouvée ? Qu'attendait-il d'elle ? Il ne réalisait pas à quel point cela avait été dur pour elle aussi.

Maintenant, il était là. De retour dans sa vie. Et elle ne l'avait encore jamais serré dans ses bras. Il était rentré à Wellington pour y retrouver ses parents. C'était douloureux pour elle, mais elle n'avait pas le droit de le garder ici ni de lui demander de passer du temps avec elle.

Il lui fallait être patiente, laisser Charlie décider de ce qu'il voulait faire et à quel moment. Elle ne demandait pas à faire partie de sa vie vingt-quatre heures sur vingt-quatre, sept jours sur sept. Non, il lui suffirait de l'avoir de temps en temps au téléphone, qu'ils se voient quelques fois, qu'elle ait régulièrement de ses nouvelles. Qu'ils aient un semblant de vie de famille.

Une vie de famille. Elle songea à Eli.

Elle avait failli lui parler de son fils. Que penserait-il si elle lui racontait tout et qu'elle ajoutait que Charlie l'avait maintenant retrouvée ? La jugerait-il mal pour avoir abandonné son fils ? Ou bien se rendrait-il compte qu'elle avait simplement pris la décision qu'elle pensait être la meilleure solution pour Charlie ?

Elle devait cesser de se tourmenter. Charlie lui occupait déjà suffisamment l'esprit sans qu'elle ait aussi à se soucier d'Eli. Mais elle avait du mal à ne pas penser à lui.

Alors qu'elle regagnait le parking, elle sentit que sa démarche était devenue plus légère, comme si elle s'était débarrassée d'un poids énorme et qu'elle reprenait espoir. Après tout, peut-être n'était-elle pas aussi indigne d'être aimée qu'elle l'avait cru.

— Eh, bonhomme, comment vas-tu ? dit Eli en prenant Jordie dans ses bras.

— J'ai appris à écrire ton nom, papa, répondit l'enfant en gigotant pour être reposé sur le sol. La maîtresse a dit que je faisais ça très bien. Tu veux voir ?

— Bien sûr !

Il prit la feuille que lui tendait Jordan et vit son nom écrit en minuscules et en majuscules. Ému, il se pencha pour embrasser son fils sur le front.

— C'est fantastique ! Je vais l'encadrer et le mettre près de mon lit. Comme ça, quand je me réveillerai le matin, je saurai comment je m'appelle.

Jordan éclata de rire.

— C'est idiot, papa ! Tu connais ton nom.

Eli se gratta le menton.

— Ah, c'est quoi, déjà ?

— Eli Forrester. Comme moi. Jordan Forrester.

— As-tu aussi écrit ton nom ? Parce que alors je pourrai le mettre dans le cadre avec le mien.

— Mais tu connais mon nom !

— C'est vrai, tu as raison.

— Comment s'écrit Anna ?

*Oups.* Eli eut soudain la bouche sèche. C'était ce qu'il redoutait. Jordan s'intéressait trop à Anna.

— Papa, dis-moi comment ça s'écrit !

Pas moyen d'y échapper. S'il restait sourd à la demande de son fils, le petit garçon risquait de piquer une crise.

— Bon, donne-moi ton stylo et un papier, je vais te montrer.

Jordan s'appliqua à recopier soigneusement le nom d'Anna.

— J'ai faim, s'écria-t-il lorsqu'il eut terminé.

Il était difficile de le suivre, parfois.

— Voyons ce que grand-mère nous a préparé pour le dîner, dit Eli.

Que ferait-il sans elle ? C'était une femme avec un cœur immense, toute dévouée à sa famille. Il avait eu une chance inouïe d'être adopté par elle et son mari.

— Je veux des haricots sur des toasts, déclara Jordan. Je n'aime pas le hachis Parmentier.

— Tu adorais cela la semaine dernière, lui fit remarquer Eli en mettant le plat à réchauffer dans le four.

— Non, ce n'est pas vrai.

La soirée s'annonçait difficile. Eli poussa un soupir.

— Je veux des haricots, réclama Jordie en tapant une boîte de conserve contre le tabouret.

Eli n'avait pas la force d'argumenter. La journée avait été mouvementée et le fait de voir Anna en tête à tête l'avait perturbé. Quand il avait expliqué pourquoi il ne voulait pas précipiter les choses avec elle, il avait senti qu'elle lui cachait quelque chose d'important. Il avait besoin de savoir ce que c'était et il était bien décidé à le découvrir.

Il avait aussi dit qu'il ne comprenait pas comment Melissa avait pu abandonner son fils et c'était à ce moment-là qu'Anna s'était refermée. Cela n'avait aucun sens, lui-même venant de s'exprimer franchement sur ce qu'il ressentait.

Anna. Cette femme occupait trop ses pensées.

Faire l'amour avec elle avait été une expérience extraordinaire. Elle s'était montrée fantastique au lit, ce qui avait aussi augmenté ses craintes, le rendant encore plus prudent. Si prudent qu'il était parti sans jeter un regard derrière lui ni avoir serré Anna dans ses bras en lui souhaitant bonne nuit.

Avait-il peur de laisser libre cours aux sentiments qu'elle faisait naître en lui ? Utilisait-il Jordan comme prétexte pour se protéger lui-même ?

Le lendemain matin, le service était en pleine effervescence quand Anna arriva à 6 h 45 après avoir passé une nuit blanche à force de penser à Charlie et à Eli.

— Ouah, que s'est-il passé ? s'enquit-elle.

— Un enfant de trois ans souffrant d'une appendicite est arrivé à 4 heures ce matin, dit Jacob. Et une petite fille de sept ans présentant des fractures et de graves ecchymoses a été admise tard dans la nuit. Elle a été battue, mais bien sûr personne ne sait quand ni par qui.

— C'est monstrueux, murmura Anna, toute tremblante.

— Oui, absolument. Jossy est sous sédatifs. Elle était dans un état lamentable quand on l'a amenée ici.

— Quel est son chirurgien ?

Était-ce Eli ? Elle n'était pas sûre d'avoir envie de le voir ce matin. Elle souffrait encore de ce qu'il avait dit sur les femmes qui abandonnaient leur bébé.

— Duncan s'est occupé d'elle cette nuit, mais je ne sais pas si c'est lui qui la suivra aujourd'hui ou bien si Eli prendra le relais.

Ouvrant son ordinateur, Anna se mit au travail et étudia les dossiers des patients qui avaient été admis depuis la veille. Se focaliser sur sa tâche l'aiderait sûrement à calmer son esprit en ébullition et à la remettre sur les rails.

Elle espérait de tout son cœur que Charlie reprendrait contact avec elle. Quant à Eli, elle ne pouvait s'empêcher d'être inquiète. Il avait dit qu'ils devaient y aller doucement, ce qu'elle comprenait parfaitement. Mais elle redoutait que Jordan ne soit un obstacle à sa relation avec Eli, si toutefois celle-ci se maintenait une fois qu'elle aurait trouvé le courage de tout lui dire.

*Tu veux donc toujours qu'il fasse partie de ta vie malgré ce qu'il a dit ?*

S'il l'écoutait et acceptait la décision qu'elle avait prise autrefois, alors la réponse était oui. Dans le cas contraire, ce serait non.

Elle devait d'abord savoir s'ils étaient toujours en bons termes. Ils s'étaient si bien entendus. Il fallait espérer que c'était toujours le cas et qu'elle s'était inquiétée pour rien.

Deux heures plus tard, alors qu'elle soignait la jambe d'un garçon qui s'était blessé en tombant sur un piquet de jardin, elle sentit un frisson courir le long de sa colonne vertébrale. C'était parfaitement déplacé.

— Bonjour, Anna, dit Eli.

Il se tenait au pied du lit du garçon et la regardait d'un air attentif.

— Aurais-je une trace de confiture sur le menton ? demanda-t-elle, ironique.

— Non, des cernes sous les yeux.

— De toute évidence, je ne me suis pas suffisamment maquillée.

Elle n'arrivait pas à deviner son état d'esprit. Il n'était pas très chaleureux, mais pas distant non plus.

— Vous prenez en charge le dossier de Jossy ? s'enquit-elle.

— Pour aujourd'hui, en tout cas. Duncan m'a appelé pour me mettre au courant de son cas. C'est inquiétant. J'ai étudié les notes la concernant et je m'apprête à aller la voir.

Il s'était donc arrêté au passage pour venir lui dire bonjour. Tout n'était pas perdu. Elle s'était affolée pour rien.

— Je vous rejoindrai dès que j'aurai terminé ce pansement.

— Tout va bien. Leanne est déjà là-bas.

Leanne. Sans elle, Anna n'aurait su vers qui se tourner. Hier soir, elles s'étaient parlé une heure au téléphone et Leanne lui avait conseillé de ne pas juger Eli aussi rapidement. Il était sans doute marqué par son passé, mais peut-être ne pensait-il pas vraiment ce qu'il avait dit. Anna n'en était pas si sûre, cependant elle était déjà très amoureuse et n'avait aucune envie de renoncer à lui maintenant.

Eli quitta la pièce sans se retourner. Dix minutes plus tard, il était de retour.

— Anna, j'ai prescrit différents antibiotiques pour Jossy. Ceux qu'elle prenait ne sont pas efficaces.

Elle hocha la tête.

— Je veillerai à ce que ce soit fait.

— Il faut aussi lui faire une prise de sang.

— D'accord. Que voulez-vous vérifier ?

— Le CBC, la fonction hépatique, la glycémie à jeun, le CRP. Les tests habituels.

— Sa grand-mère va bientôt venir la voir.

Pas sa mère. Mais, pour l'instant, personne ne savait qui était responsable des coups que la petite fille avait reçus.

— Je déteste ce genre d'affaire, ajouta-t-elle, les larmes aux yeux.

— Comme tout le monde, non ? murmura Eli avant de s'éloigner de nouveau.

Il ne lui avait pas proposé d'aller boire un café ou de déjeuner avec lui. Rien de personnel dans son attitude envers elle. Anna le regarda partir, le cœur plein de tristesse. Ils étaient revenus à la case départ.

Un aide-soignant arriva en poussant un lit sur lequel une adolescente était allongée.

— Molly Hebberd avait envie de vous voir, dit-il en plaisantant.

— Bonjour, Molly, je m'appelle Anna. Je suis l'une des infirmières qui vont s'occuper de toi.

Molly avait le tibia droit fracturé en deux endroits et on lui avait fixé des broches.

— Bonjour, Anna.

— Emmenez-la chambre 3, indiqua-t-elle à l'aide-soignant en lui montrant le chemin. Tu auras deux colocataires, Molly. Elles ont toutes les deux ton âge.

Des ados, comme le montraient les bavardages et les rires qui s'échappaient de la chambre quand elle avait pris son service ce matin.

— Super. Combien de temps dois-je rester ici ?

— Je poserai la question à ton spécialiste. Il ne t'a rien dit ?

— Le Dr Duncan m'a dit seulement qu'il fallait attendre de voir comment je me débrouillerai avec les béquilles.

— Bien. Une kinésithérapeute viendra te voir cet après-midi. Elle commencera à te faire faire quelques mouvements faciles.

— Anna, puis-je vous voir un moment ?

Eli était de retour. Un bref instant, Anna fut pleine d'espoir, mais en voyant le visage sérieux du chirurgien, elle sut qu'il n'était pas là pour elle.

— Je reviens tout de suite, Molly, dit-elle avant de suivre Eli dans le couloir.

Elle avait le cœur serré. Comme elle aurait voulu se blottir contre lui, humer son odeur, sentir sa chaleur ! Au lieu de quoi, elle mit ses mains dans ses poches.

— Qu'y a-t-il ? demanda-t-elle.

— Je voudrais que vous surveilliez Jossy de près, ainsi que toutes les visites qu'elle pourrait avoir. Sa grand-mère m'a parlé et m'a laissé entendre qu'il valait mieux que certains membres de la famille ne s'approchent pas trop près de Jossy.

Heureusement que la petite fille occupait une chambre particulière. Il valait mieux éviter que d'autres enfants malades n'assistent à des scènes violentes.

— A-t-on pris contact avec les services sociaux ?

— Oui, cela a été fait dès qu'elle est arrivée ici. Ils seront bientôt là.

— Merci de m'avoir prévenue. Le problème, c'est que nous ignorons qui, au sein de la famille, peut être autorisé à la voir, et qui doit être écarté.

— J'ai parlé avec le service de sécurité, mais nous ne pouvons pas faire grand-chose. La grand-mère n'était pas disposée à donner des noms, elle a simplement dit que Jossy pouvait être perturbée par la visite de certaines personnes. Tenez-moi au courant si quelqu'un crée des problèmes.

Il s'éloigna de nouveau, sans le moindre sourire.

— Bien sûr, lança-t-elle dans son dos.

Elle était contente d'avoir devant elle deux jours où elle ne le croiserait pas. Mais quel était son problème ? Y aller doucement signifiait-il pour lui aller nulle part ? Elle n'avait aucune idée de ce qui allait se passer, qu'il s'agisse d'Eli ou d'elle-même. Se focaliser sur les patients était la seule chose à faire pour l'instant.

Le week-end ne s'annonçait pas des plus distrayants. Elle n'avait rien prévu d'autre que les tâches ménagères habituelles, du shopping et peut-être un déjeuner avec des amis le dimanche. Et sans doute la préparation de plats qu'elle mettrait au congélateur pour ses gardes de nuit. Cuisiner avait toujours été pour elle un passe-temps qu'elle appréciait quand elle avait besoin de se changer les idées. Cela ne l'avait jamais ennuyée jusqu'à ce qu'Eli entre dans sa vie. Maintenant, elle aurait préféré qu'ils se retrouvent et passent de bons moments ensemble, qu'il s'agisse d'emmener Jordan quelque part, de se mettre sous les draps pour se livrer à des ébats torrides, ou encore d'apprécier ses bons petits plats.

La prudence qu'il s'imposait le rendait fou. Les mains d'Eli se crispèrent sur le volant.

Il devait reconnaître qu'Anna était quelqu'un d'exceptionnel. Il voulait passer plus de temps avec elle. Tout connaître d'elle.

Profiter de sa compagnie. Malheureusement, il lui avait dit qu'ils devaient y aller doucement, et maintenant cela lui était difficile. Il ferait mieux de tout arrêter. Il tenait beaucoup à elle, au point qu'il ne faudrait pas grand-chose pour qu'il tombe complètement amoureux d'elle, et cela le terrifiait. Le fait qu'elle lui ait tu quelque chose l'autre jour lui donnait à penser qu'elle pourrait le faire souffrir. Il ne supportait pas qu'une personne qui comptait beaucoup à ses yeux lui cache quoi que ce soit. Il avait déjà subi ce genre de situation par le passé et il ne s'en était pas remis. Pourtant, il voulait ouvrir son cœur et se libérer.

Jordan s'était déjà attaché à Anna. Il demandait constamment quand il pourrait la revoir. L'idée qu'Anna puisse le laisser tomber effrayait son père au plus haut point. Il ne voulait pas que Jordan grandisse en pensant que toutes les femmes étaient des égoïstes qui ne se souciaient pas des enfants.

*Anna n'est pas égoïste.*

Elle avait un grand cœur et se montrait généreuse de son temps et de sa personne. Mais il devait protéger Jordan, car si Melissa avait pu agir comme elle l'avait fait, tout le monde en était capable.

Se montrait-il injuste ? Peut-être. Mais il savait ce que cela signifiait que d'être rejeté par un parent. Lorsqu'il avait retrouvé sa mère biologique et qu'elle lui avait dit qu'elle se moquait éperdument de le revoir ou non, il avait eu le sentiment d'être poignardé en plein cœur. Voilà pourquoi il ne pardonnait pas aux femmes qui abandonnaient leur enfant, quelles que soient leurs raisons. Quand Melissa lui avait annoncé que Jordan ne viendrait pas vivre à New York avec elle, il avait explosé et, dans sa colère, il lui avait dit des choses terribles qu'il ne pourrait jamais retirer. De toute manière, il n'en avait pas l'intention. Il pensait toujours chacun des mots qu'il lui avait jetés à la figure.

Arrivé sur le parking de l'école, il coupa le moteur et s'appuya contre le dossier de son siège. Anna était géniale. En très peu de temps, elle avait su faire sa conquête et l'amener à songer à l'avenir. Un avenir qu'il partagerait avec une femme qu'il aimait et avec qui il pourrait donner un frère ou une sœur à Jordan. Les deux, peut-être. Il sourit. Avant de connaître Anna, il n'avait jamais vraiment pensé à chercher une femme avec qui partager sa vie. Mais elle… Il avait découvert qu'elle était généreuse, se souciait beaucoup des autres, ne se plaignait jamais et donnait autant qu'elle recevait quand elle faisait l'amour. Il avait vécu avec elle une expérience extraordinaire.

L'écran de son téléphone s'alluma.

Tu vas rester assis là tout l'après-midi ?

Le message était suivi d'un émoji. Un sourire. Comme toujours, sa sœur Karen savait lui redonner du courage. C'était ce qu'elle avait fait toute sa vie.

Sortant de la voiture, il se dirigea vers la cour de récréation où Jordie essayait de lancer un ballon de basket dans un panier placé assez bas.

— Salut, bonhomme, comment ça va ?

— Cet idiot de ballon ne veut pas aller dans le panier.

— Il faut te mettre dans cette position, expliqua Eli en se plaçant une jambe en arrière, les deux bras au-dessus de la tête. Et tu tiens le ballon avec tes deux mains.

Jordie tenta d'imiter son père, lança le ballon et échoua à nouveau.

— Ce ballon est idiot ! s'écria-t-il.

— Essaye encore. Tu dois regarder le panier, pas le ballon.

Cette fois, le ballon heurta le bord du panier.

— Oui ! cria Jordie d'un ton victorieux. Je veux continuer, papa.

— Tu peux jouer encore un peu, mais je dois bientôt retourner travailler.

Il devait ramener Jordan chez sa mère et resterait quelques minutes avec lui pendant que l'enfant prendrait son goûter.

— Il a passé une bonne journée, dit Karen, venue les rejoindre. Il a parlé d'Anna à plusieurs reprises quand je l'ai vu au moment du déjeuner. Il dit que cela fait longtemps qu'il ne l'a pas vue.

— Elle ne nous rend pas visite régulièrement, dit-il en tentant de prendre un ton nonchalant.

— Et cela ne te plaît pas.

— C'est mon choix, pas le sien.

— Ah, je vois... Anna, elle, serait contente de passer de temps en temps. Ou même plus souvent.

Il n'en était pas si sûr. Ils n'étaient pas dans les meilleurs termes, en ce moment. Mais elle lui manquait. Ce n'était pas la même chose de la voir seulement à l'hôpital. Il ne retrouvait pas la chaleur qu'il ressentait quand ils étaient en tête à tête. Et il ne pensait pas forcément au sexe. Être juste en sa compagnie, lui parler, rire avec elle, cela lui suffisait amplement pour être heureux.

— Allez, Jordie. On y va. C'est l'heure de rentrer.

— Tu aimes beaucoup Anna, pas vrai ? lança Karen.

Autant avouer la vérité.

— Oui.

— Alors, où est le problème ?

— Tu sais que j'attends que Jordie soit plus grand pour m'engager dans une relation sérieuse.

— Je sais surtout que tu as peur de souffrir. Il ne s'agit pas seulement de protéger Jordan. Il saura toujours s'en sortir, comme il l'a déjà fait par le passé. C'est un petit bonhomme solide, comme son père. C'est tout ce que j'ai à dire.

— Ce qui est déjà trop, de toute façon, commenta Eli en riant. Tu ne me feras pas changer d'avis.

— Non, mais Anna pourrait y arriver.

Le problème, c'était que Karen avait peut-être raison. Voilà pourquoi il s'était montré un peu distant avec Anna cette semaine. Il essayait de garder la tête froide.

— Vous n'avez donc pas du travail qui vous attend, madame la directrice ?

— Si, mais c'est moins amusant que de taquiner mon frère.

— Viens, papa, j'ai faim, réclama Jordan.

— Quand n'es-tu pas affamé ? dit Eli en lui ébouriffant les cheveux.

Anna lui avait beaucoup manqué tous ces derniers jours, et c'était entièrement de sa faute. C'était lui qui avait pris ses distances, pas elle. L'air résigné qu'elle avait eu quand il lui avait parlé le rendait triste et lui donnait aussi quelque remords. Il était évident que quelque chose la tracassait. Il devait discuter avec elle, lui demander s'il pouvait l'aider en quoi que ce soit. Ne pas hésiter à s'impliquer.

*Il n'était pas trop tard.*

Ou peut-être que si ? Il y avait une seule façon de le savoir.

— Voilà, Lucy. Tu pourras rentrer chez toi dès que le Dr Eli aura donné le feu vert, dit Anna en terminant de fixer le pansement autour de la cuisse de la petite fille de dix ans.

L'enfant avait été opérée après s'être blessée avec un piquet métallique qui avait transpercé sa jambe.

— Chouette !

Chouette. C'était aussi ce qu'elle se disait après avoir passé près d'une heure au téléphone avec Charlie hier soir. Il avait appelé alors qu'elle s'apprêtait à sortir pour aller marcher un peu. Au début, il avait paru nerveux, mais il avait fini par se détendre et ils avaient bavardé, échangeant des nouvelles et parlant de tout et de rien, comme le feraient normalement une mère et son fils. Sauf que ce n'était pas normal et Anna sentait qu'il leur faudrait du temps pour établir entre eux un climat de confiance. Elle devait se montrer patiente et permettre à Charlie d'apprendre à mieux la connaître.

— Qu'est-ce qu'on dit ? intervint la mère de Lucy.

L'enfant s'exécuta aussitôt.

— Merci, Anna.

— De rien. Tu as été une patiente formidable. Je vais aller remplir tes papiers. Il n'y a plus qu'à attendre l'arrivée du docteur.

Avec un peu de chance, Eli ne tarderait pas à se montrer.

— As-tu vu Eli ? demanda-t-elle en allant trouver Leanne au bureau.

— Non. M. Forrester est de retour. Eli semble avoir disparu de la planète.

Anna ne pouvait pas dire le contraire. Depuis le jour où il avait quitté la cafétéria avant qu'elle ne voie Charlie réapparaître dans sa vie, il avait de nouveau pris ses distances. Il lui disait toujours bonjour et lui demandait de ses nouvelles, mais il n'y avait rien de chaleureux dans son sourire.

— Tu as raison. Tout est redevenu comme avant.

Le reste du personnel faisait aussi les frais de ce retour en arrière.

— Bonjour, mesdames, lança Eli derrière elles.

Anna se retourna lentement.

— Bonjour. Lucy est impatiente de rentrer chez elle.

Eli la regarda, l'air un peu décontenancé.

— Je vais aller la voir dans un moment. Toutes mes excuses pour m'être montré si froid ces derniers temps. Rassurez-vous, à partir de maintenant ça va changer.

Pourquoi maintenant ? se demanda Anna. Allait-il se comporter comme s'il n'y avait plus aucun problème entre eux ?

— Tant mieux, dit Leanne, car c'est beaucoup plus facile de travailler avec vous quand vous êtes chaleureux et convivial.

Très bien. C'était son amie qui s'exprimait pour elle. Elle lui adressa un sourire entendu.

— Je serai avec Lucy, dit-elle à Eli. Nous vous attendrons.

Et elle s'éloigna d'un pas alerte. Rien de ce qu'Eli pouvait dire ou faire maintenant ne pouvait atténuer sa joie d'avoir eu Charlie au téléphone.

— Anna, appela Eli qui l'avait suivie. Attends !

Elle ralentit, mais ne s'arrêta pas.

— Lucy ne souffre presque pas, mais il lui faudra des analgésiques pour rentrer chez elle.

— Anna, attends, s'il te plaît.

Cette fois, elle obéit et vérifia qu'il n'y avait personne en vue.

— Je te dois des excuses, Anna. Je n'aurais pas dû me comporter avec toi comme je l'ai fait.

— C'est parfaitement exact. Je sais que tu t'inquiètes pour

Jordan, mais cela ne te donne pas le droit de me juger sans prendre d'abord le temps de me connaître.

— Tu as raison. Je suis désolé.

Lucy apparut sur le seuil de sa chambre.

— Ah, vous êtes là, docteur Eli. J'ai hâte de sortir d'ici.

Ce qui mettait fin à leur conversation privée, au grand regret d'Anna. Il fallait se focaliser sur le travail, et non sur l'homme qui jouait avec son cœur.

— Je ne crois pas que tu pourras recommencer tout de suite à jouer au tennis, dit-elle à la petite fille.

Lucy se mit à rire.

— Vous êtes comme ma maman. Fais pas ci, fais pas ça. Je parie que vous dites aussi à vos enfants de ne pas sauter depuis la terrasse.

Si seulement elle avait des enfants à qui dire cela.

— Je ne dis rien du tout.

— Lucy, intervint Eli, Anna m'a raconté que tu ne souffrais pas beaucoup, mais je veux quand même que tu prennes des analgésiques toutes les quatre heures pendant encore deux jours.

Il avait parlé avec le ton calme, bienveillant et ferme qu'il utilisait quand il s'adressait à ses patients.

— Pourquoi ? interrogea la petite fille.

— Parce que si tu arrêtes brutalement d'en avaler, ton organisme risque d'être en manque et tu pourrais alors avoir vraiment très mal.

— D'accord.

— Je veillerai à ce qu'elle les prenne, assura sa mère.

— Bien, je vais vous faire une ordonnance. Et vous aurez un rendez-vous pour une visite postopératoire dans environ deux semaines.

— Il faudra prendre soin de toi, jeune fille, dit Anna en aidant Lucy à se mettre debout.

De retour au bureau, elle s'efforça d'avoir l'air de s'affairer, mais c'était impossible avec Eli à côté d'elle, occupé à rédiger l'ordonnance sur l'ordinateur.

— Je vais aller voir Rosie, annonça-t-elle.

La petite fille avait été opérée le matin même d'une hernie et elle serait maintenue sous sédatifs pendant encore plusieurs heures.

— Kay n'est pas avec elle ? demanda Eli en déclenchant l'impression de l'ordonnance.

— Oui, mais j'aime bien garder un œil sur tout.

C'était son travail, après tout.

— Ça te dirait d'aller boire un café ? demanda-t-il tout en signant la feuille de prescription.

— Cela dépend.

— Je serai gentil, promis.

Il avait l'air de parler sérieusement.

— Vas-y, dit Leanne depuis le pas de la porte. J'irai voir Rosie. Tu as le droit de faire une pause, Anna.

*Merci, mon amie. Tu facilites trop les choses pour Eli.*

— Bon, d'accord.

Elle se leva et alla prendre dans son placard le muffin qu'elle avait apporté de chez elle et qu'elle n'avait pas encore eu le temps de manger.

— Tu en veux la moitié ? proposa-t-elle à Eli lorsqu'ils furent assis devant leurs cafés à la cafétéria.

— Non, merci.

— Tant mieux, car je meurs de faim.

— Tu as l'air d'être épuisée. Quelque chose te crée des problèmes ? Ou quelqu'un ?

Ce n'était pas le moment ni le lieu de parler de Charlie. Ou d'eux.

— Tout va bien. Un manque de sommeil, rien de plus.

— Je suis là, Anna, si tu as envie de parler de ce qui te tracasse.

Elle dut lutter contre l'envie de lui prendre la main et de se confier à lui. Mais, encore une fois, le moment était mal choisi.

— Je trouve que tu exagères tes craintes à propos de Jordan et de moi. J'ai l'impression que ton souci de protection va au-delà de ce que tu laisses entendre.

Des yeux gris exprimant la surprise se posèrent sur elle.

— Parfois, tu lis trop clairement en moi, Anna. Je ne sais pas si cela me plaît ou non. Sur ce point tu ressembles à mes sœurs, bien que, venant de toi, cela me fasse un autre effet.

Elle regarda fixement cet homme qui se montrait si ouvert et si franc, comme il avait tendance à le faire quand elle s'y attendait le moins. Que lui arrivait-il ?

— En quoi est-ce différent ?

— J'imagine que c'est parce que tu n'es pas ma sœur. Tu ne m'as pas connu quand j'étais dans les langes et que je hurlais toute la nuit pour être nourri.

Il afficha un grand sourire.

— Apparemment, je n'étais pas un bébé facile. Quand Jordan est né, je crois que maman espérait qu'il me donne du fil à retordre, mais c'était un vrai petit ange. Enfin, au début. Maintenant, c'est un garçon difficile, mais super.

Cette fois, elle ne put s'empêcher de lui prendre la main. Elle avait besoin de sentir sa chaleur, sa peau contre la sienne.

— Eli, il est adorable.

*Comme toi.*

— Et il a de la chance de t'avoir, aussi.

Il lui serra doucement la main.

— Comme je disais, tu es différente. Mais ce n'est pas pour parler de cela que je t'ai proposé de venir boire un café avec moi.

Il but une gorgée avant de continuer :

— Je t'ai laissée tomber. J'ai suggéré qu'on y aille doucement, et puis j'ai carrément battu en retraite.

Comme elle s'apprêtait à répondre, il l'en empêcha d'un geste de la main.

— Écoute-moi. Il est évident que j'ai des problèmes avec les gens qui ne me confient pas ce qui les préoccupe. Enfin, je parle des personnes qui me tiennent à cœur. Or, c'est ce que tu fais, en ce moment.

Libérant sa main, Anna se renversa sur sa chaise et prit sa tasse d'une main tremblante. Où cela les menait-il ? Quelque chose d'énorme allait-il se passer ?

— Je ne vois peut-être pas toujours les choses comme toi, poursuivit-il, mais il en est de même pour toi.

— Pourquoi t'es-tu montré si froid depuis jeudi dernier ?

— J'essaye d'y voir plus clair à propos de certaines choses qui me préoccupent.

— Cela n'explique pas pourquoi tu as été distant aussi avec tout le personnel.

— Je ne sais pas. Il m'a paru plus facile de revenir à l'attitude que j'avais avant et de ne parler que de ce qui concerne les patients.

— Je ne comprends pas pourquoi tu fais ça. Tu es si différent quand tu es hors de l'hôpital. C'est comme s'il y avait en toi deux hommes distincts.

Cependant, elle savait qu'il n'était pas le seul médecin à se comporter de cette façon C'était souvent un moyen pour pouvoir faire face à des patients très malades et réussir à cacher leurs émotions aux infirmières.

Elle haussa les épaules et acheva de boire son café.

— Je ferais mieux de retourner travailler, sinon Leanne va lancer ses troupes à ma recherche.

Elle n'en croyait rien, mais elle ne pouvait pas passer l'après-midi ici à parler avec Eli.

— J'apprécie que tu m'aies proposé de m'écouter si jamais j'avais besoin de me confier à quelqu'un.

Pour lui parler de Charlie ? Peut-être pas, mais elle devrait le faire un jour ou l'autre, et le plus tôt serait le mieux.

— Qui sait ? dit-il en se levant. Peut-être me rendras-tu un jour la pareille.

Elle ne sut que répondre.

— À demain, dit-elle simplement.

— En fait, Anna, si nous allions dîner quelque part tous les deux, demain soir ?

— Et Jordan ?

— Je peux demander à Karen de le garder. Elle se plaindra et grognera, mais elle dira oui quand même.

— Alors, j'accepte avec plaisir.

Elle allait avoir un vrai rendez-vous. Le second avec Eli.

— Je passerai te chercher à 18 heures, si cela te va. Mets ta plus belle tenue.

Il quitta la cafétéria d'un pas alerte. Était-il surpris qu'elle ait accepté son invitation ? Elle, en tout cas, l'était. Regrettait-elle d'avoir dit oui ? Non.

# 7

Eli avait le sourire. Ravi qu'Anna ait accepté de dîner avec lui, il était tout excité à l'idée de passer la soirée avec elle. Voulant lui faire honneur, il avait choisi de l'emmener dans un restaurant haut de gamme.

— Monsieur Forrester, dit le serveur en les accueillant, nous vous avons réservé votre table préférée.

Anna jeta à Eli un regard moqueur.

— Ta table préférée ? Je suis très flattée !

Il se mit à rire.

— Rien n'est trop beau pour toi.

Elle cligna des yeux et détourna le regard.

Sans doute était-il allé trop loin, se dit-il. Mais quand il était avec elle, il ne contrôlait plus ses émotions et tendait à oublier toute prudence.

— Je viens rarement ici. Si le serveur me connaît, c'est parce que je l'ai opéré d'une blessure à l'épaule reçue lors d'un match de rugby. Je dirais qu'il s'était montré assez familier. Viens, c'est par là.

Il la conduisit vers une table placée près d'une fenêtre donnant sur la rivière Avon. Anna s'assit et contempla les berges verdoyantes et les grands arbres.

— Ouah ! C'est vraiment joli.

Eli avait le regard fixé sur cette femme superbe qui lui faisait face. Sa petite robe vert émeraude à fines bretelles, assez courte, mettait en valeur son corps magnifique et son teint crémeux.

Son maquillage discret était parfait, et sa chevelure soyeuse lui tombait jusqu'aux épaules en dessinant des vagues brillantes. Eli sentit son cœur battre plus fort. *Du calme, mon gars. La soirée ne fait que commencer.*

— Aurais-je une tache d'œuf sur la figure ? demanda-t-elle d'un ton ironique.

— Sur ton menton, rétorqua-t-il en lui passant un doigt sur la peau, la frôlant dans une caresse légère.

— Ravie que tu l'aies remarqué.

Il recula, s'efforçant de reprendre son sang-froid. Effleurer le menton d'Anna avait suffi à l'exciter. Pourquoi l'avoir invitée à dîner alors qu'il savait l'effet incroyable qu'elle lui faisait ? S'en rendait-elle seulement compte ?

— Veux-tu un verre de vin ? proposa-t-il.

— Avec plaisir. Du pinot gris, si cela te va ?

— Prends ce que tu préfères.

Il appela le serveur et lui commanda deux verres de pinot gris.

— Même chose en ce qui concerne le menu, ajouta-t-il en s'adressant à Anna.

Il le précisait au cas où elle se croirait obligée de faire attention à ce qu'elle choisissait. Mais pourquoi le ferait-elle ?

— Je me disais que si tu n'aimais pas le pinot gris et que tu en commandais une bouteille, ce serait du gâchis.

— Je l'aurais rapportée à la maison pour que tu en profites.

La soirée ne se déroulait pas exactement comme il l'avait espéré.

— Anna, repartons de zéro. Nous dînons ensemble et rien d'autre n'a d'importance.

Elle rougit. C'était mignon et inattendu.

— Je n'ai pas l'habitude d'être aussi directive à propos des menus et des boissons, dit-elle.

— Pourquoi l'es-tu avec moi ?

— J'imagine que c'est parce que je ne sais pas vraiment ce que tu attends de moi.

— Je te demande seulement d'être toi-même.

— Je l'ai été, mais il pourrait y avoir quelques surprises qui risquent de te mettre mal à l'aise.

— C'est vrai. N'est-ce pas le cas chaque fois qu'on commence à fréquenter quelqu'un ?

— Oui, bien sûr.

Elle le fixait avec ce regard dans lequel il avait l'impression de plonger comme s'il se perdait dans un monde inconnu, et il réalisait qu'il pourrait y prendre goût.

S'adossant à sa chaise, il tenta de retrouver son calme.

— Choisissons ce que nous voulons pour notre dîner.

Ils passèrent commande et on leur apporta le vin qu'ils avaient demandé. Eli leva son verre, voulant trinquer avec Anna.

— À notre bonne entente et à une soirée agréable !

— Je suis d'accord, dit Anna en levant aussi son verre.

Il se sentit soulagé. Il avait eu peur qu'elle ignore son geste. C'était incroyable de voir avec quelle rapidité Anna avait fait sa conquête. Il ne se sentait plus maître de ses sentiments.

— Où as-tu fait tes études ? demanda-t-il.

— Ici, à Christchurch. C'est là que j'ai toujours vécu.

— Tu n'as pas eu envie d'aller ailleurs, dans des grandes villes ou dans d'autres régions ?

— Je n'ai jamais été tentée de faire le tour du monde. Je suis ici chez moi et je m'y sens bien.

— C'est bizarre qu'on ne se soit pas rencontrés plus tôt. J'ai passé le plus clair de mon temps à travailler ici comme médecin, mis à part un an où j'ai vécu à Londres pour me spécialiser en chirurgie pédiatrique.

— J'ai travaillé un certain temps aux soins intensifs à l'hôpital Saint-Clair. Tu y exerçais alors comme chirurgien.

Il s'agissait d'un hôpital privé de la ville.

— C'était il y a cinq ans. J'étais marié, à l'époque.

Et il ne remarquait guère les autres femmes, car il était très amoureux de Melissa.

Le serveur arriva, apportant des assiettes d'où émanait une odeur délicieuse.

— Merci, Sebastian. C'est magnifique.

— Bonne dégustation, répondit l'homme avec un grand sourire avant de s'éloigner.

Pendant le repas, ils parlèrent du travail, de leurs amis, dans une ambiance très détendue. C'était exactement ce qu'Eli aimait, et ce qu'il avait espéré quand il avait invité Anna à dîner. Heureusement que Karen avait accepté de garder Jordan. En général, il ne pouvait guère improviser ses sorties. Il fallait tout organiser afin d'éviter que quelque chose ne dérape. Cependant, il avait espéré qu'Anna dirait oui à une invitation faite au dernier moment. Et elle avait accepté.

— Merci.

Elle fronça les sourcils.

— Merci de quoi ?

— D'être là ce soir. Cela me fait très plaisir.

— Il ne doit pas t'arriver très souvent qu'on refuse tes invitations, dit-elle en lui faisant un clin d'œil.

Il sourit.

— Sans commentaire.

En réalité, ces derniers temps, il n'avait pas proposé à beaucoup de femmes de sortir avec lui. Elles voulaient toujours plus que ce qu'il était prêt à leur offrir, et celles qui se satisfaisaient de vivre une brève aventure n'étaient pas vraiment son type. La vérité était qu'il était difficile à contenter. Anna faisait exception, et même avec elle il avait des problèmes.

— Comment se fait-il que tu sois célibataire ? demanda-t-il.

Elle se raidit et posa son couteau et sa fourchette sur son assiette.

— C'est mon choix, dit-elle sans le regarder.

— Je ne te crois pas.

Elle mit un moment avant de lever les yeux vers lui.

— Je t'ai raconté que j'avais eu deux relations sérieuses et que cela s'était mal terminé. J'ai fini par croire que je n'étais peut-être pas faite pour avoir une relation stable.

Elle haussa les épaules.

— Qui sait ? ajouta-t-elle.

*Attention, Eli.*

S'il n'avait pas cherché à tisser des liens sérieux et durables avec une femme depuis le départ de Melissa, c'était parce qu'il ne supporterait pas d'être de nouveau abandonné.

De toute évidence, Anna n'appréciait pas le silence qui s'était installé entre eux. Elle reprit la parole :

— Depuis, je ne me suis pas cachée dans un placard. J'ai eu quelques brèves aventures, et c'est tout.

— Une vie solitaire.

Il savait ce que c'était.

— En effet.

Elle but une gorgée de vin.

— Et toi, as-tu été avec quelqu'un depuis que ton mariage a pris fin ?

— Non. Comme toi, j'ai eu des aventures occasionnelles, rien de plus.

— C'est effectivement plus facile comme ça...

— Tu as l'air de penser que je traite les femmes comme des objets. Je t'assure que ce n'est pas le cas. C'est seulement que je ne veux pas me retrouver trop engagé.

Elle fit la moue.

— Je ne pensais pas ça du tout. Lorsque nous sommes ensemble, tu es gentil, prévenant et attentionné, pour ne citer que quelques-unes de tes qualités. Je comprends que, pour l'instant, tu ne veuilles pas t'engager avec qui que ce soit, mais je n'imagine pas qu'il en soit toujours ainsi. Tu as trop de choses à donner.

Il était sous le choc. Il ne s'était pas attendu à une telle déclaration. Il lui prit la main et y posa un baiser.

— Merci.

— Je dis juste comment je vois les choses, expliqua-t-elle avec un haussement d'épaules, l'air soucieux.

— Anna, je veux continuer à te voir. Je veux qu'on sorte ensemble et qu'on passe de bons moments. Je ne peux rien te promettre de plus, actuellement.

Elle parut se détendre.

— J'apprécie ta franchise. Et moi aussi j'aimerais passer plus de temps avec toi chaque fois que ce sera possible, ajouta-t-elle avec un sourire éclatant.

— Avec grand plaisir.

Anna sentait son pouls battre si fort qu'elle se demanda si elle ne devrait pas prendre un médicament pour faire tomber sa tension artérielle. Ou bien peut-être lui fallait-il simplement passer une nuit torride avec Eli. Oubliés, les jours où il lui avait à peine adressé la parole. Elle ne pensait plus non plus à la réaction qu'il aurait lorsqu'elle lui révélerait l'existence de Charlie. Il n'était plus question que d'eux. Seul comptait l'instant présent. Le reste pouvait attendre.

Eli se gara devant chez elle et coupa le moteur.

— Tu veux entrer ? demanda-t-elle, le cœur battant encore plus fort.

— J'espérais que tu me le proposerais.

Une fois sortie de la voiture, elle lui prit la main et courut presque jusqu'à la porte. Lorsqu'ils furent à l'intérieur de la maison, Eli la souleva dans ses bras en riant.

— Je vais t'inviter à dîner tous les soirs si c'est cela le résultat !

— Avec plaisir !

Tandis qu'il la portait jusqu'à sa chambre, elle le couvrit de baisers dans le cou. Il ne leur fallut que quelques minutes pour se déshabiller, tout en échangeant des baisers et des caresses. Mue par un désir irrépressible, Anna glissa sa main sur l'entrejambe de son compagnon.

Eli l'écarta.

— Attends !

— Je ne peux pas. Je suis prête.

— C'est une chance, parce que je ne peux pas attendre non plus.

Allongés sur le lit, ils se fondirent l'un dans l'autre, bougeant à l'unisson et criant de plaisir au moment où ils atteignirent l'orgasme en même temps.

— Anna...

— Eli...

Elle eut l'impression de tomber en chute libre, entraînant Eli avec elle et souhaitant ne plus jamais le laisser partir.

Si seulement... Ce fut sa première pensée lorsqu'elle reprit ses esprits, blottie contre Eli qui avait passé un bras autour de sa taille. Il était fantastique. Il savait si bien lui donner du plaisir.

— Salut, toi, lui murmura-t-il dans le cou. Tu es incroyable.

— Merci. Tu n'es pas mal non plus.

Il poussa un petit gémissement faussement plaintif.

— Je crois que j'ai besoin de m'entraîner encore un peu.

Il roula sur le côté et, s'allongeant sur elle, il commença à passer sa langue et ses mains sur ce corps superbe qui frémissait sous ses caresses.

Un désir dévorant la submergea, s'intensifiant à chacune des caresses qu'Eli lui prodiguait. C'était irréel. Incroyable. Voulant le caresser à son tour, elle glissa sa main vers son sexe. Il l'arrêta.

— Non, Anna. C'est à moi maintenant de te donner du plaisir.

Savourant le compliment, elle le laissa faire, s'abandonnant à toutes les délicieuses sensations que lui procurait chaque caresse, chaque baiser. C'était comme si elle sautait dans le vide sans parachute.

Lorsqu'elle atterrit enfin et reprit son souffle, elle chevaucha Eli et lui rendit tout ce qu'il lui avait donné : les caresses, les baisers, et plus encore.

Eli l'avait quittée depuis dix minutes à peine lorsque Anna entendit son téléphone sonner. En voyant le nom de Charlie affiché sur l'écran, elle sentit son cœur s'emballer.

— Bonsoir, Charlie.

Il était un peu tard pour téléphoner, non ? Appelait-il pour lui dire qu'il ne voulait plus la voir ?

— Bonsoir, Anna.

— Comment ça va ?

— Bien. Je suis de nouveau à l'école pour le moment. Mon prochain stage aura lieu à l'hôpital de Wellington. Il durera un mois et se passera au bloc opératoire.

Elle se sentit soulagée. Il n'appelait pas pour lui annoncer qu'il voulait couper les ponts avec elle.

— Comment penses-tu faire face à cette expérience ?

Elle avait perdu connaissance lors de la première opération à laquelle elle avait dû assister. La vue du sang l'avait impressionnée.

— Je ne sais pas très bien, mais on nous a dit qu'une fois passé le premier jour, ça allait mieux.

— C'est vrai.

C'était vraiment génial qu'ils aient choisi l'un et l'autre la même profession.

— As-tu toujours voulu devenir infirmier ?

— Pas vraiment. C'est quand mon grand-père a été renversé par un bus et qu'il a passé deux mois à l'hôpital que j'ai commencé à me dire que je pourrais faire ce métier. Tout le monde a été tellement formidable avec lui.

Grand-père. Il ne pouvait s'agir de son père à elle.

— Ma grand-mère aussi était infirmière, dit-elle. Il semble que ce soit de famille.

Elle fit la grimace. Charlie n'allait peut-être pas apprécier ce commentaire.

Mais...

— Oui, c'est clair, dit-il.

Il y eut un silence. Puis Charlie reprit la parole :

— Euh... cela t'irait si je te revoyais dans deux semaines ?

Elle sentit son cœur se dilater de joie.

— Oui, bien sûr. Quand tu veux.

*Arrête. N'en fais pas trop, sinon il pourrait bien battre en retraite.*

— Euh... Parfait. Euh... Et que dirais-tu si papa et maman venaient aussi ?

— Ils ont envie de me rencontrer ?

— Oui.

Ouah ! C'était plutôt une bonne chose, non ?

— Alors, dis-leur que c'est d'accord. Moi aussi, je serais ravie de faire leur connaissance. Quand tu sauras à quelle date vous comptez venir, j'irai vous chercher.

Sans doute viendraient-ils en avion, pensa-t-elle.

— Papa louera une voiture. Nous serons là pour une journée seulement, en tenant compte de tes gardes.

Ils n'envisageaient pas de passer trop de temps avec elle. C'était compréhensible. La situation était bizarre pour tout le monde.

— Je t'enverrai mon emploi du temps. Je pourrai vous retrouver à l'endroit qui vous conviendra.

— Merci, Anna. Au revoir.

Il ne cherchait pas à prolonger la conversation.

Le regard fixé sur son téléphone, Anna se sentait très excitée. Son fils allait lui présenter ses parents. Aussi étrange que soit la situation, cela dépassait toutes ses espérances. Jamais elle n'aurait imaginé qu'un tel événement se produise si tôt. Génial !

Le vendredi après-midi, Anna était au travail quand elle vit Eli arriver dans le service. Il se dirigea vers elle en souriant.

— Bonjour, Anna. Comment ça va ?

— Tout va bien.

En fait, elle se sentait mieux que bien, mais elle se montrait discrète, sachant que ses collègues avaient l'ouïe fine, en particulier Leanne.

— Quel patient êtes-vous venu voir ? demanda-t-elle.

— Benjamin. Où en est sa blessure ?

— C'est beaucoup mieux, grâce aux antibiotiques.

L'adolescent avait subi une splénectomie, qui consistait en une ablation de la rate, à la suite d'un accident de vélo au cours duquel le guidon s'était enfoncé dans son abdomen. L'infection était due à des agents pathogènes qu'il avait sur la peau à cause d'un autre problème médical.

— C'est bien.

Il regarda autour de lui et vérifia qu'ils étaient seuls.

— Aimerais-tu venir avec moi assister demain matin au cours de natation de Jordan ? Demain, c'est samedi. J'ai pensé que nous pourrions ensuite aller à la plage et emporter un pique-nique avec nous.

— J'en serais ravie.

Eli lui demandait vraiment de sortir avec lui *et* Jordan ? Il y avait du progrès.

— Laisse-moi m'occuper du pique-nique. Y a-t-il des choses que Jordan n'aime pas ?

— Ce serait plus facile de te dire ce qu'il aime, répondit Eli avec un sourire.

Une infirmière venait vers eux.

— Allons voir Benjamin, suggéra Anna. Son père est avec lui en ce moment.

Eli hocha la tête.

— Très bien. Je serai là à 9 h 30, ajouta-t-il à mi-voix.

Elle supposa qu'il voulait dire qu'il passerait la prendre chez elle, car elle ignorait l'endroit où avaient lieu les cours de natation.

— Tout sera prêt.

Surtout elle. Elle pensait déjà au nouveau bikini qu'elle avait acheté quelques semaines auparavant. Il était bleu ciel avec quelques touches de blanc et il lui allait à merveille. Ce fut d'un pas léger qu'elle entra dans la chambre où Benjamin, allongé sur le lit, bavardait avec son père.

— Bonjour, Benjamin. Le Dr Eli est là pour t'examiner.

— Vous l'avez déjà fait.

— Oui, mais rien ne vaut le regard du médecin.

— Anna a sûrement fait exactement la même chose que ce que je m'apprête à faire, moi aussi, et j'ai totalement confiance en elle, mais je suis un peu maniaque et j'aime bien me faire mon propre avis, expliqua Eli en souriant.

Jamais Anna ne s'était sentie aussi heureuse. Elle avait rencontré un homme qui la touchait de bien des manières. Elle rit intérieurement, au souvenir des mains d'Eli posées sur sa peau brûlante. C'était bizarre, mais depuis que Charlie était brusquement réapparu dans sa vie, elle avait le sentiment d'être plus digne d'avoir une vie amoureuse. Et si cette fois cela marchait et qu'elle ne puisse plus se passer d'Eli ?

Un frisson glacial lui parcourut le dos. Ce n'était pas possible. Jusqu'à présent, elle n'avait pas eu de chance et elle avait déjà trente-quatre ans. Alors, pourquoi cela ne lui arriverait-il pas maintenant qu'elle avait rencontré Eli ?

Elle ne savait pas si Charlie lui avait pardonné, mais en tout cas il restait en contact avec elle, ce qui était bon signe. D'une certaine façon, elle se sentait plus détendue depuis que son fils l'avait retrouvée et qu'il ne s'était pas enfui après avoir parlé avec elle. Son soulagement semblait s'étendre à d'autres aspects de sa vie, comme le montrait le fait qu'elle commençait à ouvrir son cœur à Eli.

— Anna, pouvez-vous renouveler ce pansement ? demanda Eli, l'arrachant à ses pensées. Je vois que la plaie a suinté.

— Je vais chercher le plateau.

Lorsqu'elle revint, Eli et le père de Benjamin parlaient cricket sur un ton animé, alors qu'elle trouvait ce sport très ennuyeux.

— Bon, nous y voilà, Benjamin. Toi non plus, tu n'aimes pas le cricket ? demanda-t-elle en voyant que le garçon avait le regard braqué sur son téléphone.

— Je ne connais rien de plus assommant, dit-il sans quitter l'écran ses yeux.

Elle se mit à rire.

— Bien. Relève ton haut et baisse ton pantalon, je vais te faire ton pansement.

— Pas si vite, intervint Eli. Je veux regarder de nouveau sa blessure.

Ne l'avait-il pas déjà examinée avant de lui demander de renouveler le pansement ? Elle s'écarta pour lui laisser la place.

— Il faudra changer le pansement toutes les heures, Anna. Et, à chaque fois, mettez de la crème sur les autres sites infectés. Plus vite nous en aurons fini avec cette infection, mieux ce sera. C'est tout, conclut-il en se redressant.

— Ce sera fait.

Benjamin ne fit pas la grimace quand elle nettoya la plaie et posa le nouveau pansement. Il ne bougea pas non plus lorsqu'elle nettoya les autres endroits touchés et étala la crème.

— Tu es un dur à cuire, dit-elle.

— Non, c'est juste que vous ne me faites pas mal, contrairement à l'infirmière précédente.

Le compliment lui fit plaisir.

— Voilà, c'est fait. Tu peux retourner à ton jeu. Si tu veux un bon score, clique sur l'image en bas à gauche.

Elle connaissait ce jeu, car beaucoup des adolescents qui venaient dans le service le pratiquaient.

Benjamin se pencha sur l'écran et, après avoir joué un moment, il sourit.

— Vous avez raison.

— Bien sûr que j'ai raison !

Alors qu'elle retournait avec Eli au bureau, il l'interrogea :

— Comment savais-tu cela ?

— J'ai passé huit heures de garde avec une fille qui jouait sans arrêt à ce jeu pour essayer d'oublier la douleur. Elle avait les deux jambes fracturées. Apparemment, c'était efficace, car elle était dans un état second. Est-ce que Jordan a lui aussi des applications pour jouer ?

— Malheureusement, oui. J'essaye de l'éloigner de sa tablette autant que je peux, mais c'est difficile. Cependant, je limite son temps d'utilisation, ce qui déclenche de grosses colères.

— Les joies de la parentalité, pas vrai ?

Que n'aurait-elle donné pour en faire l'expérience !

— Je vais aller voir Ollie et ensuite j'irai à la consultation.

Anna le suivit dans la chambre occupée par Ollie, un garçon de neuf ans qui avait subi une splénectomie le matin même.

— Comment va ce ventre ? demanda Eli.

— J'ai mal.

— Il a pris son dernier analgésique il y a moins de deux heures, précisa Anna.

— Donnez-lui une autre dose dans quatre heures.

Il examina les sutures.

— Tout a l'air bien, dit-il.

Anna le prit à part.

— On pourrait peut-être lui donner un placebo.

Eli eut un regard approbateur.

— Je vais rédiger une ordonnance.

— Je veillerai à ce qu'il prenne ces cachets le plus tôt possible.

Ollie ne cessait de se plaindre. Sa mère réclamait qu'on lui donne davantage de médicaments et elle était sortie lui chercher quelque chose pour son déjeuner, trouvant que la nourriture de l'hôpital n'était pas assez bonne pour son fils.

— Ollie, ta plaie a bon aspect. Elle va bientôt commencer à cicatriser.

— Mais j'ai mal.

— Toute opération fait un peu mal. Le mieux est de ne pas trop s'activer pendant un jour ou deux. Je reviendrai te voir demain, ajouta Eli en se dirigeant vers la porte.

Anna remonta les couvertures de l'enfant.

— Je vais revenir bientôt avec les pilules, dit-elle.

— Je les veux maintenant.

Eli revint sur ses pas.

— Tu les auras au moment voulu, et pas avant, sinon tu vas somnoler et ce n'est pas bon pour ton rétablissement. Compris ?

— Oui, docteur.

Ollie semblait plus contrarié que repentant.

— Merci, Eli, dit Anna en quittant la pièce avec lui.

— J'ai sans doute été un peu dur avec lui. Son opération a dû être un choc pour lui.

— Tu as raison, mais l'attitude de sa mère qui lui passe tout ne facilite pas les choses.

Elle regarda autour d'elle et vérifia qu'il n'y avait personne à proximité.

— Tu n'as pas été trop dur avec lui, dit-elle doucement. J'avais plutôt l'impression de voir un père essayant de faire de son mieux.

Eli se mit à rire.

— Oui, c'est vrai. Peut-être faudrait-il que je révise ma façon de traiter mes patients.

— Non. Continue de faire ce que tu fais le mieux. Être gentil, attentionné, et un excellent chirurgien.

Sur ces mots, elle se dirigea vers une autre chambre. Il fallait qu'elle se consacre aux patients et cesse de penser à Eli. Elle lui disait trop de choses gratifiantes, ces derniers temps. Elle ne voulait surtout pas apparaître comme une femme prête à faire ou à dire n'importe quoi pour retenir son attention.

— Anna, appela-t-il depuis le seuil de la chambre.

— Oui ?

— 9 h 30, demain. Chez toi.

Et il s'en alla.

Elle serait prête probablement dès 8 h 30. Elle ne voulait pas être en retard pour son rendez-vous.

Affichant un grand sourire, elle s'avança vers Jessica.

— Comment vas-tu, ma belle ? Ta main va mieux, aujourd'hui ?

Une chose était sûre, pensa Anna, elle n'avait pas eu le cœur aussi léger depuis bien longtemps.

# 8

— Es-tu vraiment obligée de porter ce minuscule deux-pièces ? gémit Eli en regardant Anna s'enduire de crème solaire.

Le maillot de bain ne lui permettait pas de faire jouer son imagination. Mais il n'avait pas besoin d'imaginer. Il connaissait parfaitement ce corps superbe. Il sentit en lui une tension subite qui lui suggéra d'aller au plus vite plonger dans la mer.

— Je pourrais ne rien porter du tout, répliqua Anna.

— Cela ne ferait pas grande différence.

S'emparant du tube de crème solaire, il lui en étala sur les épaules et sur le dos. Il avait du mal à avaler sa salive et à contrôler le violent effet que lui faisait la jeune femme.

Elle rit.

— Jordan, viens ici que je te mette de la crème sur le visage. Tu es en train de devenir tout rose.

— Le rose, c'est la couleur des filles.

— Exactement, dit Anna en lui couvrant les joues de crème protectrice.

Eli bougea pour cacher l'excitation qu'avait déclenchée chez lui le fait de toucher la peau d'Anna. Heureusement que Jordie n'avait d'yeux que pour elle, buvant chacune de ses paroles.

Il se sentait le cœur débordant d'amour pour son fils et pour Anna. Non, il n'était pas amoureux d'elle, mais il commençait à lâcher prise et à lui ouvrir son cœur. Elle était si géniale qu'il ne voyait pas comment il pourrait s'interdire d'avoir des sentiments pour elle. Jetant un coup d'œil à Jordan, il éprouva soudain un moment de panique. Jordie trouvait qu'Anna était la meilleure. Ce qui était une bonne chose, mais aussi un problème. Il n'avait pas encore noué une vraie relation avec elle, ils se voyaient juste occasionnellement. Bon, mais n'était-ce pas déjà une sorte de relation ?

En entendant Jordie rire de quelque chose qu'Anna venait de dire, il ne put s'empêcher de penser que c'était très bien aussi. Son petit garçon méritait d'avoir une figure maternelle dans sa vie. Mais serait-ce Anna ? Le seul moyen de le savoir était de continuer à la voir et de suivre son instinct.

— Tu es bien silencieux, observa Anna en lui donnant un coup de coude. Quelque chose ne va pas ?

— Pas du tout. Allons nous baigner !

Il se leva et, attrapant Jordie, il le glissa sous son bras et courut vers la mer. Il plongea dans l'eau tandis que Jordan lui criait dans les oreilles et gigotait en s'enfonçant dans les vagues.

Une fine silhouette vêtue d'un bikini bleu et blanc les rejoignit en les éclaboussant.

— L'eau est délicieuse !

— Anna, regarde-moi ! cria Jordan en allant vers elle en battant des mains et des pieds. Je vais vite !

Nageant à côté de lui, Eli se retint de rire. L'enfant avançait à la vitesse d'un escargot.

— C'est très bien, Jordie.

— Allez, tu te rapproches, dit Anna pour encourager l'enfant.

Jordan disparut sous l'eau, puis refit surface en toussant et en crachant.

— Pouah ! Ça a un goût horrible !

— On n'est pas censé boire de l'eau de mer, observa Anna en riant. Mais il n'est pas peureux, pas vrai ?

Eli était tenté d'attraper son fils et de le garder près de lui, mais il savait qu'il valait mieux permettre à Jordan de prendre de l'assurance, quelles que soient les conséquences – dans une certaine mesure, bien sûr.

— Malheureusement non, dit-il.

— Allez, papa, il est heureux, et nous sommes là ! lança Anna.

Elle avait pris un ton moqueur, mais il y avait aussi de la compréhension dans ces beaux yeux.

— Je sais.

— Mais...

— Il y a toujours des *mais*. Rien d'étonnant à ce que les gens aient des cheveux blancs. C'est le fait d'élever des enfants.

— Rappelle-moi de vérifier plus tard combien tu as de cheveux blancs.

Plus tard ? Quand il la ramènerait chez elle avec Jordan dans la voiture ? Pas question. Jordan n'allait pas prendre l'habitude de dormir chez Anna. Cela ressemblerait trop à une vie de famille.

— J'en ai cent vingt-trois, dit-il.

— Tu as oublié de compter ceux que tu as derrière la tête.

Elle se mit sur le dos.

— Allez, Jordan. On va faire la course jusqu'à la plage et, ensuite, on pourra pique-niquer.

Jordan tenta de nager sur le dos, mais il ne réussit qu'à couler.

— Essaye de pagayer, suggéra Eli.

Il vit qu'Anna allait le plus lentement possible pour permettre à Jordan de la dépasser.

— Hé, je vais te tenir par la taille et tu commences à courir. Dès que tes pieds toucheront le sable, tu pourras courir pour de bon.

— Je vais battre Anna, papa.

— Et comment !

Très fier d'avoir remporté la course, Jordan rit aux éclats avant d'interroger Anna :

— Est-ce que tu viendras à mon cours de natation la semaine prochaine ?

— Il faudra d'abord que je voie si je travaille ou pas ce jour-là.

— Tu n'auras qu'à dire que tu ne peux pas.

— Si seulement ça pouvait être aussi facile ! répondit-elle en souriant.

Le pique-nique était génial, offrant à chacun quelque chose qu'il aimait particulièrement. Anna marqua des points supplémentaires lorsque Jordan découvrit des poissons en chocolat dans la glacière.

— Et moi, j'ai quoi ? réclama Eli.

— Il va te falloir patienter, répondit Anna avec dans ses yeux une lueur très sexy.

— Nous ne dormirons pas chez toi ce soir, précisa-t-il.

Mais il avait très envie de vivre de nouveau des moments d'intimité avec elle.

— Toutefois, tu pourrais venir passer la soirée chez moi.

— C'était prévu.

Soudain, elle changea de visage.

— Je ne suis pas trop présomptueuse, dis-moi ?

Cela ressemblait si peu à Anna qu'il se demanda une fois de plus si elle était vraiment aussi forte qu'elle le laissait croire.

— Mais non, pas du tout.

— Désolée. C'est juste que je ne sais pas où nous en sommes. J'ai compris que tu ne voulais pas que je sois trop proche de ton fils, mais l'instant d'après nous partageons des moments torrides et cela m'ôte alors toute capacité de réflexion.

Il appréciait qu'elle tente de s'adapter à ses exigences et qu'elle comprenne ses appréhensions. Cela pourrait presque suffire à le pousser à l'aimer. Mais il ne l'aimait pas. Il ne voulait pas l'aimer. Pas encore.

Si seulement il pouvait oublier ses peurs et faire ce qu'il voulait. C'était si tentant, mais également très difficile. Après avoir été abandonné par sa mère biologique, puis par Melissa, comment pourrait-il faire confiance à quelqu'un ? Certes, ses parents adoptifs et ses sœurs ne l'avaient jamais laissé tomber, et lui-même en faisait autant avec eux et avec Jordan. Pourrait-il le faire aussi avec Anna ? En avait-il envie ?

— Hello, Eli ! Est-ce que je dois me lever et aller chercher un taxi qui me ramènera chez moi ?

*Bon sang, mec ! Arrête de tergiverser et profite au maximum de ce moment passé avec Anna.*

— Désolé, j'étais perdu dans mes pensées. Je te comprends parfaitement quand tu dis que tu ne sais pas où nous en sommes. Et si on continuait comme ça pour voir où cela nous mène ? Je ne suis pas du genre à précipiter les choses, surtout quand il s'agit de relations sentimentales.

Il désirait aller plus loin avec elle et le seul moyen d'y parvenir était de lui faire confiance et de s'abandonner à elle autant qu'il le pouvait.

— Quand nous quitterons la plage, tu me ramèneras chez moi pour que je puisse alors me doucher et me changer avant de te rejoindre chez toi.

Son ton hésitant donnait l'impression qu'il s'agissait là d'une question plus que d'une affirmation.

— Je... Très bonne idée.

Il avait failli dire qu'en fait, il aimait beaucoup cette idée. Mais le mot *aimer* lui faisait peur, en ce moment.

— Elle me plaît vraiment, crut-il bon malgré tout d'ajouter.

Plus tard dans la soirée, après qu'ils eurent fait l'amour – encore ce mot *amour* –, Eli s'assit dans le lit et attira Anna contre sa poitrine. Elle était chaude et douce et semblait sans force après leurs ébats torrides. Coucher avec elle avait quelque chose d'unique qui lui donnait l'impression d'avoir trouvé un monde magique. Et il ne voulait pas y renoncer.

— Tu es stupéfiante, dit-il en l'embrassant sur la joue.

Elle rit et se blottit contre lui.

— Moi aussi, je t'aime beaucoup, murmura-t-elle.

Il entendit alors Jordan tousser dans sa chambre et ne put retenir un juron.

— Désolé, je crois que Jordan est réveillé. Nous devons nous lever, je ne veux pas qu'il nous trouve au lit.

Le sourire d'Anna s'effaça. Elle s'assit au bord du lit, prête à poser le pied par terre.

— Tu sais, Eli, j'ai compris le message la toute première fois où tu m'as dit que tu tenais surtout à ce que Jordan ne souffre pas de la situation.

Il était clair qu'elle aussi regrettait de voir leur intimité prendre fin si brutalement. Eh bien, elle devait l'accepter, sinon tout serait fini entre eux.

Il se leva d'un bond.

— Il est trop jeune pour comprendre ce que nous faisions. Et je ne tiens pas pour le moment à ce qu'il te voie dans ma chambre. Cela lui donnerait à penser que tu seras souvent ici.

— Eli, arrête. Je ne suis pas stupide. J'ai compris. J'étais contente d'être dans tes bras et je n'avais pas envie de m'en aller. C'est tout.

Après avoir enfilé un short, il se pencha vers elle et l'embrassa sur la bouche.

— Merci.

— Je vais rentrer chez moi, maintenant.

— Oui, c'est mieux.

Même s'il n'en avait vraiment pas envie. Mais c'était la meilleure solution maintenant que Jordan était réveillé.

— Papa, où t'es ?

— Il a dû avoir un cauchemar, dit Eli.

— Est-ce que cela lui arrive souvent ?

— Pas vraiment. Il se rendormira une fois qu'il m'aura raconté son mauvais rêve.

Après avoir remis son T-shirt et son short en jean, Anna ouvrit la porte de la chambre.

— Bon, il est temps que je m'en aille. On se verra lundi, à moins que tu n'aies un patient à visiter demain ?

— Tu travailles, demain ?

— Oui. Je suis de l'équipe de nuit jusqu'à mercredi.

Cela voulait dire qu'il n'y aurait pas de sitôt de nouveaux fabuleux moments partagés avec elle, se dit Eli. Ce qui était peut-être préférable, car il devait régler certaines choses avant que cela n'aille plus loin avec elle.

Il l'embrassa et lui ouvrit la porte d'entrée.

— J'ai passé une journée géniale, Anna.

— Moi aussi, merci pour tout.

Et elle s'en alla sans se retourner, le laissant avec un sentiment de frustration qu'il n'avait pas le droit d'éprouver.

Heureusement qu'elle était de l'équipe de nuit, sinon elle serait allée frapper à la porte d'Eli pour faire l'amour avec lui, se dit Anna en ouvrant l'armoire à pharmacie pour prendre des pilules destinées à un jeune patient souffrant de nausées après avoir été opéré. Trois côtes fracturées lui avaient transpercé le poumon.

Au lit, Eli était incroyable. Il semblait deviner le moindre de ses désirs. Il savait ce qu'elle voulait, et à quel moment. Elle ne l'avait pas revu depuis samedi, mais il lui avait téléphoné tous les soirs avant qu'elle ne prenne son service, lui demandant comment s'était passée sa journée et ce qu'elle avait fait. Elle aimait ces échanges et sentait qu'ils étaient tous les deux plus détendus, apprenant petit à petit à mieux se connaître.

Il y avait encore ce problème à propos de Jordan. Eli se montrait toujours très protecteur envers son fils, comme s'il redoutait qu'elle ne devienne trop proche de l'enfant. Cela la mettait en colère. Jamais elle ne voudrait faire du mal à l'enfant. Bien sûr, si Eli engageait avec elle une vraie relation, il y avait toujours un risque que cela finisse par mal tourner et que Jordan en souffre. C'était à Eli de décider si cela valait le coup ou non de prendre ce risque. Pour l'instant, il ne semblait pas prêt à s'impliquer davantage, mais pas prêt non plus à rompre avec elle, puisqu'il continuait à l'inviter et à lui téléphoner régulièrement.

Un autre problème se dressait entre eux. Charlie.

Soudain, sentant son téléphone vibrer dans sa poche, elle le prit et soupira. Eli lui envoyait un message.

Bonne nuit.

Bien, c'était bon signe. Elle lui répondit.

Dors bien.

Ces choses simples la rendaient heureuse, et amoureuse aussi. Bien sûr, ils n'en étaient qu'au début de leur relation et, pour l'instant, elle essayait de ne pas se poser trop de questions, se laissant guider par les événements en profitant au maximum de tous les bons moments.

Lorsque le samedi suivant elle reçut un appel d'Eli lui disant qu'il la rejoindrait après le cours de natation de Jordan, elle se sentit déçue. Elle regrettait qu'il ne l'ait pas invitée. Mais elle ne pouvait pas non plus s'attendre à ce qu'ils se voient tous les week-ends. Ils n'étaient pas encore assez proches l'un de l'autre.

— Que dirais-tu de venir plutôt chez moi ? proposa-t-elle. Leanne et son mari ont prévu d'arriver avec leurs enfants vers 16 heures pour un barbecue dans le jardin. Amène Jordan. Il pourra jouer avec le plus jeune des enfants, qui a cinq ans.

— Cela ne t'ennuie pas que Leanne sache que nous nous voyons ? demanda-t-il comme s'il semblait surpris.

— C'est l'une de mes meilleures amies et cela fait un moment qu'elle est au courant pour nous deux. Mais, rassure-toi, elle n'est pas du genre à se livrer à des commérages.

— Que puis-je apporter ?

— Il y aura tout ce qu'il faut, mais si tu as envie de quelque chose en particulier, n'hésite pas à l'apporter.

— À plus tard, alors.

Avec ou sans Jordan ? se demanda Anna en haussant les épaules. Ah, les hommes ! Ils étaient vraiment pénibles, parfois.

Jordan s'amusait comme un fou avec Luca, le petit dernier de Leanne, se dit Eli en les regardant se poursuivre sur la pelouse en riant et en criant à tue-tête.

Il se tourna vers Anna.

— Avec tous ces hurlements, tes voisins vont finir par appeler la police, non ?

Craig, le mari de Leanne, se mit à rire.

— Ils ont l'habitude. Il y a dans la rue un autre petit garçon qui vient souvent jouer avec Luca lorsque nous venons ici.

Jordan était heureux, et lui aussi se sentait bien chez Anna. Ses amis l'acceptaient, notamment Leanne, dont le mari était médecin généraliste. Elle l'avait connu alors qu'ils étaient tous deux en formation à Dunedin. En les voyant si bien s'entendre, Eli se dit qu'il aurait dû se marier avec une femme appartenant au milieu médical. Au moins aurait-elle compris les contraintes et les horaires très lourds imposés par le métier, contrairement à Melissa qui s'était toujours plainte de cela.

— Il est temps pour nous de rentrer, dit Craig en se levant. Ces gamins ont sport demain.

Eli regarda sa montre. Il était 19 heures. Il n'avait pas vu le temps passer.

— Je ferais bien de vous imiter, dit-il. Jordan devrait déjà être au lit.

— Ravie que vous vous soyez joint à nous, Eli, dit Leanne. Il faudra qu'on remette ça. La prochaine fois, ce sera chez nous.

— Je suis content qu'Anna nous ait invités. Jordan s'est éclaté avec Luca. Mais où est-il passé ? Je ne le vois pas. Jordie ?

— Il est roulé en boule sur mon lit, plongé dans un livre, déclara Anna. Il m'a demandé la permission d'y aller et je n'ai vu aucune raison de le lui refuser.

— Pas de problème, dit-il en lui souriant.

Cela lui permettait de rester un peu plus longtemps et il serait enfin en tête à tête avec elle.

— On se voit demain, lança Leanne depuis le pas de la porte avant de disparaître avec sa petite famille.

— Eli, veux-tu boire un café avant de rentrer chez toi ? proposa Anna quand ils furent seuls.

— Avec plaisir. Je vais juste m'assurer que Jordan ne fait pas de bêtises.

Cela ne risquait pas d'arriver. L'enfant dormait à poings fermés.

— Il est dans les bras de Morphée, dit-il en revenant dans la cuisine. Mais il peut se réveiller à tout moment, ajouta-t-il en voyant Anna afficher un sourire plein de sous-entendus.

— Alors, je ferais mieux de t'embrasser en attendant que le café soit prêt, dit-elle en lui passant les bras autour du cou.

Sa bouche avait un goût de fruit. Il poussa un petit gémissement en lui rendant son baiser. Elle était si sexy et si attirante qu'il perdait tout contrôle en sa présence.

— Y a-t-il un verrou à la porte de ta chambre ? demanda-t-il en plaisantant.

— Si seulement... Allons au salon, il y a un canapé. Qui sait ? Nous aurons peut-être de la chance, ajouta-t-elle avec un clin d'œil coquin.

— Papa, t'es où ? Viens !

— Il faut renoncer à ton idée, Anna, dit Eli en lui caressant la joue. Voilà ce que c'est que d'être parent.

— Pas de problème. Je n'ai jamais vraiment cru que nous pourrions avoir un moment d'intimité ce soir.

— Tu n'es pas déçue ?

— Mais si, bien sûr ! Cependant, je comprends parfaitement que lorsque Jordan est présent, les choses sont différentes.

— Je ferais mieux d'aller le chercher avant que je cède à la tentation et que je continue à t'embrasser en oubliant tout le reste.

— Je te vois mal te conduire de cette façon.

Cela montrait qu'elle ignorait à quel point elle avait bouleversé son univers. Et il valait mieux qu'elle ne le découvre pas. Du moins pas tout de suite, en tout cas.

Il se rendit dans la chambre d'Anna et prit Jordan dans ses bras pour le porter, à demi endormi, jusqu'à la voiture. Anna le suivit, chargée du sac de Jordan et de la glacière dans laquelle Eli avait mis les bières et les friandises qu'il avait apportées. Arrivée à la voiture, elle se pencha pour embrasser l'enfant sur la joue.

— Bonne nuit, mon petit. On se reverra bientôt.

— Bonne nuit, Anna. Je t'aime.

Voyant Eli faire un bond en arrière, le visage crispé, elle lui posa la main sur l'épaule.

— Les enfants disent toujours ça, tu sais. N'y attache pas trop d'importance.

— Ce n'est pas dans les habitudes de Jordan de dire ça. Et je ne veux pas qu'il cherche quelque chose qui n'existe pas.

— Je te remercie beaucoup, Eli ! Je sais que tu es très protecteur, mais je ne mérite pas d'être mise à l'écart dès que tu te sens mal à l'aise. Il y a quelques minutes à peine, tu voulais coucher avec moi, ne le nie pas ! Si tu ne peux pas accepter qu'un lien puisse se tisser entre ton fils et moi, alors il vaut mieux que nous arrêtions de nous voir.

Il n'en avait aucune envie. Certes, il se posait un tas de questions, mais il tenait beaucoup à elle. Vraiment beaucoup.

— Je t'en prie, sois patiente avec moi. C'est si nouveau pour moi et, visiblement, je m'y prends mal.

— Me laisseras-tu passer du temps avec lui ? demanda-t-elle en le regardant fixement.

— Je ferais mieux de l'installer sur son siège.

L'enfant commençait à peser lourd dans ses bras.

— Réponds à ma question, Eli.

Il attendit d'avoir bouclé la ceinture de sécurité de Jordan et d'avoir refermé la portière pour enfin reprendre la parole :

— Tu n'imagines pas à quel point j'ai envie que tout se passe bien pour nous tous. Si nous nous engageons davantage, toi et moi, et que cela tourne mal, Jordan va souffrir.

*Et moi aussi*, pensa-t-il. Mais il garderait cela pour lui.

— C'est un coup bas, Eli, dit-elle en poussant un long soupir. Tu ferais mieux d'y aller. Je te verrai demain au travail.

Elle tourna les talons et regagna la maison sans se retourner une seule fois.

Debout près de la voiture, il la regarda s'éloigner, le cœur lourd. Il avait suffi de quelques minutes pour effacer le bonheur procuré par toutes ces heures délicieuses. Il était prêt à tout pour effacer ces quelques minutes. À tout, sauf à mettre Jordan en danger.

Mais si Jordan n'était qu'une excuse pour se protéger, *lui* ?

# 9

— Génial, se dit Anna pleine d'amertume.

Adossée à la porte d'entrée, elle guettait le départ d'Eli.

— Comme si je voulais perturber Jordan en quoi que ce soit !

Eli était sans aucun doute un bon père, mais la situation devenait intenable. Qu'il aille au diable ! Elle était lasse de cette valse-hésitation : deux pas en avant, un pas en arrière… Il l'embrassait avec fièvre et, l'instant d'après, il se montrait des plus bizarres avec elle. Lui aurait-elle tourné la tête au point qu'il ne soit plus maître de lui-même ?

Elle eut un rire amer. Parce que c'était exactement l'effet qu'il lui faisait quand elle était avec lui. Elle était tombée amoureuse de lui, et ce n'était pas juste une affaire de sexe. Quand tout allait bien entre eux, ils se comprenaient mutuellement et lisaient parfois dans les pensées de l'autre sans qu'ils aient à dire un mot. Mais il y avait entre eux un énorme problème et elle devait le gérer.

Finalement, elle entendit la voiture démarrer. Pourquoi avait-il attendu si longtemps avant de s'en aller ? Songeait-il à venir la retrouver pour lui faire d'autres reproches ? Ou pour s'excuser ? Non, il ne semblait pas d'humeur à cela. Attendait-il qu'elle s'excuse de lui avoir parlé d'une façon aussi directe ? Mais elle était comme ça. C'était à prendre ou à laisser.

Il était parti.

Mais il avait un enfant à mettre au lit. Ils se reverraient demain au travail et elle saurait alors où en étaient les choses.

— Bonne nuit, Eli.

Le lendemain matin, Eli arriva dans le service, l'air détendu, comme si, la veille, il ne s'était rien passé de regrettable entre eux.

— Bonjour, Anna. Bien dormi ?

Elle avait à peine fermé l'œil, ne pensant qu'à lui, à son corps si sexy, et à tout ce qu'ils auraient pu faire si Jordan n'avait pas été là.

— Comme un loir, dit-elle. Jordan s'est-il rendormi facilement, une fois à la maison ?

— Il s'est réveillé à peu près toutes les heures, pour réclamer un verre d'eau, ou une histoire, qu'il n'a pas eue, ou pour venir dans mon lit, ce qu'il n'a pas obtenu non plus. Il a voulu manger quelque chose, et je lui ai donné une banane.

— Je comprends pourquoi tu as des cernes sous les yeux.

— Oui, la nuit a été dure.

Il regarda l'écran où Anna avait fait apparaître des informations concernant l'une de ses petites patientes.

— Je vois qu'il n'y a pas de changements dans les résultats de Hayley.

— Elle a eu une montée de température vers minuit, et depuis cela a un peu baissé. Les blessures sur sa cuisse montrent toujours une inflammation, et elle souffre encore malgré les antalgiques qu'on lui donne.

Deux jours auparavant, la petite fille avait été attaquée par un bélier en colère dans la ferme de son père et les cornes de l'animal avaient provoqué des blessures internes et externes.

— Cela ne m'étonne pas. J'aimerais pouvoir la mettre plus longtemps sous sédatifs, mais ce n'est pas recommandé. En tout cas, elle s'en sort très bien pour une petite fille de neuf ans. Une vraie dure à cuire.

— Sa mère n'est pas très en forme, ce matin. Elle aussi aurait besoin d'une bonne nuit de sommeil.

— Je vais voir si elle veut qu'on lui donne quelque chose.

Il regarda un autre fichier qui apparaissait sur l'ordinateur.

— Comment va Mason ? A-t-il mangé quelque chose ce matin ?

— Il a dévoré du porridge et de la compote de pêches, comme il ne l'avait pas fait depuis huit jours. Il dit qu'il a encore mal à la gorge, mais il se sent beaucoup mieux.

— C'est normal qu'il souffre après une ablation des amygdales, dit Eli.

Il avait cependant l'air soulagé.

— Est-ce que tu te fais du souci pour chacun de tes patients ?

— Difficile de faire autrement. Ce sont des enfants.

— C'est juste, dit-elle en se levant. Je vais aller voir Hayley, à moins que tu n'aies besoin de moi.

— Je te suis.

— Je crois que Leanne voudrait te parler d'un patient.

— Où est-elle ?

— Elle a profité d'un moment de calme pour aller boire un café.

— Anna, veux-tu qu'on en prenne un lorsque j'en aurai terminé ici ?

Que voulait-il ? Parler de ce qui s'était passé hier soir ? L'hôpital n'était pas le cadre idéal pour ce type de conversation, mais elle accepta.

— Oui, bien sûr.

Peu après, ils se rendirent dans la salle de repos du personnel et s'assirent à la petite table avec leurs cafés.

— Je n'ai qu'un muffin, dit Anna.

— Je n'ai pas faim, car j'ai pris un copieux petit déjeuner.

Tant mieux, parce qu'elle était affamée, n'ayant avalé ce matin qu'une banane avant de partir au travail, faute de temps.

Elle but son café, attendant qu'Eli lui dise ce qu'il avait en tête. Quelque chose devait le tracasser, à voir son air sérieux.

— Puis-je passer chez toi ce soir quand tu seras rentrée de l'hôpital ? s'enquit-il en rinçant leurs deux tasses dans l'évier.

Visiblement, il ne s'agissait pas de se livrer à des ébats torrides. Elle savait que le moment était venu pour elle de lui parler de Charlie. Eh bien, ce serait ce soir.

— Bien sûr.

— Je viendrai quand j'aurai terminé ici. Jordan dort chez maman ce soir.

— Je te préparerai quelque chose à manger.

Il était clair qu'il n'avait pas l'intention de rompre dans l'immédiat avec elle. Mais, pour l'instant, elle devait s'occuper d'un petit patient et oublier M. Forrester qui savait si bien souffler tour à tour le chaud et le froid.

Elle ne comprenait pas ce qui se passait. Aucun homme ne l'avait autant intriguée qu'Eli. Peut-être attendait-elle trop de lui et n'était pas capable de voir ce qu'il lui offrait.

En tout cas, ce soir, elle ferait ce qu'elle aurait dû faire depuis des semaines. Elle lui parlerait de Charlie et sans doute le perdrait-elle ensuite pour toujours.

Eli prit la bouteille de vin qu'il avait achetée en route et remonta l'allée d'Anna. Il était ici pour découvrir ce qu'elle attendait de lui, mais aussi parce qu'il avait besoin de passer du temps avec elle. N'était-ce pas la preuve qu'il en était tombé amoureux ?

— Par ici ! cria Anna depuis le potager où elle était en train d'installer un arrosage automatique pour ses légumes.

— Où puis-je trouver des verres ? demanda-t-il en brandissant la bouteille.

— Dans le placard au-dessus du réfrigérateur. J'ai presque fini ici.

— Prends ton temps, je vais apporter les verres.

— Tu peux aussi prendre l'assiette de choses à grignoter qui se trouve dans le réfrigérateur.

— D'accord.

Anna lui donnait l'impression d'être ici chez lui. Raison de plus pour laisser se développer en lui les sentiments qu'il avait pour elle, mais qu'il essayait d'ignorer.

Quand il revint de la cuisine avec un plateau dans les mains, il trouva Anna installée sur une chaise longue. Il posa le plateau sur la table basse et s'assit sur l'autre chaise longue.

— C'est un bel espace, dit-il en regardant le jardin. Ouvert et lumineux.

— Je dois dire que même les roses ont été superbes cette année.

— C'est beaucoup plus calme qu'hier, remarqua-t-il en riant. Les gamins sont doués pour faire du boucan, pas vrai ?

— En effet. J'adore quand ils viennent ici. Ils se lâchent complètement. Jordan s'est bien mis au diapason.

— Il ne cessait d'en parler ce matin en allant à l'école. Luca par-ci, Luca par-là.

— Les enfants de Leanne viennent souvent ici et si Jordan veut venir jouer avec eux, il sera toujours le bienvenu.

Son ton circonspect indiquait qu'elle n'était pas sûre qu'il autorise son fils à revenir chez elle.

— Il sera ravi, dit-il. Ses copains de la maternelle lui manquent et il craint de ne pas se faire autant d'amis dans sa nouvelle école.

— C'est compréhensible.

— Aimerais-tu avoir des enfants un jour ?

Il ne savait pas pourquoi il avait posé la question, mais il était impatient d'entendre sa réponse.

— J'aimerais beaucoup. L'horloge biologique commence à se mettre en route doucement, même si je n'ai que trente-quatre ans. Mais je ne vais pas pour autant me lancer dans une relation simplement pour avoir un bébé. Ce sera tout ou rien.

— Tu es prudente, et tu as raison. C'est ce qu'il faut faire.

C'était ce qu'il faisait, lui aussi, dans sa relation avec elle. Mais il était de plus en plus amoureux et il ne savait plus où il en était. Hier soir, il s'était querellé avec elle et maintenant il mourait d'envie de l'emmener dans la maison et de lui faire l'amour au lieu de discuter de choses sérieuses.

Elle contemplait sa pelouse bien tondue, l'air rêveur. Puis elle se tourna vers lui.

— J'en ai assez d'être prudente. J'aimerais juste me lâcher et m'amuser, sans me soucier des conséquences. Mais je sais que cela ne marche pas comme ça. Les choses reviennent me frapper en pleine face si je ne contrôle pas mes émotions.

— Te voir perdre tout contrôle n'est pas nouveau. Notamment quand nous sommes au lit.

Elle rougit légèrement, ce qui lui arrivait peu souvent.

— Dans combien de temps dois-tu t'en aller ?

Il posa son verre sur la table et se leva.

— Dans assez longtemps.

Une fois de plus, il perdait la tête, impatient de se rouler entre les draps avec elle.

— Tu n'as cessé de sourire toute la semaine, observa Leanne cet après-midi-là en s'asseyant à côté d'Anna près du bureau. Il est donc si génial que ça ?

— Mieux encore.

Eli l'avait réveillée d'une façon qu'elle n'aurait jamais crue possible. Au lit, il était incroyable.

— Bonjour, Anna, Leanne, lança Eli en entrant dans la pièce. Comment cela se passe-t-il ?

— Tout va bien, répondit Anna. Aucun de tes patients ne pose de problème.

— Tant mieux. La journée a été longue au bloc opératoire et j'ai encore une patiente à opérer quand on l'aura préparée.

Il sortit de sa poche son téléphone qui venait de sonner.

— Désolé, je dois répondre. Maman, qu'y a-t-il ?

Il écouta.

— Ne t'inquiète pas, maman. Je vais trouver une solution.

Il rangea son téléphone dans sa poche, l'air soucieux.

— Un problème ? s'enquit Anna.

— Maman est coincée dans un embouteillage à Kaikoura. Elle ne sera pas revenue à temps pour récupérer Jordan à l'école.

— Et tu as une opération qui t'attend. J'ai bientôt fini ma journée. Je peux aller chercher Jordan et le garder chez moi. Ou chez toi, si tu préfères.

— J'aurais pu demander à Karen de le prendre dans son bureau, mais elle a une réunion avec les parents d'élèves cet après-midi. Alors, merci, j'accepte ton offre, cela règle le problème.

— Je l'emmène chez moi ou chez toi ?

— Chez moi, je préfère. Jordan a ses habitudes, en rentrant de l'école, et je tiens à ce qu'il suive cette routine.

— Très bien. Comment aurai-je accès à ta maison ?

Il lui donna le code.

— J'essayerai de rentrer le plus tôt possible, dit-il en s'éloignant.

— Attendez, Eli, intervint Leanne. Jamais l'école ne laissera Anna emmener Jordan si vous ne lui donnez pas l'autorisation.

— Ce n'est pas vraiment un problème, car ma sœur est directrice de cette école. Mais vous avez raison, je vais lui téléphoner et la mettre au courant.

Ce qu'il fit aussitôt.

— Voilà, c'est réglé, dit-il en raccrochant. Anna, tu n'auras qu'à demander Heather Brown, la maîtresse de Jordan. Elle te conduira dans sa classe.

— Jordan sait que c'est moi qui vais le chercher ?

— Karen va le lui dire. J'apprécie vraiment ce que tu fais, Anna.

— Pas de problème, ça me fait plaisir.

Quand elle arriva à l'école, Jordan jouait au ballon avec un autre garçon. Quand il la vit, il se précipita vers elle et se jeta dans ses bras.

— Bonjour, Anna ! C'est toi qui me ramènes à la maison.

— Oui, dès que j'aurai vu ta maîtresse.

— Je suis là, dit derrière elle une voix appartenant à une femme d'âge moyen. Inutile de vous demander qui vous êtes, il suffit de voir la réaction de Jordan. Mais je dois malgré tout vous demander une pièce d'identité, comme l'exige la loi.

— Bien sûr.

Elle lui montra son permis de conduire.

— Parfait, dit l'enseignante. Tu peux partir, Jordan. On se voit lundi.

— Très bien, madame Brown. Anna, je pourrai avoir une glace sur le chemin du retour ? Une grosse glace au chocolat.

Elle leva les yeux au ciel.

— Tu vas me faire avoir des ennuis, jeune homme.

— Papa m'en achète toujours une quand il vient me chercher.

Son air malicieux semblait dire le contraire. Mais elle pouvait bien lui faire plaisir, pour une fois.

Son téléphone sonna.

— Bonjour, Eli. Je pensais que tu étais au bloc opératoire.

— On a pris du retard, car l'opération précédente a duré plus longtemps que prévu. Comment va Jordan ?

— Très bien. Tu veux lui parler ?

— Bien sûr.

— Jordan, papa veut te parler.

— Papa, Anna va m'acheter une glace ! Oui, c'est vrai, elle me l'a dit.

Elle reprit le téléphone.

— J'espère que cela ne pose pas de problème ?

— Prends-en une petite, sinon il ne mangera rien au dîner. Bon, je dois y aller.

Une heure plus tard, Eli rappela.

— Je voulais juste vérifier que tout allait bien.

— Pourquoi cela n'irait pas ?

— Tu aurais pu oublier le code d'accès de la maison.

— Mais Jordan le connaît parfaitement ! Tu veux lui parler ?

Pour s'assurer qu'elle ne l'avait pas frappé ni attaché sur son lit ? *Calme-toi, Anna. Eli est un papa attentionné, c'est tout.*

— Pas pour le moment. On m'attend en salle de réveil.

Cela devenait pénible. Deux appels pour s'assurer que tout se passait bien. Avait-il si peu confiance en elle ?

Lorsque, à 18 heures, il rappela encore, elle répondit d'un ton agacé.

— Jordan va bien, il a eu son bain et je vais le faire dîner. Y a-t-il autre chose qui t'inquiète ?

Silence.

— J'appelais juste pour savoir si tu voulais que j'apporte des pizzas pour le dîner, dit-il enfin.

Elle ferma les yeux et s'efforça de se calmer.

— Désolée, Eli. Vraiment désolée. C'est une très bonne idée. J'aimerais une pizza aux fruits de mer, si c'est possible.

— Entendu. À bientôt.

Pourquoi avait-elle réagi si vite sans laisser à Eli le temps de s'expliquer ?

*Parce que j'ai peur qu'il ne me trouve pas assez bien pour m'occuper de son fils. Pas assez bien pour qu'Eli m'aime.*

Les doutes qui la hantaient depuis dix-huit ans étaient toujours là. Disparaîtraient-ils un jour ?

— Voilà la pizza aux fruits de mer, dit Eli en posant le carton sur la table devant Anna.

Il remarqua son air stressé. Il faudrait qu'il discute avec elle, tout à l'heure. Il prit Jordan dans ses bras et le serra contre lui.

— Bon, il est temps de te laver les dents et d'aller te coucher. Il est déjà tard. Ce n'est pas un reproche, ajouta-t-il en se tournant vers Anna. Je savais qu'il insisterait pour rester debout jusqu'à mon retour. Tu m'accordes dix minutes ? Et si tu nous préparais deux verres pendant ce temps-là ?

Sans attendre sa réponse, il emmena Jordan dans la salle de bains.

Quand il revint, il trouva Anna jouant distraitement avec son verre de vin, l'air pensif et mélancolique.

— Merci de t'être occupée de Jordan. J'apprécie énormément.

— Cela m'a fait plaisir.

Elle but une gorgée de vin.

— Tu me remercies, mais tu n'as cessé d'appeler, comme si tu craignais que cela se passe mal.

Il mit des assiettes et des serviettes sur la table, ouvrit les deux cartons de pizza et s'assit.

— Disons que je suis paranoïaque.

— Je dirais plutôt que tu es méfiant.

— Les deux.

— Génial.

— Ce n'est pas avec toi que j'ai un problème. En fait, jamais je ne me suis autant lâché avec une femme, depuis Melissa.

— Je ne sais pas très bien comment je dois prendre ça.

— Bon sang, Anna, c'est ridicule ! Nous nous entendons si bien et nous sommes là à nous chamailler comme des gamins. Tu sais très bien pourquoi je m'inquiète.

Elle leva les yeux au ciel.

— Je me demande si, en fait, ce n'est pas toi que tu cherches à protéger, plus que Jordan. Il s'agit de nous deux. Tu as peur que je te laisse tomber. Je te comprends, car moi aussi, j'ai peur de ça.

Une larme lui roula sur la joue.

— Je ne suis pas sûre d'être capable d'entretenir une relation durable. J'ai un lourd passé dans ce domaine. Même avec ma famille. Je n'ai donc pas beaucoup de garanties à offrir.

— Alors, le problème est encore pire que ce que je pensais...

— Veux-tu qu'on essaie de trouver une solution, ou bien vaut-il mieux tout arrêter maintenant, avant que cela ne devienne trop difficile ?

En la voyant en larmes, il eut envie de la prendre dans ses bras, mais il se retint. Il voulait d'abord savoir ce qui se cachait derrière ces larmes.

— À quinze ans, je suis tombée enceinte.

Il ne s'attendait pas à cela. Il resta figé sur place.

— Mes parents m'ont dit qu'ils me jetteraient dehors si je

gardais le bébé. Je n'avais pas les moyens de l'élever seule. Je ne comprenais rien à ce qui m'arrivait et je ne voyais pas comment offrir à cet enfant ce dont il avait besoin.

— Alors, tu l'as fait adopter.

— Je n'avais pas le choix. C'était la meilleure solution pour lui.

Il n'en croyait pas ses oreilles. Anna savait si bien s'occuper des enfants. Il avait la gorge nouée. Heureusement qu'ils ne s'étaient pas plus engagés dans leur relation. Tout était maintenant fini entre eux.

— Mais pas pour moi, poursuivit Anna. Je vis tous les jours dans la culpabilité et le chagrin depuis qu'on m'a pris mon fils.

Son visage ruisselait de larmes.

— Je ne sais pas quoi dire, Anna. Je suis sous le choc.

Elle releva la tête et le fusilla du regard.

— Tu n'as pas le droit de me juger, Eli. J'ai fait ça pour son bien.

— Peut-être, mais tu ne sais pas tout ce qu'il a pu endurer pendant toutes ces années où il s'est demandé qui était sa mère et pourquoi elle l'avait abandonné.

— Et tu le sais, toi ?

— Ah, ça, oui ! J'ai été adopté.

Elle pâlit et resta bouche bée, les yeux écarquillés.

— Je vois.

— Non, tu ne vois pas. J'avais six mois quand ma mère biologique n'a plus voulu de moi. Elle avait mieux à faire que de m'élever. C'est ce qu'elle m'a dit lorsque je l'ai retrouvée, il y a six ans.

Il s'était levé et marchait de long en large.

— Mon fils Charlie m'a retrouvée la semaine dernière.

— La semaine dernière ? Tu ne crois pas que tu aurais pu m'en parler ?

— Je le voulais. J'ai essayé.

— Tu avais l'intention de toujours me le cacher ?

— Mais non ! Je... j'ai des sentiments pour toi. Je ne voulais pas te perdre déjà. J'ai cru que tu tomberais peut-être amoureux de moi et qu'alors tu me comprendrais le jour où je t'avouerais tout. Bien sûr, j'ignorais que tu avais été adopté.

— Anna, désolé, mais j'ai été frappé en plein cœur à deux reprises, je ne peux pas subir cela une troisième fois.

Le visage d'Anna se décomposa.

— Charlie et moi, nous nous parlons, dit-elle d'une voix à peine audible. Il commence à comprendre pourquoi je l'ai donné à l'adoption, et aussi que je l'ai toujours aimé.

Que pouvait-il dire ? Il n'avait pas eu la même chance que Charlie, mais il était content pour lui.

— Au revoir, Eli, dit Anna en se levant lentement.

Il ne fit pas un geste pour la retenir. Il en était incapable.

— Bonne nuit, Anna, répondit-il, le cœur déchiré.

# 10

— J'ai rédigé une ordonnance pour Tobias, dit Eli en s'avançant vers Anna qui venait d'entrer dans le bureau. Je voudrais qu'il prenne immédiatement les antibiotiques.

— Ce sera fait.

— Merci.

Anna le regarda partir. La semaine avait été un véritable enfer. Ils avaient tout fait pour essayer de s'éviter. Heureusement, le week-end arrivait. Elle pourrait se mettre la tête sous l'oreiller et attendre que son cœur s'apaise.

— Que se passe-t-il ? demanda Leanne après avoir vérifié qu'elles étaient seules.

Anna ne lui avait rien dit.

— Tout est fini entre nous, et c'est mieux comme ça.

— Je ne te crois pas, Anna. Vous vous entendiez si bien. Vous allez renoncer si facilement ?

— C'est loin d'être facile. Je l'aime, Leanne.

— Je sais. Jamais tu n'as eu l'air d'être aussi heureuse.

Comment allait-elle s'en sortir ? Elle avait le cœur brisé.

Son téléphone sonna. L'appel venait de la pharmacie.

— C'est Pete. J'ai préparé les médicaments pour une ordonnance urgente concernant l'un de vos patients.

— J'arrive, dit-elle en se levant.

Elle se tourna vers Leanne.

— Ne me dis plus rien. Je dois réfléchir à la suite.

— Je suis ton amie, Anna. Il faut qu'on parle. Viens dîner ce soir à la maison et, si tu veux, tu pourras rester dormir.

— C'est possible que je le fasse.

Finalement, elle préféra rentrer chez elle et se coucha vers minuit. Mais elle ne put trouver le sommeil, ne cessant de penser à Eli redevenu si distant avec elle. Elle se sentait prête à s'engager, mais lui ne l'était pas. Il ne le serait jamais. Pas avec elle. Il ne lui faisait pas confiance. Il disait vouloir protéger Jordan, mais c'était *lui* qu'il essayait de protéger.

Elle lança son oreiller contre le mur.

— Je t'aime, Eli ! Je t'aime tellement que c'en est douloureux. M'aimes-tu un petit peu ?

Eli poussa un gémissement quand Jordan bondit sur le lit.

— Hé, bonhomme, vas-y doucement avec mes vieux os !

— Lève-toi, papa, on a des choses à faire !

Il n'était plus question de s'offrir une grasse matinée.

— On va commencer par prendre un petit déjeuner.

— Est-ce qu'on va voir Anna, aujourd'hui ?

Eli sentit son cœur se serrer.

— Je crains que non, Jordie.

Si seulement ils pouvaient aller chez elle et s'asseoir sur la terrasse.

*Pourquoi ne pas le faire ? Allez, vas-y, fais-le.*

Si Charlie pouvait accepter ce qui s'était passé, pourquoi en serait-il incapable, lui ? Anna ne ressemblait en rien à sa mère biologique. Elle aimait son fils.

— Allez, dit-il, on se lève et on se prépare pour le cours de natation.

La journée lui parut longue et fastidieuse. Anna lui manquait terriblement. Il finit par se rendre chez Liz avec Jordan.

— Ne me pose pas de questions, dit-il en arrivant.

Elle l'observa un instant et hocha la tête.

— Très bien. Gary cueille des petits pois dans le jardin. Prends deux bières dans le réfrigérateur et va le rejoindre.

— Merci, dit-il en la serrant dans ses bras.

Après le dîner, Jordan s'endormit dans la chambre de son cousin.

— J'imagine que vous allez passer la nuit ici, dit Liz.

— C'est bien possible.

Il ne dormit pas mieux que la nuit précédente et, à 5 heures du matin, il décida de se lever et d'aller se promener dans les rues tranquilles, ne pensant qu'à Anna. Il ne pouvait se résoudre à la laisser sortir de sa vie.

Il l'aimait. Oui, il en était sûr. Et cela ne lui laissait pas beaucoup le choix. Il devait lui avouer son amour et accepter son histoire pour qu'ils puissent aller de l'avant *ensemble*. Ce ne devait pas être si difficile à faire.

Mais il sentait un poids énorme peser sur lui, l'empêchant de s'ouvrir.

— Pourquoi ? Pourquoi je ne peux pas le faire ? cria-t-il en s'adressant au soleil qui se levait à l'horizon.

À cause de Jordan.

*Ce n'est pas vrai*, réalisa-t-il soudain. Il se cachait derrière son fils qui lui servait d'excuse, alors que c'était son cœur à lui qu'il voulait protéger.

Il lui fallait se libérer de ses craintes hypothétiques et se focaliser sur ce qui était réel. S'il voulait vivre pleinement, il devait s'ouvrir aux autres et parler de ses sentiments, surtout avec Anna. Comme il le faisait avec les membres de sa famille.

Il revint sur ses pas, réfléchissant à la suite des événements.

Anna s'affairait dans la cuisine, occupée à préparer des beignets de courgette. Rien de tel que de cuisiner pour oublier ses soucis. Elle avait dû surmonter une autre déception. Charlie avait prévu de venir la voir avec ses parents durant le week-end, mais il avait téléphoné pour dire que le temps à Wellington était si mauvais que presque tous les vols avaient été annulés. Il lui avait alors proposé de communiquer par vidéo.

La rencontre s'était déroulée mieux qu'elle ne l'avait imaginé. Les parents de Charlie lui avaient plu et ils avaient convenu de se retrouver une autre fois. Charlie lui avait adressé un sourire malicieux qui l'avait réconfortée.

Mais, une fois l'ordinateur refermé, l'image d'Eli lui revint en tête jusqu'à devenir obsédante. Elle eut beau se plonger dans la confection d'un gâteau au chocolat, de lasagnes et de deux tartes au bacon, rien ne pouvait l'arracher à ses idées noires. Contemplant tous les plats qu'elle avait préparés, elle se dit qu'elle allait devoir les distribuer autour d'elle. Leanne et Craig étaient toujours heureux de goûter à sa cuisine.

Elle aimait Eli. Mais il ne le savait pas. Elle ne le lui avait jamais dit. Est-ce que cela aurait changé quelque chose ? C'était peu probable. Il n'y avait qu'une façon de le savoir. Mettre son cœur à nu devant lui.

En aurait-elle le courage ? Mais pouvait-elle se permettre d'en manquer ? Si Eli n'apprenait jamais qu'elle l'aimait, elle ne pourrait s'en prendre qu'à elle-même de l'avoir perdu à jamais. Il fallait qu'elle agisse.

Elle éteignit le four et dénoua son tablier.

À cet instant, quelqu'un frappa à la porte de derrière.

*Le moment est mal choisi, car je suis sur le point de sortir.*

Elle ouvrit quand même et sursauta.

— Eli…

Elle s'affaissa contre la porte.

— Je m'apprêtais à aller te voir, murmura-t-elle.

— Anna, dit-il en lui prenant les mains et les serrant fort dans les siennes.

Il avait un regard si triste qu'elle en eut les larmes aux yeux.

— Je…

— Allez, entre, dit-elle en l'attirant à l'intérieur avant de refermer la porte.

— Anna, il faut qu'on parle.

Ils s'assirent dans la cuisine, s'observant l'un l'autre avec prudence.

— Je t'écoute, Eli.

— Je vais être franc. Je t'aime, Anna. Je suis tombé amoureux de toi et je ne veux plus jamais te laisser sortir de ma vie.

— Tu... quoi ?

Elle avait le cœur qui battait à tout rompre, la tête qui tournait. Elle était sous le choc.

— Je t'aime, répéta-t-il, l'air soulagé, comme débarrassé d'un poids trop lourd.

Elle alla s'asseoir près de lui et lui prit le visage dans ses mains.

— Et qu'en est-il de mon passé ? Et de Charlie ?

— J'ai beaucoup réfléchi et j'en ai parlé avec mes parents. Je tenais à connaître leur avis en tant que parents adoptifs. Anna, j'ai compris que tu n'avais pas le choix si tu voulais donner une vie meilleure à ton fils. Je t'admire pour cela.

— Merci, Eli. C'est très important pour moi de t'entendre dire cela.

— Je le pense profondément, Anna.

— Je t'aime de tout mon cœur. Et depuis un bon moment.

Il l'attira sur ses genoux et l'embrassa avec douceur et amour. Elle se sentit en sécurité et lui rendit son baiser avec passion.

Lorsqu'ils se séparèrent enfin, elle se blottit contre lui.

— Mon amour pour toi est si profond que j'ai compris que je devais te le dire. C'est ce que je m'apprêtais à faire quand tu as frappé à la porte.

Eli lui caressa la joue et lui donna un baiser qui scellait leur promesse de ne plus jamais se quitter.

# Épilogue

*Douze mois plus tard, à la plage*

— Maman Anna, je veux un jus de fruits, réclama Jordan en se laissant tomber à côté d'elle sur le drap de plage.

— Sers-toi.

Ce nom de *maman* qu'il lui donnait lui mettait encore les larmes aux yeux tant elle était émue.

Dès qu'Eli avait expliqué à son fils qu'elle venait vivre chez eux et que papa aimait Anna, Jordan lui avait sauté au cou en criant : « Maman Anna, je t'aime aussi ! » Elle en avait eu le cœur gonflé d'amour pour le petit garçon.

En songeant à l'autre mâle Forrester qui faisait battre son cœur, elle poussa un soupir de bonheur. La vie ne pouvait pas être plus belle. Elle posa la main sur son ventre rond que recouvrait son débardeur. Sa grossesse ne lui permettait plus de porter un bikini pour l'instant.

— Maman Anna, je veux une bière, demanda Eli en s'asseyant près d'elle, la gratifiant d'un sourire irrésistible.

Elle ne se lassait pas de ses sourires. Ni de ses baisers. Ni de leurs ébats.

— Sers-toi. Et je veux bien de l'eau, pendant que tu y es.

Son bébé naîtrait dans dix semaines et elle avait hâte de faire sa connaissance. Eli lui tendit une bouteille d'eau gazeuse.

— Comment va la petite Rose, cet après-midi ?

— Depuis que je suis sortie de l'eau, elle ne fait que dormir.

Cela changeait des solides coups de pied que le bébé lui avait donnés dans le ventre un peu plus tôt.

Adossée à sa chaise de plage, elle regardait cet homme qu'elle aimait tant. Quelle chance elle avait eue de le rencontrer !

— Je devrais presque remercier Jordan d'avoir eu l'appendicite.

— Ce fut notre point de basculement, non ?

Elle regarda l'émeraude qui ornait son doigt.

— C'est vrai. Quand je t'ai traité de crétin, cette nuit-là, je n'imaginais pas que je tomberais amoureuse de toi.

— Je parie que tu ne t'attendais pas à porter *mon* bébé et à m'épouser dès que notre petite fille serait née.

— Cela ne m'a jamais traversé l'esprit. Pas plus que je ne me doutais du travail que donnait l'organisation d'un mariage.

Mais, à présent, la salle était réservée, les traiteurs choisis, et la robe qu'elle porterait ce jour-là était prête. Les invitations avaient été envoyées la semaine précédente et la plupart des gens avaient déjà répondu. Y compris ses parents. Ils viendraient. Ils avaient rencontré Eli qui s'était montré très à l'aise avec eux. Ils avaient également fait la connaissance de Charlie.

Charlie.

— Charlie a dit qu'il viendrait avec une petite amie.

— Je m'étonne qu'il n'en ait pas eu une plus tôt. Il est tellement charmant.

— Il est difficile.

C'était aussi un garçon adorable. Elle s'entendait vraiment bien avec lui, et Eli et lui semblaient avoir entre eux un lien naturel.

Eli. L'amour de sa vie.

— Je t'aime, Eli.

Il la souleva de sa chaise et l'installa sur ses cuisses.

— Moi aussi, je t'aime, dit-il en l'embrassant.

— Je vais me baigner ! cria Jordan en courant vers la mer.

Ce qui mit fin au baiser, car tous deux voulaient garder un œil sur lui.

BECKY WICKS

# Un vétérinaire à Amber Creek

*Traduction française de*
ELISA MARTREUIL

BLANCHE

HARLEQUIN

*Titre original :*
TEMPTED BY THE OUTBACK VET

# 1

Les doigts crispés autour de l'anse du seau à détritus, Sage s'approcha prudemment de la barrière du paddock. Dès qu'il la vit, Storm, le regard affolé, se mit à ruer, à se cabrer, à marteler le sol de ses sabots.

— Du calme, mon grand ! murmura Sage avec un mouvement de recul involontaire.

Cela faisait trois semaines que le cheval ne laissait personne approcher.

— Je ne sais vraiment plus quoi faire, Ellie, soupira Sage à l'adresse de sa jeune assistante vétérinaire. Regarde-le ! Je ne peux même pas l'examiner. Et j'ai l'impression que c'est de pire en pire. Que vais-je dire au maire ?

Jarrah Warragul, le maire très populaire d'Amber Creek et mari d'Abigail, la meilleure amie de Sage, lui avait confié la mission de transformer ce Storm incontrôlable en un cheval docile et affectueux pour Lucie, sa fille de onze ans. Hélas Sage, malgré ses années d'expérience vétérinaire, allait les décevoir.

— Et ce vétérinaire que nous avons vu à la télévision il y a trois semaines ? demanda Ellie. Celui qui est venu à bout du cheval que personne ne réussissait à maîtriser. Le maire voulait que tu l'appelles, non ?

Sage hocha la tête lentement en même temps que surgissait dans son esprit l'image troublante de cet homme qui dégageait un magnétisme irrésistible et une impression de force invincible même à travers un écran de télévision. Le genre d'homme capable de combattre un crocodile à mains nues. Pour compléter le tout, il était d'une beauté virile hors du commun.

— Ethan Matthews ? Finalement, c'est Jarrah qui s'en est chargé.

Sans le dire à Ellie, Sage n'avait pas donné suite à la demande du maire. En effet, au lieu de se réjouir de l'arrivée d'un tel homme qui, outre ses autres qualités, se consacrait comme elle entièrement aux animaux, elle vivait sa venue comme une intrusion sur son territoire, comme la preuve humiliante qu'elle ne s'était pas montrée à la hauteur.

Ethan, qui travaillait et habitait dans le Queensland, était connu pour son approche globale et peu orthodoxe des animaux qu'il soignait. Plus Sage y pensait, plus elle enrageait. Depuis six ans qu'elle exerçait, elle avait toujours appliqué avec un succès incontestable les méthodes qu'on lui avait enseignées. Et voilà qu'à présent, elle était censée laisser la main à une célébrité du petit écran ?

— Oui, Ethan Matthews, confirma Ellie d'un air songeur avant d'ajouter dans un petit rire : J'aurais bien aimé être ce cheval.

Sage leva les yeux au ciel. Toutes les deux avaient passé dix minutes à observer le vétérinaire à l'œuvre avant de se rendre compte qu'elles n'étaient pas seulement impressionnées par son talent de soigneur.

— Apparemment, il sait s'y prendre mieux que personne pour apprivoiser les chevaux difficiles, insista Ellie. Et c'est incontestablement le cas de Storm. Regarde le pauvre Karma !

Réfugié dans un coin de l'enclos, Karma, un hongre arrivé récemment en convalescence après sa castration, s'ébrouait bruyamment, visiblement terrorisé par Storm.

— Ethan Matthews arrive par avion demain, finit par avouer Sage à Ellie qui joua l'indifférence alors que ses yeux sortaient quasiment de leur orbite.

— Peut-être que sa technique fonctionne ? se risqua à suggérer Ellie malgré l'expression furieuse de sa patronne.

Sans répondre, Sage traversa l'enclos vers Karma sous l'œil méfiant de Storm, suivie par Ellie qui se cachait littéralement derrière elle.

Sage avait conscience qu'en raison de son échec, elle n'avait pas son mot à dire sur les soi-disant méthodes d'Ethan. Jarrah comptait sur les services de ce dernier car, avec un Storm aussi imprévisible et ingérable, il craignait pour la sécurité de sa famille et en particulier pour celle d'Abigail enceinte de cinq mois de leur quatrième enfant.

De toute façon, Sage s'imaginait difficilement s'opposer au maire à qui elle était redevable car il avait facilité son installation lorsqu'elle était arrivée à Amber Creek six ans plus tôt, en quête d'un emploi. Quant à Abigail, elle était devenue une amie si proche que lors de leurs soirées rituelles du vendredi autour d'un verre de vin, elle avait su faire parler la très secrète Sage de son passé récent – sa brutale rupture avec Bryce quelques semaines à peine avant qu'elle ne débarque à Amber Creek – et surtout de son enfance. Sage lui avait expliqué qu'elle avait grandi dans une famille d'accueil à Perth après avoir perdu à dix ans ses deux parents et son chien adoré dans un feu de brousse qu'elle aurait pu empêcher si elle n'avait pas désobéi. De nombreux animaux sauvages avaient également péri cette nuit-là et cette pensée continuait à la hanter.

S'occuper, se consacrer à son métier, faire du bien autour d'elle, aider les animaux. Telle était la ligne de conduite qu'elle s'était fixée dans la vie. Une stratégie qui fonctionnait, sauf quand elle voyait un chien en souffrance, car aussitôt le souvenir de son traumatisme et son sentiment oppressant de culpabilité la harcelaient.

Tout cela n'expliquait par pourquoi la venue d'Ethan Matthews la perturbait à ce point. Certes elle était agacée par son statut de star télévisuelle qui l'avait sans aucun doute rendu imbuvable d'arrogance et de fatuité. Et alors ?

Peut-être avait-elle perçu sur son visage, montré en gros plan par la caméra, qu'il gardait, comme elle, un secret bien caché qui le liait à ses chevaux ?

Les bras sur la clôture de l'enclos, coiffée d'un chapeau à larges bords, se mordillant distraitement la lèvre, Sage laissait la chaleur du soleil matinal masser ses épaules. Elle appela Storm, qui l'ignora royalement. Il s'était de nouveau agité pendant toute la nuit, s'ébrouant ou se mettant soudain à galoper comme s'il était poursuivi par un fantôme invisible. Sage avait dû batailler plus que jamais avec son balai pour le faire entrer dans sa stalle.

Entendant le ronflement d'un moteur, elle se tourna et vit avec stupéfaction Ethan Matthews, un bon mètre quatre-vingt-cinq, sauter à terre par la portière de sa camionnette rouge.

La lumière aveuglante du soleil déferlait sur ses larges épaules, formant une auréole autour de ses biceps et de sa chevelure d'un noir de jais retenue en un catogan sur sa nuque. Il avança vers Sage d'une démarche assurée, son torse moulé par un T-shirt vert forêt, la musculature puissante de ses cuisses se devinant sous son jean.

*Nom d'un chien !*

— Docteure Dawson ?

Il lui tendait la main et la transperçait de ses yeux bleus, les plus bleus qu'elle ait jamais vus. Des yeux ensorcelants qui la scrutaient… jusqu'à la faire rougir.

— Je suis ravi d'enfin vous rencontrer.

*Enfin ?*

Elle réprima une moue. L'invitation à Ethan Matthews remontait donc à plusieurs jours, voire à une semaine ou plus. Le maire n'avait pas traîné à prendre les choses en main et lui avait téléphoné lui-même. Sans pour autant ôter sa confiance à Sage, il s'était probablement aperçu qu'elle manquait de l'expérience nécessaire pour s'acquitter de la tâche qu'il lui avait assignée.

Sage ajusta son chapeau et tenta de calmer son cœur. Elle aurait voulu afficher une froideur hostile, mais comment y parvenir devant pareille apparition ? À cette distance, l'effet qu'il produisait était encore plus ravageur. Était-ce pour éviter aux téléspectateurs de tomber dans un état hypnotique que les cadreurs ne s'attardaient pas sur ses yeux ? En tout cas, son charme et son charisme ne fonctionneraient pas sur elle. Elle y veillerait.

— Merci d'être venu quasiment au pied levé, docteur Matthews, dit-elle après un silence quelque peu embarrassant.

La vigueur de sa poignée de main la troubla autant que sa musculature. Une musculature façonnée à la salle de sport ou bien par des corps-à-corps avec des chevaux rebelles, songea-t-elle. Quoi qu'il en soit, il n'était probablement qu'une belle coquille vide. En outre, entouré d'une cour de flagorneurs comme il devait l'être, il avait certainement développé un ego surdimensionné. Tous ces arguments n'empêchaient pas Sage d'avoir de plus en plus chaud...

— Appelle-moi Ethan et tutoyons-nous, je t'en prie.

— D'accord, moi c'est Sage, répondit-elle tandis qu'il la fixait avec une intensité embarrassante.

Rien à voir avec ce qu'elle avait ressenti lorsqu'elle avait vu pour la première fois Bryce, avec sa tignasse hirsute et son gros sac à dos !

Mais... pourquoi donc comparait-elle les deux hommes ?

— Je me réjouis de votre... ta présence ici, *Ethan*, dit-elle avec une politesse forcée. Le Queensland, ce n'est pas la porte à côté.

— Je vais là où on a besoin de moi, répondit-il dans un sourire un rien suffisant. Je suis certain qu'il ne me faudra pas longtemps pour amadouer le cheval du maire.

— Eh bien, bonne chance ! lâcha-t-elle d'un ton plus cassant qu'elle ne l'aurait voulu.

Tant pis ! Il n'avait qu'à pas se montrer aussi hautain et sûr de lui !

— En trois semaines, poursuivit-elle, j'ai à peine réussi à croiser son regard. La seule façon que j'ai trouvée pour le faire avancer c'est de le menacer avec mon balai. J'ai l'impression d'être une sorcière maléfique.

Ethan éclata de rire à cette remarque, ce qui, au grand dam de Sage, la flatta.

Et de nouveau il la dévisagea. Lentement. Des pieds à la tête. Jamais elle ne s'était sentie ainsi mise à nu. Décidément, plus vite cet Ethan partirait, mieux elle se porterait.

— Je vais te conduire à Storm, dit-elle après s'être éclairci la voix.

# 2

Après avoir observé très attentivement Storm de son poste dans le paddock, Ethan suivit Sage jusqu'à la stalle de leur pensionnaire en veillant à n'effectuer aucun mouvement brusque. Là, face aux manifestations rageuses de l'animal, il leva les bras en signe de paix. Sage, à ses côtés, glissait subrepticement des regards vers son visage au nez volontaire, aux pommettes saillantes et vers ses mains… qu'elle s'imagina aussitôt se promener sur son corps nu.

— J'entre, annonça-t-il.

— Quoi ?

Effarée, elle le vit tirer le loquet du box et le cheval s'immobiliser, les yeux braqués sur lui.

— Qu'est-ce que tu fais ? s'écria-t-elle, le ventre noué d'angoisse. C'est de la folie ! Je te l'ai dit, il ne laisse personne approcher…

Mais Ethan ne l'écoutait pas. Sans même s'armer du balai, il avança d'un pas à l'intérieur de la stalle et Sage, retenant son souffle, attendit que le cheval se cabre ou, pire, fonce sur eux.

— Tout doux, mon bonhomme, murmura Ethan.

Storm épiait avec méfiance Ethan, qui s'accroupit très lentement tout en susurrant des paroles rassurantes.

— Ça va mal finir, s'affola Sage qui ne pouvait pourtant s'empêcher d'admirer les biceps de cet homme, reflet d'une puissance à l'état brut.

— Il faut commencer par lui parler avec douceur pour lui montrer qu'il n'a rien à craindre, expliqua Ethan.

Sage retint de justesse un « pff » ironique. Elle avait déjà essayé cette technique, jusqu'à ravaler sa fierté et à supplier carrément Storm. Le tout sans le moindre résultat.

— Les chevaux comprennent les intonations de notre voix, poursuivit Ethan sans quitter Storm des yeux. Nous devons d'abord nous adresser à leur esprit.

— Nous ne sommes pas à Hollywood, Ethan, s'entendit-elle dire. Ce n'est pas si simple.

— Crois-moi, répliqua Ethan dans un rire bref, il attend que quelqu'un le comprenne.

Sage le regarda bouche bée. Elle était totalement déstabilisée. Ethan était en train de lui enlever ses certitudes.

Soudain, elle s'arrêta de respirer en voyant Ethan tendre lentement la main vers Storm. Aucun doute, il allait très vite le regretter. Le cas de ce cheval dépassait ses compétences à elle et il en irait de même pour Ethan, avait-elle pensé, aussi célèbre, diplômé et expérimenté soit-il. Mais à sa stupeur, elle vit Storm faire un pas timide vers Ethan.

— Il t'écoute et il réagit positivement ! s'exclama-t-elle, médusée.

Finalement, contrairement à ce qu'elle avait cru – elle avait même soupçonné les producteurs d'avoir truqué le documentaire au montage –, Ethan ne se réduisait peut-être pas à des muscles et à un ego inébranlable. Il venait de réussir sous ses yeux là où elle-même avait échoué. Stupéfiant… mais horripilant !

Toujours accroupi, Ethan continuait à murmurer des encouragements à Storm qui se mit bientôt à renifler prudemment la main que le vétérinaire lui tendait. Sage, sans oser bouger, regardait. Le temps lui paraissait s'être arrêté.

— Tu es magicien ou quoi ? finit-elle par demander avant de regretter instantanément cette question idiote.

Ethan lâcha Storm du regard le temps d'adresser un sourire ironique à Sage. Aussitôt le cheval se recula en se cabrant, de nouveau pris de panique.

— Va-t'en ! hurla Ethan dont la rapidité des réflexes n'avait rien à envier à celle de Storm.

En effet, il se releva d'un coup et se jeta entre Sage et l'animal. Il la tira alors sans ménagement contre lui et, de son bras libre, maintint Storm à distance tandis qu'ils sortaient lentement à reculons du box.

— Du calme, implorait-il à voix basse.

S'adressait-il à Storm ou à elle ? s'interrogea Sage à la fois raidie de peur, honteuse de son manque de réactivité et admirative de celle d'Ethan.

Ethan ferma la porte du box derrière eux. Storm frappait le sol à coups de sabots assassins qui soulevaient des nuages de terre. Le dos de Sage était toujours plaqué contre la poitrine d'Ethan dont le bras jouait le rôle d'une gigantesque ceinture de sécurité. Gênée et agacée par cet homme qui restait un intrus sur son territoire, elle finit par se dégager.

— Je t'avais prévenu, accusa-t-elle. Il ne laisse personne l'approcher. Alors, qu'est-ce qui t'a pris ?

— Et moi je vous ai dit, docteure Dawson, répondit-il en la fixant de ses yeux bleus, que Storm attend que quelqu'un le comprenne. Et pour qu'il sache que c'est notre cas, il faut que nous le laissions tranquille maintenant et que nous nous en allions.

Il avait parlé d'un ton bourru et péremptoire qui à la fois irrita et émoustilla Sage. Elle remit de l'ordre dans sa salopette et s'apprêta à faire remarquer que le maire avait conclu une mauvaise affaire en acquérant Storm, mais resta sans voix quand il approcha la main de son visage... pour enlever un morceau de paille accroché à son chapeau.

— Ça va prendre un peu de temps, mais j'y arriverai, déclara-t-il. Et sans balai.

Là-dessus, il quitta l'écurie. Le cœur toujours battant la chamade, Sage le suivit dehors dans la lumière éblouissante du soleil. Ethan sauta par-dessus la barrière du paddock puis l'ouvrit pour Sage.

Elle tint sa langue mais elle fulminait. Comment cet Ethan osait-il débarquer ici et donner l'impression que tout était simple ?

D'accord, il avait davantage progressé avec Storm en quelques minutes qu'elle en trois semaines, mais son numéro de magie ne durerait pas éternellement. Dresser Storm nécessiterait des semaines, voire des mois. Ethan finirait probablement par douter, comme elle-même l'avait fait. D'ici là, elle allait devoir le supporter.

Où allait-il dormir ? se demanda-t-elle brusquement. Étrange question. Comme tout le monde, il poserait ses valises à la pension Yukka évidemment. Pas à côté de chez elle !

Elle entra dans la clinique, consciente physiquement de la présence d'Ethan derrière elle. En tournant la tête, elle vit qu'il inspectait les lieux du regard : les salles d'examen, le matériel médical, l'affiche à la réception montrant un cheval avec un kookaburra – un oiseau emblématique d'Australie – perché sur son crâne. Il dégageait une force tranquille qui emplissait la pièce.

— C'est chouette. Depuis quand travailles-tu ici ? demanda-t-il en passant son doigt sur un des cactus un peu poussiéreux alignés sur le rebord de la fenêtre comme s'il le défiait de le piquer.

— Bientôt six ans, répondit-elle au moment où Ellie apparut avec une cliente et son lapin qui venait d'être soigné pour une blessure provoquée par un piège.

Sage fit les présentations et observa, consternée, Ellie et la propriétaire du lapin, une jeune femme d'une vingtaine d'années, rougir et même battre des cils ! Ethan répondit courtoisement à leurs questions pendant que Sage téléphonait à la pension Yukka pour se renseigner sur les chambres disponibles, furieuse de ne pouvoir s'empêcher de le dévorer des yeux. Mais voilà... jamais elle n'avait rencontré homme aussi fascinant. Elle ne se faisait pourtant aucune illusion. Une vedette de la télévision dotée d'un ego gros comme la lune ne s'intéresserait jamais à une fille comme elle, couverte pour l'heure de poussière et de paille... et pas très présentable non plus à l'intérieur la plupart du temps.

Elle exagérait un peu, se reprit-elle. Elle n'était pas laide. Et elle n'était pas systématiquement couverte de poussière et de paille. C'était seulement que... eh bien... quel homme voudrait s'encombrer d'une femme que son passé ancien et récent avait réduite à une handicapée affective ? Elle n'avait eu tout au plus que trois partenaires depuis Bryce six ans plus tôt. Oh ! Ces trois hommes avaient continué à la poursuivre de leurs assiduités. Simplement, elle avait soigneusement enfermé son cœur à double tour, là où personne ne le briserait de nouveau. Tous les trois avaient fini par se lasser.

— J'ai demandé qu'on te mette dans ma chambre à la pension Yukka pour ce soir, dit-elle quand ils furent de nouveau seuls. Après, tu pourras décider si tu veux rester là ou bien trouver un autre...

— Dans ta chambre ? coupa-t-il en fronçant les sourcils.

— La chambre que je réserve aux intérimaires et aux visiteurs, précisa-t-elle.

Il émit un petit rire qui fit frissonner Sage.

— Ce qui s'est passé dans le box est assez extraordinaire, lâcha-t-elle à brûle-pourpoint. Je n'ai jamais vu personne calmer un cheval aussi rapidement. Même si le résultat n'a pas duré.

— Il suffit d'être patient, répondit Ethan avec modestie. Et de savoir interpréter leur langage corporel.

Cette façon de prononcer « langage corporel » tout en la regardant ! frémit Sage qui s'affaira en toute hâte à déblayer le comptoir de la réception.

Dans sa précipitation, elle laissa échapper une feuille qui atterrit sur la botte en cuir d'Ethan. Comme ils se penchaient tous les deux pour la ramasser, leurs mains s'effleurèrent. Sage s'en arrêta de respirer. Quant à Ethan, impossible de savoir s'il avait remarqué quoi que ce soit. En tout cas, il demeura impassible.

— Alors, monsieur la vedette, dit-elle narquoisement en prenant le dossier de Storm parmi ceux qu'elle avait empilés sur le comptoir. Je t'ai vu à la télé. Depuis quand possèdes-tu ce don avec les chevaux ?

— Un don ? ricana-t-il, le dossier sous son bras, en affectant d'examiner les diplômes vétérinaires de Sage encadrés au mur.

Licence, inscription au conseil de l'Ordre australien et aussi doctorat de troisième cycle en chirurgie.

— Apparemment, tu as un diplôme que je ne possède pas, observa-t-elle sèchement. En fait non, je ne crois pas qu'il existe une formation pour ce que tu fais. Par conséquent, c'est bien un don, non ? conclut-elle en espérant ne pas gonfler davantage l'ego du personnage.

Ethan braqua les yeux sur elle et, sous l'intensité de son regard, elle sentit son cœur s'affoler. Et l'odeur d'agrumes, de fleurs sauvages, de cheval et d'homme qui émanait de lui et parvenait à ses narines n'arrangeait rien.

Serait-elle en train de se laisser éblouir par son statut de star de la télévision ? s'agaça-t-elle.

Ethan se massa la nuque. Il semblait un peu mal à l'aise.

— Je n'appellerais pas ça un don. Juste un savoir-faire engrangé au fil des années. Et le fait que je sois aussi entêté que la plupart des chevaux aide bien, conclut-il dans un sourire d'autodérision.

Devant cette humilité manifestement sincère, Sage se reprocha un peu son animosité.

— Malgré tout, tes techniques sont très différentes de celles que nous utilisons ici.

— J'espère que cela ne posera pas de problèmes, répliqua Ethan avec une note de pugnacité qui n'échappa nullement à Sage.

Elle se retint de lui lancer qu'ici il y avait une seule façon de procéder, la sienne, parce que malheureusement cette méthode n'avait pas fonctionné jusque-là – avec Storm en tout cas – et qu'Ethan était venu à la demande du maire.

— Nous ouvrons à 7 heures tous les matins, se contenta-t-elle de dire en lui indiquant la sortie.

Elle l'accompagna jusqu'à sa camionnette. Elle se sentait à la fois désorientée et fascinée.

— Je suppose que tu voudras passer du temps avec Storm demain...

— Et avec les autres chevaux, confirma-t-il en considérant

Sage par-dessus ses bras, qu'il avait croisés sur la portière. J'ai besoin de voir comment il interagit avec eux. Je viendrai tôt. Si ça ne dérange pas, bien sûr.

— Non, pas du tout, assura-t-elle en sortant de la grande poche de sa salopette une clé. Tiens, elle ouvre la porte à l'arrière de la clinique. Tu trouveras une machine à café. Si elle ne démarre pas, n'hésite pas à donner un bon coup de pied dedans.

— D'accord.

— En cas de problème, appelle-moi. J'habite là-bas.

Elle indiqua la rangée d'arbres derrière laquelle se trouvait le petit bungalow où elle avait choisi d'élire domicile depuis son arrivée plutôt que de payer un loyer en ville. Bien que modeste, il était devenu son chez-elle. Elle avait même aménagé un jardin de plantes indigènes.

— Tu vis et tu travailles au même endroit, si je comprends bien ? s'étonna-t-il.

— Oui. J'essaie de concevoir un système d'irrigation qui permettrait de cultiver autre chose que des cactus mais…

— Je peux voir ?

Il ferma la portière de sa voiture et la suivit vers le bungalow où, à son grand soulagement, elle constata qu'elle n'avait pas laissé de sous-vêtements sur la corde à linge.

Ethan s'intéressa à la rocaille et au tas de compost et en un rien de temps ils discutaient d'un goutte-à-goutte qui arroserait directement le pied de plantes et réduirait ainsi les pertes par évaporation. Ce faisant, il apprit à Sage qu'il vivait avec son père dans une propriété entourée de pâturages – qui comme elle le savait n'existaient que dans le Queensland – et où il avait monté un centre pour chevaux à problèmes. Sa mère, maintenant décédée, avait insisté pour qu'ils fassent de ce domaine le lieu le plus respectueux possible du climat et de l'environnement.

— Je suis désolée pour ta mère, dit-elle, bouleversée par l'irruption dans son esprit du visage souriant de sa propre mère.

En guise de réponse, les yeux baissés, Ethan hocha la tête et retourna sans mot dire vers sa camionnette.

Avait-il une femme ou une petite amie qui l'attendait dans le Queensland ? se demanda brusquement Sage.

Elle regarda l'annulaire gauche d'Ethan : pas d'alliance. Mais cela ne voulait rien dire. De toute façon, en quoi cela la concernait-il ?

Ils s'attardèrent un petit peu plus longtemps que nécessaire devant la portière et, alors qu'elle regardait la camionnette s'éloigner, Sage eut l'impression étrange que son monde venait de basculer.

# 3

Il était 6 heures du matin. Par-dessus sa tasse de café, Ethan balayait l'horizon du regard. Les dunes déchiquetées et le désert au sol rouge accidenté s'étendaient à perte de vue en un paysage grandiose au milieu duquel était bâtie la clinique, à six kilomètres d'Amber Creek, la ville la plus proche.

Ethan avait l'habitude de vivre loin de tout. Son père et lui habitaient en effet dans un coin perdu du Queensland à l'écart du bruit et de la circulation, avec leurs chevaux et leurs chiens pour seule compagnie. Et leurs souvenirs... Mais c'était là une autre histoire.

Babs, la drôle de petite bonne femme propriétaire de la pension Yukka, l'avait dévisagé quand il était arrivé. Sa notoriété serait-elle arrivée jusqu'ici ? s'inquiéta-t-il.

Il avait senti l'animosité de Sage à son égard. Mais il ne désespérait pas de la convaincre que ses pratiques n'étaient pas de la poudre aux yeux, que ce n'était pas sa célébrité qui poussait les propriétaires d'animaux à recourir à ses services quand les autres vétérinaires avaient échoué à résoudre les problèmes. Certes, il aurait dû mettre un frein dès le début au cirque médiatique. Simplement, les producteurs lui avaient fait un pont d'or et, pour réaliser le rêve écologique de sa mère d'autosuffisance énergétique qu'elle avait commencé à mettre en place avant que le cancer ne la prive de sa mobilité et de ses facultés mentales, il avait eu besoin de fonds. Son père et lui étaient loin d'être arrivés au bout de leurs peines et le maire d'Amber Creek le payait grassement – presque autant que la télévision – pour soigner Storm.

Sa tasse toujours à la main, il posa un pied sur un des barreaux de la barrière du paddock et prit une gorgée de son café brûlant. Comme l'avait présagé la Dre Dawson… Sage… il avait dû donner un bon coup de pied dans la machine pour faire couler le breuvage, très honorable d'ailleurs.

— J'ai presque terminé, Ethan, annonça Billy, le garçon d'écurie qui était en train de nettoyer les stalles, en évitant soigneusement de s'approcher de Storm.

Ethan leva sa tasse dans sa direction. Il attendait que le gamin dégingandé ait évacué les lieux pour s'attaquer à sa mission. Comme toujours, Storm s'ébrouait et raclait le sol, avec moins de rage cependant que le premier jour. Mais sa robe luisante de sueur sous le soleil matinal inquiétait Ethan. Storm était incontestablement tourmenté. Mais par quoi ? Le mystère restait entier pour le moment.

Ethan replaçait sa tasse ébréchée à côté de la machine à café, intrigué une nouvelle fois par l'inscription FLAMME NUE INTERDITE DANS LA CUISINE affichée en très grosses lettres, quand une ombre apparut derrière lui.

— Bonjour, Ethan.

La lumière dorait les cheveux châtains de Sage qui tombaient en vagues sur ses épaules de son chapeau à larges bords. Un instant il resta là, en face d'elle qui lui souriait de sa jolie bouche.

— J'aime bien tes bottes, lança-t-elle.

— Merci. C'est un cadeau.

Et il en resta là malgré la curiosité évidente de Sage. Il n'allait certainement pas expliquer que Carrie, son ex-fiancée, les lui avait offertes huit ans plus tôt quand ils avaient commencé à vivre ensemble. S'il avait su alors qu'elles dureraient plus longtemps que leur histoire ! Que Carrie tomberait dans les bras de son meilleur ami à lui et que, aveuglé par le chagrin d'avoir perdu sa mère, il ne s'apercevrait de rien !

Étonnée par le silence d'Ethan, Sage eut une moue et un petit rire nerveux, mais décida de ne pas insister.

— J'aimerais me faire un café, dit-elle en s'avançant vers lui.

— Oh pardon ! s'excusa-t-il en s'écartant, poursuivi par le parfum floral de Sage.

Sage mit une tasse propre dans l'antique machine, appuya sur le bouton « flat white » et sortit son téléphone qu'elle consulta rapidement avant de le remettre dans sa poche, le tout sous l'œil d'Ethan qui éprouvait la même attirance troublante qu'au premier jour, laquelle expliquait probablement leur gêne et les petits silences qui émaillaient leurs conversations.

Sage Dawson lui rappelait Carrie qui, en ce moment même, devait se réveiller sous le soleil de Brisbane dans le luxueux appartement qu'elle avait acheté avec Cam après leur mariage. Ces deux traîtres.

Carrie et Sage étaient toutes les deux minces, mesuraient dans les un mètre soixante-dix et avaient ce même regard scrutateur qui vous mettait à nu. Quelque chose dans l'intelligence et la détermination de Sage l'avait décontenancé quand elle l'avait remis à sa place. Elle n'avait été nullement impressionnée par son statut de vedette. Contrairement à Babs à la pension, par exemple.

— Alors, comment va Storm ce matin ? Tu as eu le temps de l'examiner ?

— Non. J'attendais que Billy ait fini de nettoyer le box.

Son café n'ayant toujours pas coulé, Sage donna un si violent coup de pied à la machine que sa tasse valsa. Ethan la rattrapa adroitement et la lui rendit. Leurs doigts se touchèrent. Une nouvelle fois…

Au départ, il avait senti qu'il l'irritait. Et puis, quand ils avaient discuté dans son jardin, il avait détecté une étincelle de quelque chose d'autre. Il espérait se tromper, car il ne souhaitait vraiment pas qu'elle aussi soit éblouie par l'image que la télévision renvoyait de lui. En effet, les producteurs s'étaient désintéressés de son message pour ne filmer quasiment que son corps, avec force gros plans sur ses muscles, comme s'il n'était rien d'autre qu'un accro des salles de sport. Ce qui n'était pas totalement faux. Sa force physique représentait son outil de travail et les séances de musculation l'empêchaient de s'égarer dans les zones sombres de son être.

Par chance, Sage paraissait voir au-delà de la surface. Comme si elle détenait le pouvoir d'accéder chez lui à des régions qu'il avait barricadées. Heureusement, il ne resterait pas longtemps à Amber Creek. Dès qu'il aurait dressé Storm, il partirait et retournerait près de son père, qui avait besoin de lui.

Sage prit sa tasse de café et, avec Billy, suivit Ethan vers l'écurie. Dès que ce dernier tira le loquet du box de Storm, ses deux compagnons cessèrent d'exister pour lui. Il établissait un lien si profond avec les animaux, que tout le reste disparaissait. Seul son père, qui avait pratiqué les mêmes méthodes toute sa vie, comprenait ce phénomène.

— Tout doux, mon grand, murmura-t-il, la main pacifiquement tendue vers Storm.

Il s'approcha lentement de l'animal tout en notant les rapides oscillations d'avant en arrière de ses oreilles et ses naseaux qui se dilataient à chaque respiration.

— Qu'est-ce qui t'a mis dans cet état, mon grand ? Ou qui ? demanda-t-il, toujours à voix basse et en continuant à avancer.

Il laissa Storm sentir sa main avant de lui caresser doucement la joue. Il entendait derrière lui Sage qui retenait sa respiration, mais cette fois il resta concentré sur le cheval, bien décidé à ne pas réitérer l'erreur de l'autre jour – qui avait perturbé son sommeil cette nuit-là – quand il avait quitté Storm des yeux pour parler à Sage, réduisant à néant les progrès réalisés avec le cheval. La première fois de sa vie qu'il la commettait. À cause de Sage qui lui avait demandé s'il était magicien.

Ce n'était pas uniquement sa ressemblance avec Carrie qui le déstabilisait chez Sage. En l'observant vaquer à ses occupations, il avait remarqué de plus en plus souvent ces derniers jours son regard perdu dans le vague qui lui semblait trahir quelque souffrance. Une souffrance comparable à celle de Storm parfois, songea-t-il les yeux rivés sur l'animal. Et sans cesser de le caresser ! Une petite victoire. D'autant plus que le cheval se mit à hennir doucement comme pour le remercier.

— Visiblement il vous accepte, observa Billy derrière lui. En tout cas, il commence.

Sage lui ordonna immédiatement de se taire.

— Il est plus sage d'en rester là pour aujourd'hui, déclara Ethan en reculant pour sortir. Je l'examinerai une autre fois. Rien ne presse et il vaut mieux prendre son temps.

Tandis que Billy partait répondre au téléphone, Sage resta à regarder avec ahurissement Ethan tendre le bras par-dessus la porte et flatter l'encolure du cheval.

— Comment fais-tu pour... ?

Elle s'arrêta net en entendant son admiration involontaire, mêlée au ressentiment.

— Je n'en sais rien, Sage, répondit-il en réprimant un sourire. À toi de me le dire.

Là-dessus, ils sortirent de l'écurie. Dehors, il commençait déjà à faire chaud. Alors qu'Ethan retirait son chapeau pour resserrer l'élastique qui retenait ses cheveux sur sa nuque trempée de sueur, il remarqua le regard de Sage se poser sur sa poitrine puis descendre jusqu'à sa ceinture et s'y attarder avant de se fixer sur son visage.

— J'ai hérité cette pratique de mon père, qui l'avait lui-même héritée de son père et de son grand-père, expliqua-t-il. Les chevaux communiquent avec nous à leur façon. Il nous suffit de nous ajuster à ce qu'ils disent, comme lorsqu'on cherche la bonne fréquence sur une radio. Comme nous, ils connaissent la peur et la souffrance. Mais, à la différence de la plupart des humains, ils peuvent être aussi merveilleusement paisibles et sereins.

— Donc, tu comprends intuitivement leur douleur à partir des signaux qu'ils envoient. C'est ça ?

— En quelque sorte, oui, confirma Ethan, à qui n'échappa pas la note de tristesse dans la voix de Sage, révélatrice d'un tourment secret.

— En tout cas, ça fonctionne, conclut-elle avant d'aller examiner brièvement Karma.

Il y avait cinq chevaux au centre, contre une vingtaine en moyenne dans celui d'Ethan dans le Queensland. Billy avait expliqué à ce dernier ce matin que trois d'entre eux, dont Karma, lui appartenaient et que lui-même travaillait dans l'écurie et sur le domaine pour payer leur pension et leurs soins. Sage était la cheffe vétérinaire et, d'après ce qu'Ethan voyait, elle n'avait qu'Ellie pour la seconder. La charge de travail était donc très lourde pour une équipe aussi réduite, mais il n'était pas là pour critiquer ou pour juger.

Le premier jour, quand elle l'avait emmené dans son jardin, il avait eu l'impression que cette clinique représentait davantage pour elle qu'un simple gagne-pain, qu'elle était toute sa vie. Rien d'étonnant donc qu'elle n'ait pas voulu qu'un vétérinaire excentrique vienne semer la pagaille dans ce qu'elle avait construit.

Il pressentait qu'il existait une raison à son investissement total, mais que ce ne serait pas judicieux d'aborder le sujet. Lui-même n'aimerait pas qu'on le force à parler de ses propres blessures intérieures, celles infligées par le cancer qui avait emporté sa mère en trois mois, par les deux années que son père avait mis à *commencer* à remonter la pente et, dernier coup de massue en date, par la découverte que Cam, son ami d'enfance, et Carrie, son ex-fiancée, s'étaient mariés et coulaient des jours heureux à la ville, loin de lui, de son chagrin et de ses chevaux.

Il se revoyait dans le couloir du grand hôtel, devant la porte de sa suite, sa chemise tachée du sang du chat qu'il venait d'opérer. Et il entendait encore la conversation qu'il avait surprise entre Cam et Carrie.

« Comment peux-tu supporter Ethan et ses trucs bizarres avec les chevaux ? Tu as conscience qu'il ne t'aimera jamais autant qu'il aime ses animaux, n'est-ce pas, Carrie ? Tu ne viendras jamais en premier pour lui.

— Arrête, Cam. Sa mère vient de mourir.

— C'est ça qui te retient de lui annoncer, pour nous ? »

Même après treize mois et trois semaines, la blessure ne s'était toujours pas fermée. Il ressentait encore aujourd'hui la trahison de Cam et Carrie comme un coup de poignard.

*Allons ! Arrête de ressasser*, s'admonesta-t-il en décrochant la bride de Karma, qu'il lança à Sage.

— Selle-le.

— Maintenant ? s'étonna Sage, bouche bée.

— Oui. Il récupère très bien.

— Il ne m'appartient pas. C'est le cheval de Billy. Et tu es sûr qu'il est prêt ? Ça ne fait pas longtemps qu'il a été castré.

— Il va bien. En outre, ce sera probablement bénéfique pour Storm. De cette façon il verra ce qu'on attend de lui.

Les yeux baissés, Sage secoua la tête. Elle avait beau accepter de mieux en mieux sa présence, professionnellement et personnellement, songea Ethan, elle n'adhérait de toute évidence pas à ses méthodes « non conventionnelles ». Il n'était pas le seul vétérinaire au monde à comprendre le mental des chevaux, mais les collègues comme Sage, qui avaient suivi un cursus classique dans des établissements prestigieux, eh bien… ils avaient besoin qu'on les convainque. Mais il avait autre chose à faire. Si les gens ne faisaient pas confiance à ses « trucs bizarres avec les chevaux », c'était leur problème. Les résultats parlaient d'eux-mêmes. Karma était en forme et une promenade serait salutaire après des jours d'inactivité.

— Sage ! appela Ellie de l'autre côté de la clôture en agitant un téléphone. C'est Lance, de Redgum Ridge. Un kookaburra s'est cogné contre sa porte vitrée. Il est en piteux état apparemment. Lance ne veut pas le déplacer.

— Lance habite de l'autre côté du pont qui est fermé, expliqua Sage à Ethan en se mordillant la lèvre d'inquiétude. Je ne peux pas y aller avec la camionnette.

Et avant qu'Ethan n'ait le temps de le suggérer, Sage se dirigeait vers Billy pour lui demander :

— Je peux y aller avec Karma ?

— Oui. Moi aussi je crois qu'il est prêt.

— Super ! Mais je ne vais pas pouvoir emporter tout le matériel dont j'ai besoin. Entre autres, une cage pour le ramener ici.

Elle tourna de nouveau la tête vers Ethan qu'elle interrogea du regard.

— Je t'accompagne, Sage. Billy tu peux seller un autre cheval pendant que je vais chercher ma trousse, s'il te plaît ?

# 4

— Docteure Dawson ?

Lance, un homme qui approchait de la soixantaine, se tenait sur le seuil de sa vieille maison délabrée au toit en tôle, l'oiseau blessé dans ses mains.

— Je regardais la télévision quand j'ai entendu un choc sur la porte arrière. J'ai cru à un cambrioleur mais quand je suis allé voir, j'ai trouvé ce pauvre petit bonhomme gisant par terre.

— Vous avez réagi exactement comme il fallait en nous appelant, Lance, assura Sage. Ah ! Je vous présente Ethan Matthews. Il travaille avec moi à la clinique en ce moment.

Ethan serra la main de Lance tout en notant ses cheveux ébouriffés, sa chemise froissée et les canettes de bière qui jonchaient la terrasse. Un spectacle qui lui rappela son père pendant ses deux premières années de veuvage. Heureusement, avec sa sœur Jacqueline – un vrai roc – ils avaient finalement réussi à lui redonner goût à la vie.

— Vous êtes venus jusqu'ici à cheval ? s'étonna Lance.

— Le pont est impraticable, vous vous rappelez ? dit gentiment Sage.

Mais manifestement, il ne s'en souvenait pas.

— Il ne sort pratiquement jamais d'ici depuis qu'il a perdu sa femme, murmura Sage à Ethan tandis qu'ils suivaient Lance à l'intérieur de la maison.

Ainsi, il avait vu juste, songea Ethan, plein de compassion pour le malheureux.

Quand ils entrèrent, un chat s'étira paresseusement sur le canapé avant de descendre se frotter aux jambes de Lance qui, à la demande de Sage, posa avec précaution le kookaburra sur la petite table ronde de la cuisine.

Aussitôt, Sage et Ethan le palpèrent à la recherche de blessures éventuelles. Tandis que Sage inspectait les plumes et les ailes tout en parlant à voix basse à l'oiseau, Ethan regarda Sage à la dérobée. Ses yeux verts semblaient briller encore plus que d'habitude. Ses cheveux châtains ondulaient autour de son visage délicat et, sans son chapeau, elle paraissait plus jeune. Cela dit elle devait avoir comme lui dans les trente-cinq ans, peut-être un peu moins. Comme Carrie, là encore… Cependant, c'étaient les différences entre les deux femmes qui frappaient de plus en plus Ethan.

Carrie était actrice, une citadine pur jus originaire de Sydney qui, pour rien au monde, ne se serait montrée en salopette. D'ailleurs, Ethan était certain aujourd'hui qu'elle se serait opposée à leur projet de quitter Brisbane pour s'installer chez lui après leur mariage. Elle aurait certainement trouvé le cadre trop rustique et peuplé de trop nombreux serpents et bestioles diverses. Sans compter que les chevaux ne l'intéressaient pas autant qu'elle l'avait prétendu. À bien y réfléchir, leur couple était voué à l'échec dès le départ.

Cam et lui avaient rencontré Carrie dans le pub près du théâtre de Brisbane. Tous trois avaient bavardé pendant quatre bonnes heures jusqu'à ce que Cam, peu disposé à tenir la chandelle, les abandonne.

Carrie avait été enthousiasmée par la façon dont Ethan et ses parents avaient transformé la vieille exploitation bovine en un centre équin prospère entouré d'un vaste domaine. Au début, elle avait soutenu à fond leurs initiatives pour vivre en autonomie énergétique et mettre en place une économie écoresponsable selon le souhait de la mère d'Ethan. Elle avait même envisagé de se lancer dans l'apiculture, à l'instar de Jacqueline qui fabriquait le meilleur miel dans un rayon de plusieurs kilomètres.

Les deux premières années, quand elle ne lisait pas ou n'apprenait pas ses textes dans le hamac, Carrie avait aidé Jacqueline et sa mère à s'occuper des ruches. Elle avait semblé heureuse et Ethan avait été stupéfait quand un jour son père l'avait pris à part pour lui demander si tout allait bien entre eux.

Son père avait en effet remarqué que depuis un moment Carrie passait plus de temps sur son téléphone qu'avec eux ; plus de temps en ville avec des amis qu'à participer à la mise en œuvre de ce qu'Ethan et elle avaient élaboré ensemble. Elle s'était même dérobée à trois marchés de producteurs d'affilée.

Ethan avait pensé qu'une demande en mariage – un mariage qui entrait dans leurs plans mais qu'ils repoussaient sans cesse – améliorerait les choses.

Et en effet, pendant un certain temps, tout était rentré dans l'ordre. Carrie s'était lancée dans les préparatifs avec enthousiasme, essayant des robes, se renseignant auprès de traiteurs pour le buffet et d'agences touristiques pour le voyage de noces. C'est alors que la mère d'Ethan était morte. À partir de là, comme ni l'un ni l'autre ne parvenaient à se mettre d'accord sur une date et probablement aussi parce que Carrie avait déjà commencé à fréquenter Cam, elle avait cessé de venir sur la propriété au prétexte qu'Ethan passait trop de temps avec ses chevaux et qu'elle supportait de moins en moins de vivre avec quelqu'un qui ne partageait plus ses centres d'intérêt. Peut-être avait-elle eu raison. Mais au lieu de venir lui parler, elle avait choisi de se jeter dans les bras de Cam.

— J'ai l'impression qu'il s'est cassé une aile, dit Sage en maintenant l'oiseau immobile.

— Il doit aussi avoir des lésions internes. Nous devrions le ramener avec nous pour pratiquer des tests plus poussés.

Leurs doigts se touchèrent quand il aida Sage à poser une attelle. Et quand il enveloppa la petite victime dans une serviette et fit signe à Sage d'ouvrir la cage qu'ils avaient apportée, elle le regarda avec une expression étrange.

— Qu'est-ce qu'il y a ? demanda-t-il.

— Tu as le coup de main avec les animaux.

— Et ça t'étonne ? répliqua-t-il dans un froncement de sourcils.

— En fait, on ne sait plus si ce qu'on voit à la télévision est vrai ou pas.

— Eh bien, je suis là. Et je ne suis pas une illusion d'optique.

— C'est ce dont je m'aperçois.

Il fut pris au dépourvu par la vulnérabilité qu'il lut dans ses yeux et il se surprit à se demander si elle avait eu quelqu'un dans sa vie récemment.

— Nous ferions bien de nous dépêcher de ramener ce petit bonhomme à la clinique, dit-elle, mettant un terme à ce moment entre eux.

En partant, Ethan entrevit la chambre à coucher de Lance. Deux vitres cassées. De la peinture écaillée sur tous les murs. Un petit rafraîchissement ne serait pas de trop. Et il pourrait même s'en charger…

Ils chevauchaient dans un silence pesant. Le soleil dardait ses rayons et les chevaux avançaient lourdement, le rythme régulier de leurs sabots sur le sol de temps en temps déréglé par un discret hennissement. Ethan s'émerveillait de la beauté qui l'entourait, avec la succession de collines et les majestueux eucalyptus qui se dressaient vers le ciel. Il ne pourrait jamais quitter définitivement le Queensland – son père comptait sur lui et le rêve de sa mère n'était pas encore entièrement accompli – mais, malgré la chaleur redoutable et la difficulté du terrain, il trouvait dans le paysage d'ici quelque chose d'intrinsèquement apaisant.

— Tes absences ne gênent pas ta femme ou ta compagne ? demanda Sage de but en blanc.

Pris au dépourvu par cette question personnelle, il hésita sur ce qu'il devait répondre et donc révéler de lui.

— Ou ton mari ou ton compagnon ? ajouta-t-elle avec un sourire, une rareté chez elle.

Ethan réprima un rire avant de répondre d'un ton léger :

— Les relations de couple ne m'intéressent pas.

— Ah OK, dit-elle dans un souffle, les yeux rivés sur la piste devant elle.

Était-ce un sourire ironique qu'il lut sur son visage ? Ce qu'il avait dit était-il « typique d'un homme » ? Quoi qu'il en soit, qu'elle ne compte pas sur lui pour lui expliquer pourquoi il avait fait une croix sur les relations amoureuses, de façon probablement définitive.

— Le célibat me convient parfaitement… pour le moment.

Il avait ajouté le « pour le moment » uniquement pour ne pas s'attirer la pitié de Sage en se montrant trop pessimiste. D'autant plus qu'il commençait à entrevoir une lumière à travers toute la confusion et la colère qui l'avaient poussé depuis un an à ne confier sa douleur qu'à ses chevaux et à se défouler dans la salle de sport de fortune qu'il avait construite chez lui. Mais il ne surmonterait jamais complètement la trahison de son meilleur ami et de son ex-fiancée. Franchement ! Quel cliché pathétique !

— Et toi, pourquoi es-tu venue à Amber Creek ? demanda-t-il pour rompre le nouveau silence gêné qui s'était abattu.

Le regard toujours sur l'horizon, Sage expira longuement avant de lui raconter qu'elle avait pas mal roulé sa bosse – travaillant entre autres avec des tribus aborigènes et dans des programmes culturels dans différentes zones protégées autochtones – avant de s'installer ici. Elle avait même été embauchée dans une réserve de koalas à une époque.

— En fait, je crois que je ne savais pas où je voulais vivre avant de débarquer ici.

— Et pourquoi ici ? insista-t-il.

Elle lui parla alors de son amie Abigail, la femme du maire, et du réconfort qu'elle avait tiré de pouvoir échanger avec elle sur tout et n'importe quoi. Lui aussi avait eu un ami proche, pensa Ethan.

Avant que Sage ne s'échappe de nouveau dans ses pensées, il l'invita à préciser l'aide que lui avait apportée Abigail.

— Je me suis refermée sur moi-même après… après la mort de mes parents. Je ne me confiais qu'aux animaux. Une vraie cinglée.

Ethan tiqua. Une cinglée qui parlait aux animaux ? Voilà qui lui rappelait quelqu'un ! Mais il se contenta de remarquer :

— Des cinglés, j'en ai connu des pires que toi, crois-moi.

Cette Abigail en savait probablement plus sur Sage qu'il n'en apprendrait jamais. Peu importe. Ce n'était pas le but de sa venue à Amber Creek.

— Je suis désolé pour tes parents, ne put-il s'empêcher de dire en pensant à sa propre mère. Quel âge avais-tu ?

— Dix ans.

Oups ! Avait-il fait une gaffe ? s'inquiéta-t-il devant la sécheresse de la réponse de Sage.

— Tout ça c'est de l'histoire ancienne, asséna-t-elle en tirant sur les rênes de Karma et en sautant à terre. Voilà, nous sommes arrivés.

De l'histoire ancienne d'avoir perdu ses deux parents en même temps ? s'étrangla intérieurement Ethan, surpris également d'être déjà de retour à la clinique.

— Je m'occupe de l'oiseau, dit-elle en tendant les bras pour qu'il lui donne la cage qu'il avait calée devant sa selle. Tu peux ramener les chevaux à Billy, s'il te plaît ?

Son ton était à présent purement professionnel. Plus aucune place pour des confidences personnelles.

— Oui, cheffe. Et après, j'examinerai Storm.

— S'il veut bien, lança-t-elle toujours sans aménité.

Ethan s'apprêta à répliquer qu'il n'en doutait pas une seconde et se ravisa. Si elle tenait à douter de ses méthodes, grand bien lui fasse.

Il la regarda s'éloigner d'un pas décidé vers la clinique où Ellie l'attendait sur le perron. Elle s'arrêta, tourna brièvement la tête vers lui et même de là où il se tenait il décela son appréhension. Elle regrettait certainement de s'être trop ouverte à lui sur son passé. Mais si c'était réellement de l'histoire ancienne, pourquoi cette tristesse latente qu'il ressentait chez elle ? Quelles autres épreuves avait-elle traversées ?

Il devait absolument en découvrir plus sur elle !

# 5

Sage observait Ethan qui, ses yeux bleus plissés de concentration, tambourinait un rythme sur la clôture en bois.

Ils s'étaient retirés à l'ombre d'un arbre pour laisser à Storm un peu d'espace après sa première auscultation. Une auscultation partielle puisque Ethan n'avait réussi à lui soulever qu'une jambe.

Trois jours plus tôt, à leur retour de chez Lance avec le kookaburra – en voie de guérison –, Ethan n'était pas parvenu à examiner le cheval. Il avait alors passé une heure au téléphone. Avec son père, avait découvert Sage. En réalité, il l'appelait tous les jours. La mort de la mère d'Ethan avait resserré leurs liens en une relation que Sage lui enviait. Que ne donnerait-elle pour pouvoir téléphoner à son père biologique ! Non qu'elle reproche quoi que ce soit à Ken, l'homme extraordinaire qui l'avait adoptée, l'avait entourée d'amour, lui avait offert des études dans des écoles prestigieuses et sur qui elle pouvait toujours compter.

Même si Storm se comportait plus « normalement » avec Ethan et avait quelque peu baissé la garde avec lui, il refusait donc toujours de le laisser l'examiner. Comme s'il ne voulait pas qu'il pénètre dans son esprit.

— Cela ne te décourage pas qu'il soit toujours aussi… hostile ? demanda-t-elle en se surprenant à prendre à cœur l'échec des méthodes d'Ethan.

N'était-ce pas ce qu'elle avait anticipé, voire souhaité, avant son arrivée ?

Ethan émit un petit rire sans cesser de marteler la clôture de ses doigts tandis que Storm trottait autour du paddock en passant tout près d'eux, comme pour les narguer.

— Nous finirons par avoir le fin mot de l'histoire. Je ne me fais pas de souci pour le moment. Il faut laisser le temps au temps.

— J'admire ton assurance.

La tension entre eux couvait sous la surface, un frémissement palpable qui semblait charger l'air en électricité chaque fois que le moindre silence s'installait. Mais peut-être était-elle la seule à le ressentir. Parce que Ethan s'invitait de plus en plus fréquemment dans ses rêves, la nuit ?

Sur ces entrefaites, le téléphone de Sage vibra et elle prit la communication. Ellie était malade. Elle ne viendrait pas travailler aujourd'hui. Un coup dur vu la charge de travail qui les attendait d'ici le soir.

— Un souci ? demanda Ethan quand Sage eut raccroché, en prenant une gorgée de café de la tasse ébréchée qui était déjà devenue la sienne.

Elle lui expliqua en quelques mots le problème avant de revenir à Storm.

— Peut-être que quelque chose ne lui convient pas dans son alimentation.

— Cela m'étonnerait. Un apport trop important de sucre peut effectivement entraîner de la nervosité mais leur régime est parfaitement équilibré ici. De toute façon, je ne crois pas que l'alimentation à elle seule provoquerait des symptômes aussi lourds. Je parie davantage sur une cause psychologique mais...

— ... tant que nous ne pourrons pas l'approcher suffisamment pour écarter l'une ou l'autre des possibilités, nous ne pouvons être sûrs de rien, termina-t-elle.

Il acquiesça de la tête et déboutonna un peu sa chemise car, même à l'ombre, la chaleur était étouffante. Elle s'obligea à détourner son regard des poils fins qui sortaient de son col, furieuse contre elle-même. Que ne prenait-il ses cliques et ses claques ! Mais il resterait jusqu'à ce qu'il gagne la partie contre Storm. C'est pour cela que le maire l'avait embauché.

Et puis, malgré tous les préjugés qu'elle nourrissait contre les prétendus talents d'Ethan, elle devait reconnaître qu'il savait s'y prendre avec les animaux. Et ce n'était pas tout. Il avait réussi à convaincre Billy de l'aider à peindre la maison de Lance à Redgum Ridge quand il avait appris que ce dernier était veuf. Ethan n'était décidément pas la belle coquille vide qu'elle avait imaginée. En un mot comme en cent, il l'intriguait. Aussi devait-elle à tout prix rester dans un cadre strictement professionnel avec lui, garder ses distances et surtout ne pas lui montrer l'effet qu'il produisait sur elle. La dernière fois qu'elle avait baissé la garde avec un homme – Bryce, ce lâche ! – et pensé nouer un véritable lien avec lui, il s'était volatilisé du jour au lendemain.

Sage pensa à leur conversation pendant le trajet de retour de Redgum Ridge. Finalement, elle avait seulement révélé à Ethan qu'elle avait dix ans quand elle avait perdu ses parents. En revanche, elle avait laissé voir sa fragilité en se traitant de « cinglée ». Quelle idiote ! Même si de toute façon, avec son sixième sens, Ethan avait sans aucun doute déjà compris qu'elle était passablement cabossée.

Et lui, au fait ? Pourquoi avait-il fait une croix sur les relations amoureuses ? s'interrogea-t-elle, sa curiosité piquée au vif par la manière évasive dont il avait abordé le sujet.

— Je peux te donner un coup de main, proposa Ethan au bout d'un moment sans quitter Storm des yeux. De toute façon, je ne peux pas peindre aujourd'hui. Lance attend une livraison.

Sage sentit son cœur s'affoler. Il se proposait de l'aider ?

— Tu es sûr ? répondit-elle en feignant, fort maladroitement, le détachement.

Il se tourna vers elle, le visage sérieux.

— Mes conceptions non orthodoxes vous font-elles craindre que je ne vous obéisse pas, docteure ? demanda-t-il à voix basse, d'un ton bourru.

— Non, pas du tout, répondit-elle… un peu trop précipitamment. Nom d'un chien ! Pourquoi avait-elle de nouveau si chaud ?

Sage terminait la dernière consultation de la journée – un chat victime du calicivirus félin – quand elle entendit Ethan accueillir un visiteur. Abigail ! reconnut-elle instantanément. Accompagnée de ses gamins à en juger par le raffut.

Alors qu'elle raccompagnait la cliente et son chat, Sage sentit la nervosité la gagner quand Abigail, ravissante comme toujours dans une longue robe d'été rose et avec ses cheveux vaguement retenus dans un chignon, quitta Ethan des yeux pour la regarder, sourcils froncés. Un regard dont Sage connaissait la signification : Abigail trouvait Ethan extraordinairement séduisant et la casait déjà avec lui.

— Quelle bonne surprise de trouver Ethan ici ! s'écria-t-elle dans un sourire radieux. Je t'ai apporté un morceau du gâteau à l'ananas que tu aimes, Sage. Daisy, ma chérie, arrête de toucher à tout.

Abigail portait son dernier-né, Charlie, posé sur son gros ventre de femme enceinte et Daisy, sa fille de cinq ans, tentait d'attraper l'ours en peluche bleu dans le coffre à jouets près de la fenêtre. Ethan s'accroupit à côté d'elle et lui tendit un camion de pompiers tout en signifiant du regard aux deux femmes qu'il surveillerait la petite.

— Nous ferions bien d'aller ranger le gâteau, déclara Abigail d'une voix forte en entraînant Sage par la manche vers la pièce du fond dont elle ferma la porte.

— Waouh ! murmura-t-elle les yeux comiquement écarquillés. Il est sublime !

— Abi, chut ! Il va t'entendre.

— Alors c'est lui qui répare Storm ?

— Storm n'est pas une voiture, Abi. Mais oui. Il essaie en tout cas.

— Il pourrait peut-être te réparer toi aussi si tu vois ce que je veux dire, s'esclaffa Abigail en esquivant une tape de Sage avant de fouiller dans le placard au-dessus de l'évier à la recherche d'assiettes. Sérieusement, le maire ne m'avait pas dit qu'il était aussi beau. Sinon, je serais venue plus tôt.

— Je ne m'habituerai jamais à t'entendre appeler ton mari « le maire », observa Sage avant de couper le gâteau d'où montait une odeur délicieuse.

Abigail lui apportait souvent à manger, une occasion pour les gamins de voir les animaux qu'elle soignait. La pensée de devenir elle-même mère un jour traversait de temps en temps l'esprit de Sage. La perspective d'élever une petite tribu qui s'ébattrait ici avec celle d'Abigail ne lui déplaisait pas. Ce serait un nouveau départ…

Mais pour cela, il fallait d'abord qu'elle rencontre un homme et donc qu'elle cesse de se refermer sur elle-même, une mission quasiment impossible après Bryce, cet ex qu'elle avait beaucoup aimé et qui avait disparu un beau jour sans laisser de trace. Elle s'était quasiment résignée à ne jamais connaître le bonheur d'une relation de totale confiance entre deux êtres éperdument amoureux l'un de l'autre, à l'instar d'Abigail et du maire. Depuis Bryce, elle avait compris qu'elle ne pourrait jamais se fier entièrement à aucun homme.

Le Canadien avait un jour débarqué dans la réserve de koalas, tout sourire, fourmillant d'anecdotes après son séjour de trois mois dans un refuge pour orangs-outans à Bornéo. Cet aventurier militant de la cause animale avait apporté un rayon de lumière et une distraction dans la vie de Sage. Ils avaient sympathisé et elle avait cru en eux, du moins davantage qu'à ses liaisons précédentes. Il lui avait même promis de l'emmener au Canada pour lui présenter son chien.

Totalement mise en confiance, elle avait sauté le pas et s'était ouverte à Bryce sur les circonstances exactes de la mort de ses parents. Elle lui avait révélé qu'ils avaient prévu de passer la nuit tous les trois sous la tente « dans la nature » – c'est-à-dire dans leur jardin – et sans écrans. Son père lui avait donc demandé de ne pas apporter son téléphone. Mais elle avait désobéi. Sous prétexte d'aller aux toilettes, elle était retournée dans la maison et là, elle avait échangé des SMS avec ses copines. Elle avait été tellement absorbée qu'elle n'avait pas remarqué que le feu de camp mal éteint menaçait leur campement de fortune. Quand elle était enfin sortie de la maison, l'incendie faisait rage et était hors de contrôle. Un voisin avait appelé les pompiers, mais trop tard. Le bush s'était embrasé dans un rayon de plus d'un kilomètre, piégeant ses parents et son chien. Et les défenseurs de l'environnement avaient découvert quantité de cadavres de koalas et d'oiseaux dans les semaines qui avaient suivi. Sage ne s'était jamais pardonné.

Le lendemain de cette confession, Bryce avait disparu, sans même un « c'était bien mais il faut que je reprenne la route ». Sage en avait conclu qu'il n'avait pas supporté la responsabilité qu'elle avait dans la mort de ses parents et de tant d'animaux. Son air horrifié pendant son récit l'avait confortée dans son analyse.

— Le maire a engagé Ethan pour six semaines, annonça Abigail.

— Ah bon ? réagit Sage en se forçant à se concentrer sur le gâteau. Tant mieux. Il m'a proposé de me donner un coup de main à la clinique pendant le congé de maladie d'Ellie.

À l'expression d'Abigail, elle comprit qu'en dépit de ses efforts pour jouer l'indifférence, sa voix avait trahi son irritation.

— Non mais regarde-toi ! On dirait que tu ne veux pas de la compagnie d'un type incroyablement beau, sexy et viril.

— Exactement !

— Menteuse !

— Il est peut-être sexy, mais il ne s'intéressera jamais à quelqu'un comme moi… une vieille fille sans amis qui passe presque toutes ses journées à se cacher dans une clinique vétérinaire au milieu de nulle part.

Abigail inclina la tête et fronça les sourcils. La même attitude que lorsqu'elle grondait ses enfants.

— Arrête, Sage. Tu es une vétérinaire reconnue et un pilier de la communauté. Maintenant, sois une vieille fille polie et apporte une part de gâteau à ton bel assistant.

Avant qu'Ethan n'ait le temps d'attaquer sa troisième tranche de gâteau à l'ananas, la sonnerie du téléphone de la clinique vint briser l'image d'Ethan futur « Super Papa » qui s'était imprimée dans le cerveau de Sage depuis qu'elle l'avait découvert engagé avec Daisy et un ours en peluche dans un jeu de petites voitures sur le canapé et les coussins. Elle prit l'appel.

— Le refuge pour les chameaux ? répéta Sage. Qu'est-ce qui se passe ?

Elle sentait le regard intrigué d'Ethan posé sur elle.

— D'accord, conclut-elle avant de raccrocher.

— C'est pour un chameau au refuge près de Cable Beach. Ils pensent qu'il souffre de coliques mais n'en sont pas sûrs. En l'absence d'Ellie, je vais devoir y aller toute seule.

— Pourquoi je ne t'accompagnerais pas ? proposa Ethan alors que dans son dos Abigail, avec des mimiques éloquentes, incitait Sage à accepter.

— Non, c'est gentil. Ça va aller.

— J'ai déjà traité des coliques et un deuxième avis te serait peut-être utile.

— Tu es sûr ? La journée a été longue et je ne veux pas abuser.

Elle n'avait aucune bonne raison de refuser, si ce n'est qu'elle voulait s'éloigner d'Ethan pour lutter contre l'attirance grandissante et extrêmement dérangeante qu'il exerçait sur elle.

— Dépêchons-nous, se contenta-t-il de répondre en rapportant son assiette vide dans la cuisine. Ta camionnette ou la mienne ?

# 6

— C'est beau ici, n'est-ce pas ? observa Sage. Et inhabituel.

Elle marchait avec Ethan dans l'épaisse couche de sable blanc devant le centre de promenades à dos de chameau, « Camel Ride », qui accueillait parallèlement les chameaux malades et les chamelons orphelins.

Sous l'effet de la chaleur, l'air vibrait au-dessus de la plage devant eux enveloppant toute la zone dans une lumière éthérée.

— C'est surtout la beauté que j'apprécie, répondit Ethan avec un bref coup d'œil à Sage – trop bref pour qu'elle sache s'il parlait d'elle – avant de s'intéresser avec un mélange de curiosité et d'amusement aux touristes montés sur des chameaux qui s'éloignaient sur la plage.

Sage, elle, une nouvelle fois grisée par l'odeur presque animale de terre et de musc d'Ethan, était plongée dans ses pensées. Ethan s'était proposé de lui-même de l'accompagner. Rien ne l'y avait obligé. Et elle s'en réjouissait plus qu'elle ne l'aurait dû. Pas de doute : elle commençait à perdre la tête. Comme s'il allait se passer quoi que ce soit avec Ethan ailleurs que dans ses rêves érotiques !

— Docteure Dawson ! la héla du seuil du bâtiment principal une femme vêtue d'une jupe orange. C'est moi qui vous ai appelée. Je m'appelle Marleen.

Sans perdre de temps, elle les conduisit dans le hangar en tôle ondulée où étaient aménagées une vingtaine de stalles occupées par des chameaux manifestement bien traités.

Dans l'un des box, le chameau malade était allongé par terre. Il respirait mal. Ethan retroussa ses manches et s'agenouilla à côté de lui en lui murmurant des paroles rassurantes et en soulevant presque tendrement sa grosse tête dans ses mains puissantes.

— Il est peut-être déshydraté, suggéra-t-il. Ou anémié.

Profondément émue par l'état de faiblesse de la malheureuse bête et son gémissement déchirant, Sage se mit à genoux elle aussi et, avec son stéthoscope, ausculta le ventre de l'animal. Elle était à présent tout près d'Ethan. L'air était lourd d'un mélange d'odeur de foin, d'animal et de brise marine auquel s'ajoutait le parfum d'Ethan. Elle ne pouvait s'empêcher de glisser des coups d'œil vers lui et d'admirer ses mains vigoureuses et les reflets que la lumière du soleil qui se déversait par la porte faisait danser sur sa chevelure noire.

— Ses gencives sont très pâles, observa-t-il quand il inspecta la bouche du malade.

— Et son cœur bat trop vite, ajouta Sage. À mon avis, il est peu probable qu'il souffre d'anémie, vu son alimentation et ses conditions de vie. Mais je ne vois aucune blessure ou lésion apparente.

Ethan plaça un thermomètre sous la langue du chameau.

— Température normale, annonça-t-il.

Il posa alors son oreille sur le cou de l'animal et écouta très attentivement comme s'il cherchait d'autres indices dans sa respiration saccadée.

Le don qu'il possédait avec les chevaux s'étendait-il aux autres animaux ? réfléchit Sage en s'inquiétant aussitôt de cette question qui suggérait qu'elle commençait à le croire capable d'établir un diagnostic sans recourir aux méthodes d'investigation modernes.

— Il faut faire une analyse de sang, déclara-t-elle donc.

Il l'aida à prélever des échantillons, puis elle interrogea Marleen sur quelques points de routine et prescrivit des antidouleurs pendant qu'Ethan murmurait à l'oreille de l'animal des paroles incompréhensibles tout en continuant à le caresser affectueusement. Quand ils sortirent, la bête était incontestablement apaisée.

Sur le chemin, Ethan s'arrêta devant une autre stalle où une chamelle était en train de manger. Elle leva ses yeux de biche vers lui puis, à la surprise de Sage, s'avança et posa sa tête sur sa main tendue.

Ethan l'examina en silence en lui prodiguant des caresses et soudain un sourire éclaira son visage.

— Elle est grosse, je pense, annonça-t-il.

Marleen, qui l'avait observé avec fascination elle aussi, secoua la tête.

— Impossible. Elle vient d'arriver.

— Ça date d'avant.

Ethan prit la main de Sage qu'il plaça sur le ventre de la bête, ses doigts chauds s'attardant un peu plus que nécessaire sur les siens.

— Tu sens ?

— C'est… un cœur qui bat, dit Sage, sidérée, avant de vérifier la nouvelle avec son stéthoscope. Tu as raison, Ethan.

— Sérieux ? demanda Marleen incrédule.

Ethan lui montra comment sentir les battements du cœur à mains nues.

— Mais ça ne se voit pas ! Comment l'avez-vous su ?

Ethan se contenta de hausser les épaules et de se passer la main dans les cheveux. Des cheveux qu'il avait aujourd'hui libérés de leur habituel catogan. Ce qui plaisait beaucoup à Sage…

— Mais comment avez-vous…, insista une Marleen en pleine sidération.

— C'est un don, lui murmura Sage.

Bien sûr, Sage avait effectué des recherches sur Internet et avait trouvé beaucoup d'autres praticiens de la communication animale ainsi que de nombreux témoignages validés de leurs réussites. Ce qui ne rendait pas la chose plus acceptable à son cerveau scientifique. Mais lorsque Ethan la pratiquait, c'était indiscutablement troublant. À tout point de vue.

Et elle était jalouse. Ridiculement jalouse car ils n'étaient pas engagés dans une compétition ! Malgré tout, elle avait travaillé d'arrache-pied pour obtenir ses diplômes et voilà qu'à Ethan Matthews tout paraissait aussi simple et naturel que de respirer. Cela dit, plus elle le voyait à l'œuvre, plus sa jalousie se mâtinait d'admiration.

En ce moment même, elle se sentait irrésistiblement attirée vers lui, au point qu'elle dut littéralement obliger ses pieds à prendre la direction de la sortie pendant qu'Ethan et Marleen discutaient de la gestation de la chamelle.

Et s'il pouvait aussi lire dans ses pensées ? s'alarma-t-elle brusquement. La honte !

Quand il la rejoignit, elle se tenait à côté de la camionnette, les yeux perdus sur l'océan et le va-et-vient des vagues, sous les cris des mouettes : un baume pour ses nerfs exacerbés.

— Marleen nous invite à participer à la promenade à dos de chameau au coucher du soleil, annonça-t-il en ouvrant la portière arrière pour poser sa trousse sur la banquette. Je lui ai dit que j'allais te demander. Es-tu aussi à l'aise sur les chameaux que sur les chevaux ?

— Ils sont beaucoup plus lents, donc beaucoup plus faciles à monter, répondit-elle tranquillement, son corps réagissant instantanément à la proximité d'Ethan. On peut y aller, si tu veux.

Sur la plage, ils durent attendre le retour des clients de la promenade précédente et que Marleen et ses employés emmènent boire leurs montures.

Sage se laissa tomber sur le sable et laissa la chaleur se propager à travers ses pieds le long de ses jambes. Au loin, un bateau de pêche dansait sur la mer étincelante.

— Ça me rappelle mon père, dit-elle sans réfléchir. Nous allions souvent à la mer quand j'étais petite.

— Perdre ses parents à seulement dix ans…, dit Ethan après un silence. C'est tellement affreux que je n'arrive pas à imaginer ce qu'on ressent. Qu'est-ce qui s'est passé pour toi après ?

— J'ai eu de la chance, répondit-elle en se tournant vers lui. Je suis tombée sur le bon côté des services d'aide à l'enfance. Ken et

Arielle m'ont traitée comme leur fille et je les aime comme s'ils étaient mes vrais parents. Mais une perte comme celle que j'ai subie ne s'oublie jamais. Il suffit d'une petite chose, comme un paysage, ou une odeur ou une chanson pour que tout revienne.

— Je sais, dit-il dans un soupir venu tout droit de son cœur.

— Vous étiez proches ta mère et toi ? demanda-t-elle.

— Très.

Elle se mordit la lèvre. Elle aurait voulu lui poser tellement d'autres questions ! Mais elle préféra ne pas prendre le risque d'une intimité trop grande avec quelqu'un qui allait retourner dans le monde télévisuel, ou ailleurs, dans quelques semaines.

Marleen regroupa bientôt les candidats à la promenade du coucher de soleil et installa devant Ethan un escabeau pour qu'il grimpe sur la selle du chameau. La façon dont le gros animal pataud pliait ses genoux noueux pour laisser un humain tout aussi pataud l'enfourcher provoqua un fou rire chez Sage.

— À vous, Sage, dit Marleen.

*Quoi ? Tous les deux sur le même chameau ? Bon. OK.*

Elle serra fort la main qu'Ethan lui tendait pour la hisser jusqu'à la selle.

Elle était à présent assise devant lui, le dos séparé de sa poitrine par un centimètre tout au plus, à l'instar des autres « couples » du groupe. Marleen s'était fait de fausses idées sur leur relation. Et tant mieux après tout !

*Prends les choses comme elles viennent et profite*, s'enjoignit-elle en se laissant aller dans la sécurité offerte par la proximité virile d'Ethan.

Quand le chameau se releva, Ethan abattit ses deux mains sur les épaules de Sage pour la stabiliser et les y laissa pendant qu'il attirait son attention sur un jeune couple un peu plus loin sur la plage qui essayait de persuader leur monture de poser pour une photo.

Ils se mirent bientôt en route sous le soleil couchant, qui colorait l'horizon et les gens de teintes orange de plus en plus foncées. Pourtant beaucoup plus secouée qu'elle n'en avait l'habitude à dos de cheval, Sage se surprit à se détendre. Et des étincelles s'allumaient dans son ventre chaque fois que son dos effleurait la poitrine d'Ethan.

— Ça fait longtemps que je ne suis pas allé à la plage, dit Ethan.

Elle tourna la tête vers lui et leurs nez se cognèrent accidentellement. Ils s'en amusèrent tous les deux mais Ethan s'empressa de fixer le regard vers l'horizon. Lui aussi avait ressenti l'électricité provoquée par ce contact physique mais, de toute évidence, il refusait de l'admettre.

— Comment ça se fait ? demanda-t-elle, tentant désespérément d'ignorer les muscles d'Ethan qu'elle sentait contre son dos.

— À cause d'un mauvais souvenir. Celui d'un sérieux accrochage avec un ami cher il n'y a pas très longtemps.

Il s'arrêta net de parler et pinça les lèvres. Sage savait qu'elle aurait dû en rester là, mais la curiosité l'emporta.

— Un accrochage ?

— Disons plutôt une discussion animée.

— À quel propos ? se risqua-t-elle.

Ethan demeura muet un long moment. Puis il poussa un soupir si profond que les cheveux de Sage volетèrent et qu'elle se mit à frissonner.

— Ça n'a aucun intérêt, asséna-t-il, dévoilant chez lui une fragilité surprenante de la part de cet homme que Sage avait jugé au départ arrogant et imbu de sa personne.

Là-dessus la petite troupe s'arrêta et tout le monde mit pied à terre pour se reposer et se désaltérer.

Sage pressentait chaque jour un peu plus qu'il y avait chez Ethan Matthews davantage que ce qu'elle avait bien voulu voir. Il possédait plusieurs facettes et certaines portaient des marques de blessures. Comme chez elle.

Absorbée par ses pensées, elle ne s'aperçut que tardivement

de ce qui se préparait autour d'elle : les promeneurs s'installaient autour d'un énorme feu de joie dont les flammes rugissantes s'élevaient déjà vers le ciel.

*Oh non !*

# 7

Sage prit une profonde inspiration et accepta avec gratitude la tasse de tisane aux délicieux arômes proposée par leur guide. Tout était bon pour penser à autre chose. Ethan s'asseyait déjà près du feu sur un des coussins prévus tandis que l'air s'emplissait de rires et de bavardages, mais aussi d'étincelles projetées par les bûches crépitantes.

*Arrête de faire l'enfant. Tu es ridicule, Sage ! C'est juste une attraction pour touristes.*

Rien n'y faisait. La panique la gagnait sous l'assaut des souvenirs. Elle serrait les doigts à en écraser son gobelet. De la même façon, cette fameuse nuit, elle était restée tétanisée, clouée au sol, à regarder le feu dévorer tout sur son passage, y compris les tentes. Ce n'est que lorsque le voisin était arrivé et l'avait prise dans ses bras pour l'éloigner qu'elle avait commencé à prendre la mesure de ce qui venait d'arriver, de ce qu'elle n'avait pas essayé d'empêcher. Mais c'était trop tard. Tout était parti en fumée. Tout le monde avait péri.

— Sage ?

Ethan se tenait devant elle.

— Tu ne veux pas venir t'asseoir avec les autres ?

— Non, je suis très bien ici, répondit-elle, se refusant à répéter l'erreur commise avec Bryce en révélant à Ethan la scène de son enfance. C'est juste que je n'aime pas beaucoup les feux. Pas du tout, en fait.

— Comment ça, tu n'aimes pas les feux ?

Elle devait dire quelque chose...

— Depuis l'incendie sur notre propriété, se résigna-t-elle à expliquer. C'est là que j'ai perdu mes parents.

Peut-être avait-elle baissé sa garde parce qu'elle avait décelé la propre faille d'Ethan lorsqu'il lui avait parlé de la dispute avec son ami ? Quoi qu'il en soit, son silence et son regard étaient chargés d'une empathie si sincère qu'elle s'en sentit presque mal à l'aise.

— J'ai aussi perdu mon chien cette nuit-là, ajouta-t-elle.

Elle se sentait soudain prête à tout déballer. Mais sa voix resta coincée dans sa gorge. Et heureusement, se félicita-t-elle devant l'expression horrifiée d'Ethan.

— Que s'est-il passé ? demanda-t-il. Je veux dire, comment as-tu... ?

— C'est probablement à cause de la mort de Juni, mon chien, que j'ai choisi d'exercer ce métier, coupa-t-elle nerveusement en se plaçant sur un terrain moins dangereux. Quand je sauve la vie d'un seul animal, de n'importe quel animal, j'ai l'impression de servir à quelque chose.

— Tu sers énormément ici, tout le monde le sait. Mais je suis vraiment désolé d'apprendre ce qui est arrivé à tes parents, Sage.

— C'est bon. Assez parlé de moi. Et toi, monsieur Je-fais-des-mystères ? À quel propos t'es-tu disputé avec ton ami ? Y a-t-il un rapport avec ton refus des relations amoureuses ?

Les rires autour d'elle semblèrent soudain couverts par le tambourinement de son cœur. Avec ces questions, elle s'immisçait dans la vie d'Ethan beaucoup plus qu'il n'était convenable – ou séduisant. Mais mieux valait parler de lui plutôt que d'elle et de tout ce dont elle s'était interdit de discuter.

Ethan accrocha son regard et elle avala sa salive en découvrant les hésitations et les tourments qui agitaient les profondeurs de ses yeux bleu océan. Elle avait touché un point sensible.

Elle recula pour s'éloigner à la fois du feu et du regard brûlant d'Ethan.

— Je vais nous chercher des coussins, dit-il.

Toujours rongée de culpabilité, elle le regarda s'éloigner, son corps musclé se dessinant sur un fond de flammes et de soleil couchant.

Quand il revint, il l'invita à s'asseoir à côté de lui et l'observa attentivement comme s'il craignait qu'elle ne s'embrase de chagrin.

— Tu te sens mieux ici ?

— Oui, c'est très bien. Alors, tu disais... ?

Il secoua la tête et se positionna plus confortablement sur le coussin avant de répondre dans un souffle :

— C'est... compliqué.

— Comme toujours, non ? répliqua Sage dont les joues semblaient absorber les flammes.

Ethan s'inclina en arrière et s'appuya sur un bras, faisant ressortir ses muscles légèrement couverts de sueur et comme animés par la lumière du feu.

Finalement, le feu présentait des avantages dans certaines circonstances, songea Sage.

Elle se sentait parfaitement en phase avec Ethan à présent et elle était certaine qu'il en allait de même pour lui. Mais il niait cette attirance manifeste et y résistait. Un événement avait sans nul doute piétiné le désir qu'il avait dû nourrir un jour de nouer une vraie relation durable et elle aurait aimé qu'il accepte de lui en parler.

— Écoute, Ethan, je ne cherchais pas à t'embarrasser, murmura-t-elle en espérant que ses yeux exprimaient sa sincérité ainsi que sa curiosité. Tu ne souhaites pas aborder le sujet, n'est-ce pas ? Je ne comprends que trop bien.

Ethan resta un moment muet, lèvres serrées, avant de finalement répondre :

— Tu as raison, normalement je garde ça pour moi.

Sa voix était tendue par l'effort de trouver les bons mots.

— J'ai vécu en couple pendant longtemps. Nous devions nous marier. Je mettais tout mon cœur dans cette relation, jusqu'à ce que Carrie...

Sans réfléchir, Sage saisit la main d'Ethan. La main chaude d'Ethan. Qu'elle serra avec compassion.

— Oh non ! Elle est morte ?

Comment ne l'avait-elle pas deviné plus tôt ? Elle avait pourtant remarqué la douleur dans ses yeux. Ainsi que sa réticence à parler. Comme elle, d'ailleurs. Ce deuil était trop douloureux pour espérer que le chagrin disparaisse un jour.

— Personne n'est mort, lâcha-t-il dans un rire sans joie.

Sage retira sa main et entoura de ses bras ses genoux repliés. Super ! Maintenant il allait la prendre pour une hystérique.

— Je crois toujours...

Il ne la laissa pas achever. Il répéta d'un ton bourru :

— Personne n'est mort. Mais c'est tout comme pour deux êtres dans ma vie et c'est ce qui est le plus triste dans cette affaire. Ils me manquent et pourtant ils sont toujours vivants. Je regrette les merveilleux moments que j'ai passés avec chacun d'eux. Mais tout ça est définitivement terminé.

— Qu'ont-ils fait ? Je suppose que l'autre personne est l'ami avec qui tu t'es disputé.

— Oui, sur la plage. À Palm Cove pour être précis. Il s'appelle Cam.

Il se crispa en prononçant ce nom.

— Cameron, en fait. Je le connais depuis l'école primaire.

Sage s'aperçut qu'elle le regardait bouche bée tandis que les pièces du puzzle se mettaient en place dans sa tête. Ethan avait été fiancé à une femme qui s'était mal conduite, à la suite de quoi il avait vu deux personnes sortir de sa vie. Dont Cam, son meilleur ami. De quoi s'était donc rendu coupable ce dernier pour provoquer leur querelle ? Mais bien sûr ! Il avait volé Carrie à Ethan ! Elle le sut avec certitude. Il suffisait de regarder le visage d'Ethan.

— Ils sont mariés à présent, conclut-il, les yeux toujours braqués vers le feu, confirmant l'intuition de Sage.

Elle lui toucha brièvement la main alors qu'il se redressait pour s'asseoir en tailleur.

— Apparemment, la fête a été magnifique.

Après un silence, il s'esclaffa tristement dans une grimace :

— Dire que nous sommes venus pour soigner un chameau, et nous nous retrouvons sur une plage, un lieu que je déteste, près d'un feu, un truc que tu détestes...

— Au moins, nous sommes en vie, dit-elle avec un sourire en lui donnant un coup d'épaule. Et la plage, ce n'est pas aussi horrible que ça, si ?

— Pas quand tu es avec moi, assura Ethan en lui prenant la main.

Sage frémit de tout son corps autant sous l'effet des paroles d'Ethan que du contact de ses doigts.

— J'aime bien parler avec vous, docteure, murmura-t-il, inconscient de l'effet qu'il produisait sur Sage.

— Combien de temps êtes-vous restés ensemble avec Carrie ? demanda-t-elle tandis que la chaleur brûlante de la main d'Ethan la traversait tout entière.

— Sept ans, répondit-il le regard sur leurs doigts.

— Et votre séparation date de quand ?

— De treize mois. Quand j'ai découvert leur liaison.

— Tu parles d'un ami ! s'entendit-elle dire avant d'avoir le temps de se retenir.

L'injustice de ce qui était arrivé lui laissait un mauvais goût dans la bouche et le tsunami d'empathie pour Ethan qui déferlait sur elle lui aurait libéré la parole... si elle n'avait été tout entière à l'émoi que lui causait la main d'Ethan sur la sienne. Elle avait l'impression d'être plaquée au sol par une force mystérieuse.

Orpheline à dix ans, elle avait connu un démarrage difficile dans la vie mais elle au moins, personne ne l'avait trahie. De toute façon, elle n'avait jamais été assez intime avec quelqu'un pour que cela arrive. Elle avait d'ailleurs commencé à se faire à l'idée que les relations sérieuses n'étaient pas pour elle. Probablement, comme Abigail le lui répétait, à cause de son profond sentiment de culpabilité qui claquait toutes les portes qu'elle essayait d'ouvrir. Aussi avait-elle fini par baisser les bras. Pourquoi devrait-elle connaître le bonheur quand, à cause de son égoïsme, il était à jamais refusé à ses parents ?

Le signal du retour fut donné et tout le monde grimpa sur sa monture. Une énorme lune avait remplacé le soleil à présent. Le silence entre Ethan et Sage, uniquement troublé par le bruit des sabots des chameaux et par les rires des autres participants, devenait de plus en plus pesant. L'attirance magnétique qu'Ethan exerçait sur elle augmentait à chaque regard qu'il lui lançait et persista dans la camionnette pendant le trajet de retour à Amber Creek. Sage était tenaillée par l'envie de s'immerger dans le passé d'Ethan – comme lui-même vraisemblablement par celle d'en savoir davantage sur son histoire à elle – et de lui poser la foule de questions sur Carrie qui tourbillonnait dans sa tête.

— Regarde ! dit soudain Ethan en montrant le paddock alors qu'ils arrivaient à la clinique, où ils avaient convenu qu'il la déposerait avant de rentrer à la pension.

Ethan avait déjà sauté de la camionnette et courait vers la barrière, qu'il franchit en un mouvement qui, comme toujours, émoustilla Sage.

Elle n'eut pas le loisir de s'y appesantir car, en arrivant à la clôture, elle demeura stupéfaite devant ce qu'elle découvrit : Storm, qu'elle n'avait jamais vu aussi calme, était couché dans l'herbe à côté de Karma et les deux chevaux semblaient pour la première fois en parfaite harmonie.

Ethan s'agenouilla lentement devant eux. Karma s'ébroua, se releva et s'éloigna au petit trot mais Storm – incroyable ! – ne bougea pas et baissa la tête comme pour saluer Ethan. Et il tressaillit à peine quand ce dernier lui flatta l'encolure et le dos. Quels progrès !

— Il va me laisser l'examiner, déclara Ethan avec une expression de victoire si contagieuse que Sage ne put s'empêcher de sourire. Mais je vais attendre demain matin.

Là-dessus, il rejoignit Sage à la barrière.

— C'était une simple question de temps, se surprit-elle à commenter sans se départir de son sourire.

Pourquoi fallait-il qu'en plus d'être un authentique magicien avec les chevaux il soit aussi sublime ?

Peut-être en raison de la protection que lui offrait la barrière, Sage prit confiance en elle et, oubliant toute prudence, tendit la main vers le visage d'Ethan pour y essuyer une salissure. Il en profita pour lui saisir les doigts et les maintenir contre sa joue, les yeux plantés dans ceux de Sage. Une expression presque tourmentée dans son regard accéléra les battements du cœur de Sage avant même qu'il ne la prenne par la nuque par-dessus la clôture.

*Il va m'embrasser !*

Des papillons dans le ventre, son cœur caracolant comme un cheval sauvage, Sage ferma les yeux et se prépara.

*Ne bouge pas. Tu mérites bien un baiser. Un petit baiser d'un homme de passage, histoire de vivre un peu. Il n'y a aucun mal à cela, si ?*

Il approcha son visage. Elle sentait la chaleur de son haleine. Son parfum de terre et de foin lui emplissait les narines. Il allait l'embrasser. Elle en était certaine. D'une seconde à l'autre...

Ethan posa ses lèvres sur sa joue... puis lui lâcha la main. En un rien de temps, il escalada la barrière et atterrit à côté d'elle. Elle ouvrit les paupières, mortifiée.

*Et le baiser ? Le vrai baiser ?*

— Il faut que j'y aille, déclara-t-il en s'éloignant vers sa camionnette. La journée va commencer tôt demain.

Sage se sentit chanceler. Elle serra ses bras autour de sa poitrine. Ethan lui adressa un dernier regard avant de démarrer.

Bon, se ressaisit-elle. Il avait battu en retraite au moment où ils allaient s'embrasser. Eh bien ! C'était probablement mieux ainsi. En effet, à quoi bon se lancer dans une histoire avec quelqu'un qui partirait dès qu'il aurait résolu le problème de Storm ?

Malgré tout... quel dommage !

Il avait dû brusquement penser à quelque chose pour tout arrêter de cette façon. Ou à quelqu'un. À Carrie ?

Elle fronça les sourcils, les yeux sur la piste vide de toute trace d'Ethan à présent.

Serait-il toujours amoureux de son ex ?

# 8

Contrairement à ce que pouvait laisser penser la maîtrise avec laquelle Ethan posa l'attelle sur la patte délicate du koala, son cœur battait à un rythme effréné et capricieux. Probablement parce que Sage se tenait tout près, trop près, tandis qu'elle effectuait en miroir les mêmes gestes que lui avec une dextérité et une douceur qui en disaient long sur son savoir-faire et sa compassion, deux qualités qu'il avait eu l'occasion d'observer depuis qu'il s'était proposé pour l'aider à la clinique.

Et qui expliquaient peut-être en partie pourquoi il l'avait presque embrassée – et avec passion – la semaine dernière. Quel imbécile !

Ethan avait l'habitude de femmes comme Ellie qui le dévoraient des yeux avec émerveillement.

Sage, elle, était très différente. Parce qu'elle voyait ses blessures intérieures, elle détendait les rênes qui lui bridaient le cœur, lui donnant ainsi l'envie de parler de ce qu'il gardait pour lui d'ordinaire. Aucune femme auparavant ne l'avait autant attiré. Comme si la souffrance qui la rongeait elle aussi la rapprochait de lui. Voilà réellement pourquoi il avait failli l'embrasser… et pourquoi il s'était vite ravisé. Hors de question qu'il s'engage de nouveau sur la route où Carrie l'avait entraîné et le long de laquelle l'image qu'il se formait du monde s'était pervertie à jamais.

Mais comment aurait-il pu se tenir éloigné d'elle, et donc renoncer à l'aider, alors qu'elle manquait cruellement de personnel ? Sans compter qu'il devait rester pour s'assurer que Storm ne régresserait pas après les progrès fulgurants réalisés en une semaine. En effet, le cheval ne s'enfuyait plus au galop dès qu'il approchait et avait même accepté qu'il l'examine.

— Voilà, comme ça, c'est bien, murmura Sage avec une douce autorité tandis qu'elle fixait le pansement.

L'atmosphère entre eux était lourde de tout ce qu'ils ne s'étaient pas dit depuis… quoi ? Cette erreur ? Oui, c'est ainsi qu'il aurait dû considérer cet instant l'autre jour, sur la plage. Désormais, chaque fois qu'il voyait ses lèvres remuer, il sentait un désir couver en lui et devenir si obsédant qu'il ne pensait plus qu'à plaquer Sage contre le mur de l'écurie, à promener ses mains sur ses hanches, à s'emparer de sa bouche et… à la guérir, comme il le faisait avec les chevaux. Comme s'il en avait le pouvoir ! Lui qui n'avait même pas su se guérir lui-même suffisamment après le décès de sa mère pour remarquer que Carrie s'échappait.

— Ethan ?

— Oui, c'est bon maintenant.

*Reste concentré, mon vieux !* s'admonesta-t-il en essayant d'ignorer combien le parfum de fleurs sauvages de Sage et de quelque chose qui n'appartenait qu'à elle assaillait ses sens.

Cela faisait maintenant une semaine qu'il se demandait s'il n'aurait pas dû l'embrasser. Depuis, un simple effleurement accidentel suffisait à ressusciter le moment et malheureusement aussi sa dérobade.

Il se sentait démuni devant cette femme tout aussi fragile que lui, qu'il ne savait pas davantage soigner qu'il ne savait se soigner lui-même et qui commençait à susciter en lui des sentiments qu'il peinait à appréhender.

De toute façon, cela ne rimerait à rien d'entamer quoi que ce soit avec elle. Elle ne vivait même pas dans le même État que lui et il pressentait qu'il ne l'oublierait pas facilement.

Pendant des mois, il avait été régulièrement torturé par des cauchemars dans lesquels il surprenait Cam et Carrie. Si bien que le sexe en était venu à quasiment le répugner. À présent, sa libido soudain ravivée transformait ces cauchemars en des rêves torrides avec Sage.

Sage se redressa tout en caressant leur courageux koala d'une main et en repoussant une mèche de cheveux de son front de l'autre.

— Merci, Ethan. Je n'y serais pas arrivée sans toi. Nous manquons vraiment de personnel.

Professionnelle, rien que professionnelle, se désola Ethan.

Comment le lui reprocher quand il lui avait tourné le dos après son presque baiser ?

Et en taisant son violent désir d'arracher ses habits à Sage et de l'embrasser fougueusement, il se comportait comme un imposteur.

— De rien, répondit-il avec brusquerie.

— Tu peux approcher la cage, s'il te plaît ? demanda-t-elle en déplaçant avec douceur le koala sur la table.

Ethan s'exécuta, mais la manche de Sage resta coincée dans la porte. Ethan la libéra prestement puis retira sa main tout aussi prestement.

— Pardon, dirent-ils en chœur avant de s'échanger un sourire gêné.

— Notre petit ami va s'en sortir apparemment, dit-il sans rien laisser paraître de son tumulte intérieur.

— Nous formons une chouette équipe, répondit Sage.

Simple bavardage destiné à combler le silence.

Laissant à Ethan la charge de remplir le dossier du koala, Sage se rendit de l'autre côté de la salle, le plus loin possible de lui, et s'employa à plier des serviettes puis à ranger les instruments.

— Quoi ? demanda-t-elle avec une certaine agressivité, sentant qu'Ethan l'observait.

L'air grésillait littéralement entre eux. Ethan savait qu'il devrait calmer le jeu. Sa raison lui criait de garder ses distances mais ses mains et son corps se rebellaient. Sage était la première personne qui lui avait fait oublier en partie la trahison de Carrie et Cam, d'autant plus humiliante qu'elle l'avait pris au dépourvu.

En acceptant ce travail, il n'avait certainement pas prévu qu'une femme ranimerait – fort inopportunément – sa sexualité.

— Quoi ? répéta-t-elle comme il continuait à la dévisager en silence.

Elle paraissait tiraillée, comme si le regard qu'il posait sur elle suscitait des réactions qui la dépassaient. Comme lui, alors.

Peut-être vaudrait-il mieux affronter cette alchimie insensée entre eux au lieu de faire semblant de l'ignorer ? réfléchit-il.

— Tu..., commença-t-il.

— Oui ?

Elle scrutait son visage à travers les cils de ses yeux verts.

Il ouvrit la bouche, les mots « tu me rends fou » prêts à jaillir.

Il s'avança, abandonnant toute résistance.

Comme un fait exprès, la sonnerie stridente du téléphone de la clinique brisa son élan.

— Docteure Dawson à l'appareil, dit Sage après avoir dégluti.

Une voix affolée envahit la pièce.

— OK. Nous arrivons.

Sage raccrocha et se tourna vers Ethan, la mine grave.

— C'est un diamant à bavette, un oiseau en voie d'extinction comme tu le sais certainement. Gravement blessé. Un randonneur l'a trouvé à Koorabimby Nook, à des kilomètres d'ici.

Ethan endossa son costume de parfait professionnel en se reprochant son moment de pure folie.

— Que comptes-tu faire ? demanda-t-il.

Elle se mordillait la lèvre et faisait les cent pas, sous l'œil du koala.

— C'est trop loin par la route, expliqua-t-elle. Nous n'arriverions pas à temps.

Aussitôt Ethan se mit à réfléchir à des alternatives, mais Sage tapait déjà un numéro sur son téléphone.

— Monsieur le maire ? Ici Sage Dawson. Nous avons un souci avec un diamant à bavette. J'ai besoin d'un immense service.

Ethan l'observait et débordait d'admiration. Pour son esprit de décision. Pour sa capacité à s'adapter en un clin d'œil à une nouvelle situation et à agir sous la pression. Pour son acharnement à sauver n'importe quel être vivant, au mépris du danger. Ce besoin presque vital était né quand elle avait perdu son chien dans l'incendie, lui avait-elle expliqué. Il aurait aimé en savoir tellement plus sur elle. Oh ! Bien sûr, il ne poserait pas de questions. Il n'était pas venu ici pour nouer des liens personnels avec qui que ce soit. En fait, il espérait soigner Storm le plus vite possible pour retourner chez lui s'occuper de son domaine avec son père. Il avait vraiment tendance à perdre le cap ces derniers temps. La preuve : il avait failli embrasser Sage. Deux fois !

— Comment allons-nous nous rendre sur place ? demanda Ethan quand ils eurent préparé la trousse de secours avec le matériel nécessaire.

— Le maire va nous emmener dans son hélicoptère.

Le vrombissement des pales de l'hélicoptère devenait de plus en plus assourdissant au fur et à mesure que Sage et Ethan approchaient.

— Merci, vraiment merci, monsieur le maire, dit Sage en montant dans l'appareil, sa voix à peine audible par-dessus le vacarme.

Ethan admirait ce maire aux multiples facettes qui avait de toute évidence un faible pour Sage. Elle s'était liée d'amitié avec sa femme, Abigail, quand elle était arrivée ici, se rappela-t-il tandis que l'hélicoptère décollait. Les Warragul l'aimaient beaucoup et elle adorait leurs gamins. C'en était touchant. Lui-même n'était pas très doué avec les enfants, sauf avec Kara et Jayson, la fille et le fils de Jacqueline. Il avait toujours trouvé que les chevaux étaient plus simples à comprendre. Et moins bruyants. Malgré tout, il s'imaginait parfois fonder une tribu à lui de petits êtres à qui il apprendrait à monter à cheval et qu'il préparerait à reprendre le domaine un jour. Carrie aussi y avait aspiré. Au départ. Et elle réaliserait probablement ce rêve, mais avec Cam.

— J'espère que nous arriverons à temps, dit Sage.

Il se retint de répondre. À quoi bon lui donner de faux espoirs alors qu'il ne connaissait pas la gravité des blessures ?

Sage était maintenant assise à côté de lui, le visage collé à la vitre, scrutant le territoire au-dessous d'eux. Son visage se crispa d'inquiétude et d'irritation, quand les gigantesques mines de charbon commencèrent à envahir le paysage. Le contraste entre la nature vierge et celle abîmée par l'industrialisation était encore plus saisissant et scandaleux vu d'en haut.

Il se surprit à fixer la bouche de Sage tout en pensant de nouveau à leur presque baiser, quand elle se tourna vers lui. Trop tard pour regarder ailleurs. Il était pris en flagrant délit. Elle haussa un sourcil et déclara par-dessus le raffut :

— Ce n'est pas une bonne idée, Ethan.

Il réussit à garder une expression neutre malgré son pouls qui semblait pris de folie.

— Qu'est-ce qui n'est pas une bonne idée ?

— Tu le sais très bien, répondit-elle en attachant à la va-vite ses cheveux sur sa nuque.

Il demeura silencieux. Qu'aurait-il pu dire ? Ce n'était effectivement pas une bonne idée.

Elle lâcha de nouveau ses cheveux qui, soufflés par les courants d'air qui entraient par la porte ouverte, se mirent à danser autour de son visage et à frapper les joues d'Ethan en une sorte de défi.

Nul doute qu'elle était énervée parce qu'il avait une nouvelle fois voulu l'embrasser, réfléchit Ethan. Or elle savait que cela ne devait pas arriver parce que... Parce qu'ils étaient collègues ? Personne ne savait pourquoi, en réalité. Mais elle trouvait des prétextes. Elle le désirait autant qu'il la désirait. Et sa remarque le confirmait. Il ne put retenir un sourire devant la lueur de désir qui traversa les yeux de Sage.

— Arrête, dit-elle en lui frappant l'épaule.

— Arrêter quoi ?

— De me regarder... comme ça.

Là-dessus, elle se cacha le visage dans les mains.

— Je n'aurais rien dû dire, n'est-ce pas ? Tu n'allais rien faire. Oublie ce que j'ai dit, OK ?

— Je n'entends rien, mentit-il en hurlant et en indiquant les pales au-dessus d'eux.

Avec une grimace désabusée, elle reprit son observation du paysage et Ethan, lui, entreprit de vérifier une nouvelle fois le contenu de la trousse de secours qu'il tira sur le siège entre eux en guise de séparation.

Si elle estimait que l'embrasser était une mauvaise idée, il respecterait évidemment sa volonté. Après tout, il était là pour travailler. À quoi bon se laisser entraîner dans ce... dans ce truc ? De toute évidence, elle avait comme lui beaucoup réfléchi à leur situation et avait conclu qu'elle devait en rester là. Il renonça à lui en demander la raison. Mieux valait se cantonner à un cadre professionnel, aussi difficile que ce soit.

Le vacarme de l'hélicoptère semblait refléter la tempête qu'il sentait monter en lui chaque fois qu'il essayait de se persuader que le reste de son séjour se déroulerait sereinement s'il prétendait que la tension sexuelle entre eux n'existait pas. En fait, la meilleure solution serait d'en discuter pour crever l'abcès.

Il profita de ce qu'elle parlait avec le maire pour réfléchir à ses options, les yeux sur la courbe des épaules de Sage qui se devinait sous son ample chemise blanche gonflée par les courants d'air. Il pourrait arguer que dans sa vie non plus il n'y avait pas de place pour une relation. À dire vrai, il n'en cherchait pas, du moins pas sous la forme d'une relation sérieuse qui, dans leur cas, serait vouée à l'échec, ne serait-ce qu'en raison de la distance géographique qui les séparait. Mais aussi parce qu'il ne pourrait jamais abandonner son père, les chevaux et les souvenirs de sa mère. Il était probablement juste le jouet de sa libido qui se réveillait après des mois de dormance.

Et puis Carrie et Cam avaient raison sur un point : son travail viendrait toujours en premier. Il donnerait toujours l'image d'un solitaire quelque peu énigmatique, ce dont toute femme dotée d'un peu de fierté finirait par se lasser, comme Carrie. Quant à Sage, sa vie était ici, à Amber Creek. Il lui portait d'ailleurs une admiration sans bornes d'avoir su se reconstruire après avoir perdu ses deux parents et d'être ressortie de cette tragédie aussi forte et avec une telle confiance en elle.

En apparence, corrigea-t-il très vite. Car elle lui montrait à présent ses fragilités aussi. Dont il faisait partie. Pour cette raison, il veillerait à rester le plus loin possible d'elle.

— Par ici !

Une grande femme imposante chaussée de bottes en caoutchouc, agitait une truelle dans leur direction alors qu'ils descendaient de l'hélicoptère que le maire avait posé dans un champ d'eucalyptus. Des lamas et un unique cheval les regardaient avec curiosité. Et là, sous un buisson rabougri, gisait l'oiseau, son délicat plumage en bataille, une aile ensanglantée formant un angle anormal avec son corps. Ils s'accroupirent à côté de lui.

— Fais attention, prévint Sage, inutilement bien sûr, comme Ethan ramassait dans ses grandes mains la petite victime.

— Ce n'est pas bon, observa Sage avec tristesse.

Et elle avait raison.

— À mon avis, il a croisé le chemin d'un chat, ajouta-t-elle, confirmant le diagnostic silencieux d'Ethan dont les doigts se tachaient de sang.

— Oui, celui d'un de mes chats, malheureusement, intervint la femme qui, avec sa généreuse carrure, bloqua subitement le soleil qui les éblouissait.

La chaleur de cette fin d'après-midi était accablante. Des gouttes de sueur coulaient sur la joue de Sage et, même dans ce moment dramatique, Ethan fut pris de l'envie quasi irrépressible de les lécher. À la fois fort peu professionnel et parfaitement ridicule. N'avait-il pas décidé de ne pas mêler ses émotions à son travail ?

— Une aile brisée, d'éventuelles lésions internes, conclut Sage quand elle acheva la palpation. Il faut le ramener à la clinique pour un examen approfondi.

— Il va supporter le voyage ? s'inquiéta la femme. C'est un oiseau rare, vous savez.

— Oui, nous savons, assura Sage un peu sèchement après un long silence et un coup d'œil à Ethan.

Manifestement, il lui brûlait la langue de rétorquer à la femme qu'elle devrait enfermer ses chats.

Ils regagnèrent l'hélicoptère et le maire décolla dès qu'ils eurent bouclé leur ceinture. Ethan déposa avec soin l'oiseau sur la table pliante et prépara un bandage pendant que Sage sortait une seringue et un flacon d'antidouleur. Aucun des deux ne parlait, mais Ethan lisait sur le visage de Sage sa détermination à sauver la petite bête.

Après ce qu'elle lui avait révélé sur la plage, il comprenait les raisons de son amour profond pour les animaux et son besoin de se dévouer pour eux. Et il était prêt à tout mettre en œuvre pour lui faciliter la tâche. Ce qui impliquait de ne pas l'embrasser.

— Désolé, mais le vent commence à se lever, leur parvint dans la radio la voix du maire alors que Sage levait le bras, seringue en main.

— Ne bouge pas, mon bonhomme, murmura Ethan en immobilisant le diamant à bavette pendant que Sage, malgré les secousses, lui administrait un antidouleur.

L'oiseau respirait difficilement, il avait les yeux fermés et cherchait à peine à se débattre.

Ethan observa Sage et son visage crispé. Il se retint une nouvelle fois de lui dire que tout irait bien. Pourquoi mentir ? En vérité, l'état de l'oiseau empirait malgré leurs efforts.

— Ce chat l'a sacrément amoché, cria Sage.

Tous les deux regardaient la petite poitrine se soulever et s'abaisser de plus en plus faiblement, en dépit du masque à oxygène qu'Ethan avait posé sur son bec. Les mains de Sage se mirent à trembler légèrement.

— Allez, petit bonhomme ! encouragea Ethan en une incantation contre l'inévitable.

La vie était en train de quitter le petit corps.

Bientôt, Ethan ne sentit plus le battement de son cœur sous ses doigts. Sage laissa tomber ses épaules et serra les poings.

— Oh ! C'est pas vrai ! lâcha-t-elle avec un mélange de colère et de douleur sans regarder Ethan.

Ce dernier sentit sa gorge se nouer et quand il posa sa main sur l'épaule de Sage, il vit ses yeux verts luire d'une résignation qui le glaça. Ils avaient échoué. Ils n'avaient même pas réussi à arriver à la clinique.

— Je suis sincèrement désolé, Sage...

— Ses chances de survie étaient minimes, dit-elle en s'essuyant le front.

Le fatalisme de Sage éteignit toutes les étincelles qui s'étaient allumées en Ethan. Il avait déjà vu une centaine de fois des créatures innocentes mourir, leurs souffrances prendre fin en un apaisement souvent aussi bienvenu qu'éprouvant pour ceux qui restaient. Mais la mort de cet oiseau rare revêtait pour lui une signification personnelle indissociable de la femme à côté de lui et de la tragédie qu'elle avait vécue.

Sage annonça la nouvelle au maire tandis qu'Ethan enveloppait le frêle cadavre dans une serviette propre tout en observant Sage dont le langage corporel en disait plus long que des mots. Elle prenait incontestablement l'affaire personnellement.

— Tu as fait tout ce qu'il était possible de faire, Sage.

Au regard peu assuré qu'elle lui adressa, l'espace d'un instant Ethan crut voir les barrières qu'elle avait érigées autour d'elle vaciller, mais elle redressa bien vite les épaules et répondit d'une voix ferme :

— Parfois, ça ne suffit pas.

Un silence lourd et oppressant s'abattit de nouveau entre eux alors qu'ils amorçaient la descente vers Amber Creek. Lorsqu'ils atterrirent, sans attendre que les pales cessent de tourner, elle remercia le maire et sauta à terre, la serviette avec l'oiseau dans les mains, et se hâta vers la clinique.

Ethan s'apprêta à descendre lui aussi mais le maire le retint.

— Veillez sur elle, Ethan, OK ?

Ethan s'abstint de demander à Jarrah des précisions sur ses attentes. La façon de marcher ou le port de tête de Sage Dawson ainsi que ses silences en disaient beaucoup sur elle : elle avait beau faire bonne figure, elle était très éprouvée. Et le maire, qui la connaissait depuis plus longtemps que lui, le savait également.

— Elle se démène pour les animaux et nous voulons tous l'aider après ce qu'elle a vécu, dit ce dernier en regardant Ethan d'un air entendu.

Nul doute que, par l'intermédiaire d'Abigail à qui Sage avait certainement raconté leur presque baiser et leurs conversations, le maire savait qu'il s'était rapproché de Sage et qu'il était au courant de ce « qu'elle avait vécu ».

— Ne vous inquiétez pas, monsieur le maire. Je la garde à l'œil.

— Merci. Sortez-la, faites-la rire. Elle en a besoin.

— Entendu, monsieur le maire.

Il obéirait uniquement pour payer sa dette au maire et aussi dans l'intérêt de Sage.

En ce qui le concernait lui et étant donné ce qu'il commençait à ressentir pour elle, fréquenter Sage en dehors du travail relevait de la pure folie.

# 9

Sage fut tirée de sa lecture par des coups frappés à la fragile porte en bois de son bungalow. Elle n'attendait pourtant pas de visite. La pendule indiquait 20 h 06. Elle enleva de la couette l'assiette avec un toast à moitié mangé, corna la page de son livre et arrêta son vieux tourne-disque.

— Sage ? Ça va ?

La voix grave et un peu inquiète d'Ethan traversa la fine barrière.

Avant de s'installer pour lire, elle l'avait aperçu par la fenêtre dans le paddock. Avec l'aide de Billy, il avait enfin réussi à seller Storm mais elle s'était forcée à ne pas s'occuper d'eux. Les événements de la journée – un deuxième baiser non abouti, une mort inévitable – l'avaient laissée si abattue qu'elle n'avait qu'une envie : se terrer chez elle.

Elle se leva, trop précipitamment, pour lui ouvrir.

La lune jetait des ombres sur ses traits anguleux.

*Bon sang, Ethan ! Pourquoi es-tu aussi beau ? Et pourquoi t'ai-je dit qu'un baiser n'était pas une bonne idée ?*

— Que puis-je faire pour toi, Ethan ?

— Ça a été une rude journée, avoua-t-il avec un sourire las qui fit fondre Sage. Je boirais bien un verre. Pourquoi ne sortirions-nous pas quelque part histoire de nous changer les idées ?

Sage serra son livre contre sa poitrine, décontenancée par l'intensité de son regard bleu. Lui revint à l'esprit qu'il avait commencé à lui dire quelque chose à la clinique avant que le coup de téléphone ne l'interrompe. « Tu… » Comme s'il allait l'accuser de quelque chose. Elle en avait été toute retournée.

Impossible de nier qu'opérait entre eux une alchimie qui avait commencé à affecter sa faculté de concentration. Raison pour laquelle elle avait coupé net toute tentative de baiser dans l'hélicoptère. Pourquoi démarrer quelque chose d'impossible qui la laisserait en plus piteux état qu'elle n'était et avec une encore plus piètre opinion d'elle-même qu'elle n'avait déjà ?

Dire qu'il avait fait semblant de ne pas entendre ses explications !

— Je me préparais à rendre visite à des amis, dit-elle en s'effaçant pour le laisser entrer.

*Bien obligée…*

Ethan, avec sa large carrure, paraissait occuper tout l'espace du petit salon. Et quand son parfum arriva aux narines de Sage, elle retint à grand-peine un soupir de plaisir.

— Des amis ? ironisa-t-il.

— Oui, répondit-elle en levant les yeux au ciel.

Quoi ? Croyait-il qu'elle n'en avait pas d'autres qu'Abigail ? Cela dit, elle aurait effectivement grand besoin d'une vie sociale plus remplie.

— Tu peux venir, si tu veux, proposa-t-elle, regrettant son invitation en même temps qu'elle la lançait. Désolée pour le désordre, au fait.

Que pensait Ethan de son bungalow ? Trop rudimentaire ? Mal décoré avec ses meubles récupérés dans des brocantes ?

— Je n'appelle pas ça du désordre, répondit-il en jetant un coup d'œil à la collection de disques de Sage avant de s'installer dans un coin du canapé en cuir avec le livre qu'elle venait d'y poser. Tu aurais dû voir le chaos qui régnait chez Jacqueline à Noël dernier.

— Jacqueline ?

— Ma sœur. Mon neveu et ma nièce sont des petites terreurs. Kara a six ans et Jayson huit. Un jour, ils ont voulu vérifier que le ventilateur au plafond supportait leur poids et pouvait les aider à voler.

Sage haussa un sourcil et sourit. Elle se détendait !

— Heureusement, je les ai surpris au moment où ils empilaient les chaises sur la table. J'ai dû faire appel à tous mes talents de négociateur pour les ramener à la raison.

Il éclata d'un rire si plein d'amour et d'affection que Sage se sentit soudain plus légère.

Mais bien sûr ! comprit-elle brusquement. C'est dans ce but qu'il était venu ici.

Pour lui changer les idées. À cause du diamant à bavette. Ou par compassion maintenant qu'il savait comment ses parents étaient morts. La croyait-il donc incapable de surmonter par ses propres moyens une situation difficile ?

*Du calme ! Attention à ne pas monter sur tes grands chevaux.*

Elle était ballottée par tellement d'émotions contradictoires qu'elle ne savait plus quoi penser de cet homme. Mais elle ne pouvait revenir sur son invitation à l'accompagner chez ses amis et elle devrait en subir les conséquences. Tant pis pour elle.

— Je ne peux pas y aller avec ça aux pieds, dit-elle en traversant la pièce dans ses chaussons éculés – dont elle eut soudain affreusement honte – vers le coin où ses chaussures étaient entassées pêle-mêle.

— J'en ai une paire exactement pareille, observa Ethan. Incroyablement confortables.

Sage sourit et fondit un peu plus à la pensée qu'elle partageait quelque chose d'aussi quotidien avec cet homme. Pourtant, elle s'imaginait difficilement ce personnage aussi viril et actif traîner chez lui en chaussons et intervenir pour empêcher des gamins de se suspendre à un ventilateur.

En fait, elle venait tout juste d'apprendre qu'il avait une sœur, une nièce et un neveu. Il paraissait si solitaire, ne côtoyant que des chevaux au travail comme à l'extérieur, qu'elle avait cru que son père constituait sa seule famille. La facilité avec laquelle il était devenu la coqueluche des enfants d'Abigail aurait cependant dû lui mettre la puce à l'oreille.

Le ventre toujours noué malgré sa nouvelle bienveillance à l'égard d'Ethan, elle se pencha pour enfiler ses bottes et, en se redressant, elle le surprit en train de regarder une vieille photographie d'elle, avec son père et sa mère, près d'une piscine. Une énorme médaille pendait à son cou car elle venait de remporter le cent mètres et le cliché immortalisait la fierté de ses parents.

— J'avais neuf ans, dit-elle en le rejoignant.

De nouveau, il la scruta – voyait-il combien elle aurait voulu pouvoir remonter le temps ? – mais ne posa aucune question.

— Prête ? dit-il, brisant le silence qui s'étirait.

Elle ouvrit la porte et le laissa la précéder.

— Tu dois être un oncle génial, observa-t-elle comme l'air parfumé du soir les enveloppait.

— J'adore ces petits monstres, plaisanta-t-il, provoquant un éclat de rire chez Sage.

Il était décidément très doué pour dissiper les tensions quand il le voulait, songea-t-elle avec gratitude.

Et aussi pour lui faire oublier sa décision de se tenir éloignée de lui !

Le ciel tendait une toile couleur d'encre autour de la lune, lanterne solitaire au milieu des étoiles. Ils marchaient côte à côte sur le sentier qui serpentait derrière la clinique et Sage tentait d'ignorer la cavalcade de son cœur.

Elle aurait mis sa main à couper que le maire avait missionné Ethan pour qu'il veille sur elle. Et bêtement, elle l'avait invité à entrer. Mais difficile de le laisser à la porte. Il était tellement irrésistible et attentionné ! Dire qu'elle avait un jour pensé qu'il n'y avait que du vide derrière la façade et qu'il était juste bon à prendre la pose devant les caméras ! Or, plus elle apprenait à le connaître, plus elle s'apercevait que c'était un homme digne d'estime et un excellent vétérinaire.

*Arrête, Sage ! Ne t'emballe pas. Ethan est un collègue, point.*

Elle glissa un regard vers Ethan dont le beau profil se découpait sur le ciel et ressentit aussitôt cette force magnétique à présent familière qui lui nouait le ventre. Mais il n'essaierait pas de l'embrasser. Elle avait fait ce qu'il fallait pour l'en dissuader. De toute façon, il n'était passé la voir qu'à la requête du maire. Un rappel très dérangeant.

— Alors, où allons-nous ?

La question d'Ethan tomba à pic pour la tirer de ses ruminations.

— Tu verras, répondit-elle d'une voix lointaine.

Elle allait toujours seule à ce rendez-vous. Alors, pourquoi avait-elle proposé à Ethan de venir avec elle ? Parce qu'elle cherchait une aventure sans lendemain finalement ? Dans ce cas, qu'elle cesse de faire sa mijaurée et qu'elle se jette à son cou ! Pourquoi pas, en effet ? Malheureusement, même dans une liaison éphémère on pouvait s'attacher. Or elle savait qu'elle ne supporterait pas une seconde fois qu'un homme qu'elle admirait et qui éveillait incontestablement des sentiments amoureux chez elle s'évanouisse dans la nature.

Elle s'arrêta à quelques pas d'un arbre – « son » arbre – et se débarrassa de son sac à dos, les yeux levés vers les constellations au-dessus d'elle. Ethan refoula un sourire.

— Je croyais que tu devais voir des amis ?

— Oui, ils sont là, murmura-t-elle le doigt pointé vers le ciel.

Là-dessus, elle déplia sur le sol une couverture et se laissa tomber dessus. Puisque Ethan était là, autant lui révéler son secret.

— Cette étoile brillante, là, c'est Caroline, ma mère. Celle à côté c'est Anthony, mon père, et la petite qui scintille un peu différemment c'est Juni, mon berger australien.

Ethan était allongé à côté d'elle sans rien dire. Une présence muette qui la rassura et la déconcerta à la fois. Il devait la prendre pour une folle. Mais la question qu'il finit par poser lui prouva qu'elle se trompait.

— De quoi leur parles-tu ?

Pourquoi avait-elle eu si peur qu'il ne la juge ? Après tout, lui aussi avait perdu des êtres chers.

— De tout. Tu ne bavardes jamais avec les étoiles, toi ?

— Non, répondit-il dans un petit rire. Mais je vais peut-être m'y mettre. Elles ne te contredisent pas au moins, elles.

— Les animaux non plus.

— Et c'est pour cela que nous les aimons. Les animaux et les étoiles. Des êtres paisibles. Qui n'ergotent pas.

— Exactement.

Elle glissa un nouveau coup d'œil vers lui, vers sa mâchoire volontaire et sa barbe naissante qu'elle aimait de plus en plus. Il était bien plus que l'image que la télévision donnait à voir. Bien plus que ce à quoi elle s'était attendue quand il avait débarqué dans son jean et ses bottes, avec son charme ensorceleur. Avec elle, il se montrait à la fois ouvert et secret, tantôt lui révélant des parcelles de son histoire, tantôt se repliant sur lui-même pour se protéger. Comme elle, à bien y réfléchir.

Après ce qu'il avait vécu, il n'y avait rien d'étonnant à ce qu'il se méfie de l'alchimie entre eux. Mais il la ressentait lui aussi. Alors, pourquoi ne l'embrasserait-elle pas là, maintenant ? se répéta-t-elle.

*Non, Sage. Qu'est-ce qui te prend ?*

— Tu viens souvent ici ?

— Oui. Et toujours toute seule.

— Alors, merci de m'avoir présenté à ta famille.

Sage contemplait les corps célestes qu'elle avait attribués aux êtres qui lui étaient chers.

— Qu'est-il arrivé ce jour-là ? se lança Ethan d'une voix douce. Le jour du feu ?

*Et nous y voilà...*

La respiration de Sage devint saccadée. Tout son corps se contracta.

— J'aurais dû les aider...

Elle laissa sa voix en suspens, comme toujours oppressée par une culpabilité que la mort du diamant à bavette avait exacerbée aujourd'hui.

Elle hésitait. Si elle en disait trop, lui qui adorait les animaux prendrait ses jambes à son cou. Comme Bryce.

Ethan se redressa sur un coude pour la regarder. Comme il

semblait voir dans ses yeux la bataille qui se livrait en elle, elle s'apprêta à tout lui avouer… avant d'y renoncer aussitôt.

— Comment ça, tu aurais dû les aider ?

Elle serra les lèvres.

— Sage ?

— Nous avions monté notre tente dans le jardin, finit-elle par dire. Mon père adorait nous réunir tous les trois autour d'un feu de camp. Nous racontions des histoires, nous faisions griller des hot-dogs. À l'ancienne, en quelque sorte. Près de la nature et loin des écrans. À un moment, je suis retournée à la maison pour aller aux toilettes. Évidemment, j'en ai profité pour consulter mon téléphone et j'ai commencé à parler avec mes copines. Je n'ai pas vu le temps passer et quand je suis finalement sortie… Le vent avait dû changer de direction et… tout brûlait. Je n'avais pas remarqué en rentrant dans la maison que notre feu de camp commençait à sortir de la fosse que nous avions creusée.

Ethan continuait à la dévisager de ses yeux hypnotiques.

— Il s'était trop propagé pour que mes parents puissent le traverser. J'avais laissé mon téléphone dans la maison. J'aurais pu courir le chercher et appeler les secours mais j'étais paralysée.

— Tu n'étais qu'une gamine, dit-il en posant sa main doucement sur celle de Sage.

— Peut-être, soupira-t-elle, mais je n'étais pas débile. J'aurais pu intervenir. Au lieu de cela, j'ai laissé mes parents mourir. Le feu est devenu incontrôlable et tous ces malheureux animaux sauvages… Jamais je ne me le pardonnerai. Si je n'avais pas été aussi égoïste, si j'étais juste allée aux toilettes au lieu de désobéir en utilisant mon téléphone, je serais arrivée à temps pour…

— Sage !

Il se redressa complètement et lui prit les deux mains. Elle le regardait à travers un rideau de larmes. Elle revivait l'accident comme s'il s'était produit la veille. La mort de l'oiseau ravivait le traumatisme de son enfance, comprit Ethan.

— Tu n'es en rien responsable de ce qui s'est passé, Sage. Ne me dis pas que tu vis avec ce sentiment de culpabilité depuis ! Les incendies se propagent, c'est comme ça.

Sage se détourna, honteuse du raz-de-marée émotionnel qui déferlait dans sa poitrine et des larmes qui lui embuaient les yeux.

— Continue, ma chérie, la pressa-t-il tendrement en lui caressant le dos des mains de ses pouces.

— Tout le monde assure que je n'aurais rien pu faire, reconnut-elle dans des hoquets. Mais je les ai laissés tomber, je le sais. J'aurais dû m'apercevoir...

— Tu n'as laissé tomber personne, insista Ethan d'une voix à la fois ferme et compatissante. Tu n'étais qu'une petite fille.

Elle regarda les grosses mains rassurantes d'Ethan serrer les siennes. Réalisait-il seulement combien elle avait eu besoin de quelqu'un qui comprenne ? De quelqu'un à qui en parler en dehors d'Abigail ?

— Chaque jour, tu contribues à améliorer le monde, Sage. Ce n'est quand même pas négligeable. Et tu es un exemple pour moi. Regarde tout ce que tu as réalisé ici, pour les gens et pour les animaux. Et pour toi.

Sage s'agrippa aux doigts d'Ethan comme pour s'ancrer dans le présent, dans le soutien qu'il lui apportait. Brusquement, lui revint un mot prononcé par Ethan.

— Tu as dit « ma chérie » ?

Bryce aussi avait utilisé ce terme d'affection... avant de changer d'avis sur elle et de disparaître complètement de sa vie.

Ethan promenait sur son visage ses yeux bleus auxquels rien n'échappait. Elle avala sa salive. Il lui insufflait de la force. Il était toujours là. Il ne se levait pas pour partir.

— La dernière personne à qui j'ai raconté comment tant d'animaux étaient morts ne l'a pas supporté, se risqua-t-elle. C'était un homme, en fait. Il a rompu avec moi. Non, même pas, d'ailleurs. Il s'est littéralement volatilisé et depuis je n'ai aucune nouvelle.

Ethan secoua la tête d'un air grave et, après lui avoir étreint une dernière fois les doigts, s'allongea de nouveau sur le dos, les yeux sur la Croix du Sud.

— Qui te dit qu'il n'est pas parti pour une autre raison ?

Le cœur de Sage continuait à battre la chamade. Autant à cause de leur proximité physique que parce qu'il avait réussi à lui faire révéler tout ce qu'elle s'était promis de garder pour elle. Cet homme avait un don et pas uniquement avec les chevaux.

— Ce monsieur t'a-t-il clairement dit qu'il arrêtait tout avec toi à cause de la mort de ces animaux, une mort dont tu n'étais même pas responsable ? demanda-t-il en se tournant vers elle.

Sage ouvrit la bouche pour répondre mais, comme aucun mot ne sortait, elle la referma.

— Qui était-ce ?

— Bryce, finit-elle par répondre. Un Canadien que je fréquentais.

— Et Bryce a disparu juste après que tu lui as parlé de cette fameuse nuit ?

Sage hocha lentement la tête en se recroquevillant.

— Le lendemain matin, oui. Et à part moi, personne n'a compris pourquoi il avait quitté la réserve de koalas où nous travaillions. Il n'avait prévenu personne.

— J'ai entendu parler de cette réserve, dit Ethan sourcils froncés lorsque Sage lui en eut précisé le nom. Elle est connue pour ne pas payer les employés dépourvus de visa de travail qui réclament leur dû.

Sage se souvint alors que Bryce avait effectivement mentionné un jour qu'on ne lui avait pas versé l'argent qu'on lui avait promis alors pourtant qu'il avait effectué les tâches demandées. L'incident lui était sorti de la tête parce qu'elle avait eu d'autres préoccupations à l'époque.

Elle avait dû laisser ses pensées s'échapper pendant un bon moment car, quand elle reprit pied dans le présent, Ethan avait déjà changé de sujet. Il parlait des étoiles, d'Alpha du Centaure, de la nébuleuse de la Carène, de leur distance à la Terre... Sage embraya en évoquant entre autres le bras Sagittaire-Carène de la Voie lactée, à presque neuf mille années-lumière d'eux.

— Bon, si je comprends bien, ce n'est pas toi que je vais impressionner avec mes connaissances en astronomie, plaisanta Ethan.

— Tu peux toujours essayer.

Était-elle en train de flirter ? se demanda-t-elle. Comment en étaient-ils arrivés là après leur conversation sur la mort de ses parents ?

Ils continuèrent à discuter des étoiles, puis déviérent vers le cosmos, les extraterrestres et les liens compliqués qui existaient entre les êtres humains et entre eux et le monde. Elle en oublia complètement Bryce.

Ils étaient allongés côte à côte sur le sol, mais ils ne se touchaient pas. Pourtant, ils parcouraient le monde ensemble. Sage n'avait pas eu pareille conversation avec un homme depuis si longtemps ! Elle se serait satisfaite d'avoir Ethan comme simple ami… n'était le désir pour lui qui la consumait.

Deux heures s'étaient écoulées sans qu'ils s'en aperçoivent et tous deux furent pris de bâillements. Ethan la raccompagna jusqu'à son bungalow, la remercia de lui avoir permis de rencontrer ses amis – un vrai plaisir, assura-t-il. Sage s'attarda dans son regard bleu envoûtant jusqu'à ce qu'elle comprenne qu'il ne l'embrasserait pas. Il paraissait différent, comme s'il avait tiré un trait sur l'idée. Et de nouveau, elle se maudit de l'avoir repoussé dans l'hélicoptère.

— Bonne nuit, Sage, répéta-t-il.

*Je préférais quand tu m'appelais « ma chérie ».*

Mais elle ne dit rien et le laissa partir.

Elle entendit sa camionnette s'éloigner et elle soupira de dépit.

*Arrête de te raconter des histoires. Ethan ne pourra jamais être un simple ami.*

Jamais auparavant elle n'avait autant aspiré à avoir un homme dans sa vie. Mais elle devait faire une croix sur Ethan car il finirait par disparaître, lui aussi. Et il était hors de question qu'elle vive encore ce genre d'expérience, pour quelque raison que ce soit.

# 10

Dans un ronflement assourdissant, la camionnette filait à travers un paysage de broussailles et d'arbres rabougris. Sage, secouée par les cahots de la piste cabossée, s'agrippait au tableau de bord. À côté d'elle, Ethan conduisait, les mâchoires serrées de concentration. Un soleil impitoyable les éblouissait et les brûlait, même à travers le toit.

— C'est encore loin ? demanda-t-il nerveusement.

— Ce devrait être juste de l'autre côté de cette colline, répondit-elle les yeux sur les coordonnées indiquées sur son téléphone… qui n'affichait plus qu'une barre de réseau.

Ils avaient quitté la clinique en catastrophe après qu'une randonneuse les avait appelés pour les prévenir qu'un dingo était pris dans un piège et paraissait en piteux état. Elle-même ne pouvait pas rester parce qu'elle n'avait plus d'eau.

Malgré la situation, les pensées de Sage la ramenaient sans cesse à cette nuit sous les étoiles, la semaine précédente. Le week-end qui avait suivi, comme promis, Ethan l'avait aidée à installer le système d'irrigation dans son jardin et ils avaient bavardé tout en travaillant, mais en évitant soigneusement tout sujet profond ou personnel. Ce qui la minait.

Après leur nuit près de l'arbre – l'aurait-elle rêvée ? –, il semblait s'être de nouveau fermé. Peut-être, comme Bryce, la jugeait-il trop névrosée.

Les étoiles avaient été le seul témoin de leur conversation cette nuit-là et elle savait que le souvenir de la main vigoureuse et rassurante d'Ethan sur la sienne resterait à jamais gravé en elle, même si elle ne le voyait plus une fois que Storm serait guéri. Devrait-elle avoir honte de quasiment souhaiter que Storm ne se rétablisse jamais complètement pour qu'Ethan soit obligé de rester et ne se contente plus de lui tenir la main ?

— Là ! cria Ethan en écrasant la pédale de frein.

Quand ils sortirent de la camionnette, le silence du bush les accueillit comme l'aurait fait un être vivant.

— Oh ! Mon pauvre petit chou ! s'écria Sage en se précipitant vers le dingo, dans un bosquet d'acacias.

Sa fourrure était maculée de sang et de poussière et une de ses pattes arrière était prisonnière de la mâchoire d'un piège rouillé.

— Ne t'approche pas trop, avertit Ethan. Regarde ses yeux. Il a peur.

— Je sais, répondit-elle en avançant prudemment pendant qu'Ethan sortait la trousse de la camionnette.

Sans se laisser intimider par les grognements et les crocs aiguisés comme des rasoirs du dingo, Sage s'accroupit à côté de lui en lui murmurant des paroles apaisantes. Ethan demanda alors l'autorisation de tenter quelque chose. Elle commença par l'ignorer. Elle acceptait en effet toujours difficilement qu'il empiète sur son territoire en appliquant ses méthodes non conventionnelles qui s'avéraient pourtant plus efficaces que les siennes. Mais quand il s'en manqua de peu qu'elle se fasse mordre méchamment par le dingo, elle se recula et se résigna à lui passer le relais. Et sous ses yeux admiratifs et envieux, l'animal cessa de se débattre dès qu'Ethan posa les mains sur lui. Par précaution, il le munit malgré tout d'une muselière avant d'examiner sa patte.

Sage essayait, sans véritable succès, d'ignorer les bras et les jambes nus d'Ethan tout près d'elle. Le souvenir de la nuit sous les étoiles la harcelait. Elle pensait en particulier au doute qu'Ethan avait semé dans son esprit sur l'interprétation de la lâche fuite de Bryce. Et plus elle y réfléchissait, plus elle était persuadée que ce dernier n'avait pas été aussi épris d'elle qu'elle l'avait cru ou, en tout cas, qu'il ne l'avait pas aimée de la façon qu'elle espérait. Elle s'était probablement aveuglée et avait pris ce qui n'avait été pour lui qu'une simple aventure pour une histoire d'amour. Peu importe. Bryce avait disparu depuis longtemps. Maintenant c'est à Ethan qu'elle avait affaire. Pour un temps en tout cas.

Elle regrettait de ne pas l'avoir invité à entrer quand, en bon gentleman, il l'avait raccompagnée jusqu'à la porte de son bungalow. Si la chance s'offrait de nouveau, elle n'hésiterait pas et prendrait ce qui arriverait pour ce que c'était : un simple moment de plaisir. Et elle ne s'attacherait pas.

— Passe-moi les pinces coupantes, Sage, s'il te plaît.

Ethan, ses bras musclés luisant de sueur, s'acharna sur le mécanisme jusqu'à ce qu'il cède. Alors Sage et lui, avec des gestes doux et précis, entreprirent de libérer le dingo et bientôt Sage put ranger le piège dans la camionnette.

De retour près de l'animal, elle enduisit sa patte de teinture d'iode, sutura ses plaies avec du fil résorbable et lui fit une piqûre d'antibiotique, le tout sans qu'il essaie de l'attaquer. Comme s'il avait compris qu'elle cherchait à l'aider.

Sage n'avait pas besoin qu'Ethan lui exprime son admiration avec des mots – pour son travail en tout cas –, son regard suffisait. Et elle appréciait leur collaboration. Elle s'en voulait à présent d'avoir pesté contre sa venue et de ne pas avoir cru à ses méthodes. Des méthodes qui fonctionnaient pour lui et qui, par ricochet, fonctionnaient pour elle. Et il avait compris qu'elle considérait que tous les animaux sans distinction méritaient la même attention et les mêmes efforts pour leur porter secours.

Aujourd'hui qu'une nouvelle mission les rapprochait, pas seulement physiquement, l'air crépitait d'électricité. Sage s'autorisa à le regarder fugitivement et elle sentit son pouls s'accélérer en voyant la lumière du soleil danser sur son beau visage.

Depuis qu'Ethan avait jeté un nouvel éclairage sur le départ de

Bryce, Sage réfléchissait, pour trouver l'apaisement, à chercher les coordonnées de son ex et lui demander des explications.

Elle aurait préféré pouvoir se dispenser de cette démarche et tourner la page tout simplement. Mais chaque fois qu'elle essayait, son sentiment de culpabilité revenait à la charge et l'en empêchait. Même les paroles rassurantes d'Ethan ne la convainquaient pas qu'elle n'était pas responsable de la mort de ses parents. Non, décidément, elle ne voyait pas comment elle réussirait à dépasser ses remords. Ni comment elle pourrait continuer à vivre si elle perdait une autre personne qui lui était chère. C'était essentiellement pour cette dernière raison qu'elle tenait Ethan à distance.

Sur le conseil d'Ethan, elle recula lorsqu'il enleva la muselière puis, tandis qu'elle regardait le dingo s'éloigner en boitillant, une vague de fierté chassa momentanément toute autre pensée. Elle se tourna vers Ethan et, sans réfléchir, elle leva un bras et attendit qu'il lui frappe la main avec la sienne pour célébrer leur victoire. Il s'exécuta aussitôt... et leurs mains restèrent collées l'une à l'autre quelques instants.

— Beau travail, patronne !

— Pfff ! Je ne suis pas ta patronne ! C'est le maire qui te paie, rappelle-toi, ajouta-t-elle en se perdant un instant dans les profondeurs de ses yeux bleus.

— Cela te va bien d'être patronne, observa-t-il pensivement en l'invitant à retourner à la camionnette.

Mais elle savait qu'en fait il trouvait moins dangereux de la voir ainsi. Une sécurité illusoire.

Ils empruntèrent un itinéraire différent pour le retour, qui commença dans le silence. Sage s'intéressa au paysage derrière la vitre sans oublier pour autant qu'Ethan savait à présent tout sur la nuit de l'incendie, ce drame qui avait déterminé ce qu'elle était devenue. En revanche, elle ne savait quasiment rien de lui côté vie sentimentale. Outre le fait qu'ils habitaient à des milliers de kilomètres l'un de l'autre, peut-être était-ce tout bonnement trop tôt après Carrie pour qu'il s'estime en droit de se lancer dans une liaison avec elle. À moins qu'il ne soit encore amoureux de son ex, malgré sa trahison ?

Quoi qu'il en soit, il devenait impossible pour Sage de nier son attirance pour cet homme.

— Attention à...

L'avertissement de Sage arriva une seconde trop tard. Elle fut projetée vers l'avant et heureusement retenue par sa ceinture de sécurité au moment où la camionnette s'arrêta net, sa roue avant bloquée par un obstacle. Ethan, mâchoires serrées, tourna le volant dans tous les sens dans l'espoir de se dégager, mais ses efforts demeurèrent vains. Pire, chaque tentative semblait aggraver les choses. En jurant dans sa barbe, il mit la marche arrière. Aucun résultat.

— Laisse-moi essayer, dit Sage en détachant sa ceinture de sécurité.

Ils sortirent du véhicule et comprirent alors le problème : ils étaient prisonniers d'un réseau de racines qu'en toute autre circonstance ils auraient certainement admiré comme une impressionnante œuvre d'art sculptée par la nature. En l'occurrence cependant, ces racines formaient un piège dont ils ne savaient comment se dépêtrer.

Sage se mit au volant, stimulée par la poussée d'adrénaline qui accompagnait tout défi à relever. Le moteur rugit mais les racines tinrent bon.

— Tenaces ! pesta-t-elle.

— Comme quelqu'un que je connais, plaisanta Ethan par la vitre, les traits adoucis par une ébauche de sourire.

— Ah ah ! Très drôle ! rétorqua Sage avec une certaine agressivité.

En réalité, elle était charmée par la gaieté dans la voix d'Ethan. Il montrait rarement cette facette de lui, celle qu'elle avait découverte quand il avait parlé de sa sœur, de son neveu et de sa nièce cette fameuse nuit sous les étoiles. Et un peu plus tard, lorsqu'ils avaient discuté des extraterrestres et du cosmos, il avait révélé son côté philosophe, à des années-lumière de la star superficielle et parfois arrogante qui s'affichait à la télévision. Mais ces considérations ne les aidaient pas à se sortir de la situation présente.

— J'ai bien peur que nous ne soyons coincés ici pour un bout de temps, observa Ethan.

L'atmosphère se tendit de nouveau. Sage descendit de la camionnette et claqua rageusement la portière derrière elle. Son cerveau était en ébullition. Elle cherchait une solution tout en essayant de résister au flot d'énergie qui émanait d'Ethan. Elle le regarda nerveusement tandis que tous deux, chacun de son côté, tournaient autour du véhicule en inspectant une nouvelle fois le méli-mélo de racines.

Sage sortit son téléphone, le cœur battant.

— Toujours pas de réseau, répondit-elle au regard interrogateur d'Ethan.

Un sentiment d'isolement les enveloppa comme une seconde peau.

— Essayons de creuser autour du pneu, suggéra Ethan.

— Ça ne coûte rien, répondit Sage dans un haussement d'épaules désabusé.

Ils se mirent à l'œuvre. Sage, les mains couvertes de poussière rouge, les doigts douloureux, griffait le sol. À côté d'elle, Ethan enlevait la terre avec un morceau de bois. Le soleil impitoyable, même en fin d'après-midi, leur cuisait le dos.

— On y est presque, annonça Ethan avec une certitude farouche. Encore un petit effort.

Sage s'abstint d'exprimer ses doutes. Elle le regarda s'essuyer le front puis reprendre sa tâche, fascinée par ses muscles bandés sous sa chemise trempée de sueur.

Ce n'était vraiment pas le moment ! Mais comment s'en empêcher ?

— Prête ? demanda-t-il quand elle prit de nouveau place derrière le volant.

— Prête ! cria-t-elle en retour en réglant le rétroviseur pour le voir.

Arc-bouté contre le hayon de la camionnette, il poussa de toutes ses forces en implorant le monstre de métal d'avancer. La camionnette grogna sourdement en signe de protestation et bientôt elle bougea, une fois, deux fois... puis retomba dans sa prison. Dans un juron, Ethan donna un grand coup de pied vengeur dans la racine qui retenait la roue tandis que Sage consultait son téléphone.

— Toujours rien, annonça-t-elle gagnée par l'angoisse.

Un silence s'abattit, aggravé par le vaste paysage désert qui s'étendait à l'infini tout autour d'eux. À la pensée de passer la nuit ici, en pleine nature, coupés du monde, Sage se mit à frissonner malgré la chaleur ambiante.

— Quelqu'un va venir, assura Ethan. Et dans le cas contraire, ce pourrait être pire. Au moins nous avons une gourde d'eau.

— Et nos rations de survie, ajouta-t-elle, provoquant chez Ethan une grimace qui leur arracha un rire à tous les deux.

Sage soupira et s'accrocha à l'idée que « ça pourrait être pire », malgré le soleil qui allait bientôt disparaître et le peu d'espoir que quelqu'un se soit déjà aperçu de leur absence et soit en route pour leur porter secours.

La silhouette d'Ethan se découpait sur le ciel dans la lumière déclinante.

— J'ai ramassé du bois mais nous ne sommes pas obligés de faire un feu, tu sais, lança-t-il à Sage par-dessus son épaule.

Si seulement elle pouvait être animée du même optimisme et de la même énergie que lui ! se lamenta intérieurement Sage. Mais objectivement, la situation ne s'y prêtait pas : ils étaient bloqués là depuis déjà plus d'une heure et demie, sans réseau, elle avait chaud et elle était épuisée.

— Tu vas éloigner les animaux sauvages à mains nues, peut-être ? répliqua-t-elle.

En guise de réponse, il lui montra ses biceps. Il avait voulu la dérider bien sûr, mais au lieu de cela il déclencha un envol de papillons dans son ventre. Il n'avait décidément pas la moindre idée de l'effet que sa force, son physique et ses talents, sans parler de ses yeux, pouvaient produire chez une femme.

— Sérieusement, reprit-il en ajoutant du bois à la pile. J'ai vu ton affiche « flamme interdite » à la clinique et j'en comprends la raison à présent.

— Je gère, je t'assure, s'empressa de répondre Sage en ramassant quelques petites branches pour apporter sa contribution.

Elle ne pouvait plus laisser ses peurs la contrôler. D'autant plus que c'était sa faute à elle s'ils se trouvaient dans ce pétrin. La radio et les habitants avaient alerté sur le développement anarchique du système racinaire causé par la sécheresse. Mais entre le dingo et Ethan qui accaparait ses pensées, ces mises en garde lui étaient sorties de la tête.

Ethan alla chercher le briquet dans la camionnette et alluma les premières étincelles de vie. Sage s'obligea à ne pas reculer et même à s'approcher un peu. Il lui jeta un coup d'œil interrogateur et d'un hochement de tête elle lui indiqua de poursuivre. Mais heureusement qu'il était là ! Toute seule, elle aurait préféré mourir de peur plutôt que de faire un feu.

Le crépuscule avait à présent cédé la place à la nuit et les flammes ondulaient vers le ciel et les étoiles. Ils avaient sorti de la camionnette leurs sacs et deux serviettes en guise de tapis de sol.

— Je tuerais pour une assiette de pâtes, dit Ethan en écrasant le sachet vide de la ration de survie qu'il venait d'engloutir.

— Tu cuisines bien ? l'interrogea Sage avec curiosité.

— Oui. Je sais réchauffer des trucs dans une casserole, enfourner une pizza, faire bouillir de l'eau dans un micro-ondes... C'est bien ce que tu appelles cuisiner, n'est-ce pas ? s'esclaffa-t-il.

Ils se mirent à parler de leurs plats préférés et Sage se surprit à l'imaginer dans un tablier aux motifs ridicules dans une jolie cuisine inondée de soleil. Elle s'y trouvait elle aussi en train de faire mijoter un plat sur la gazinière. Il arrivait derrière elle, lui enlaçait la taille, frottait son nez sur sa nuque...

*Ça suffit !*

Quand Ethan lui tendit la gourde, leurs doigts s'effleurèrent. Vite ! Elle s'employa à arranger la serviette sous elle et se mit à réfléchir à la façon d'organiser concrètement la nuit plutôt que de s'attarder sur ce contact électrisant ou sur son envie de dormir blottie contre lui.

— Le feu est agréable, observa-t-elle sans réfléchir au beau milieu d'une discussion sur leurs restaurants favoris, lui à Brisbane, elle essentiellement à Perth.

Ethan la regarda et lui sourit.

Le profond silence autour d'eux se peupla de pensées muettes à la seconde où ils arrêtèrent de parler. Sage, les genoux pliés entre ses bras pour se protéger de la fraîcheur nocturne, regardait les ombres qui dansaient sur les joues d'Ethan et ses muscles rouler sous sa chemise quand il porta la gourde à ses lèvres.

— Il faut que j'aille aux toilettes, annonça-t-elle en se levant.

— Tu veux que je t'accompagne ? demanda-t-il en se redressant.

— Merci, je vais me débrouiller, pouffa-t-elle.

— Prends au moins ton téléphone pour t'éclairer.

— OK.

Dès qu'elle s'éloigna, la nuit noire l'engloutit. Elle avança sans faire de bruit jusqu'à la rangée d'arbres la plus proche et s'accroupit. Alors qu'elle vidait sa vessie, un mouvement sur le sol attira son attention. Le cœur battant, elle tourna la tête lentement et promena le faisceau de sa torche autour d'elle. Et brusquement, elle se figea. À deux mètres d'elle tout au plus, un serpent était lové dans les broussailles. Il était difficile d'évaluer sa taille mais ses écailles qui luisaient dans la lumière révélaient un mélange de noir et de rouge foncé. Un serpent à ventre rouge ! Très dangereux.

Sage s'arrêta de respirer. Et comme elle commençait à prendre vraiment conscience de la situation, le reptile se mit à bouger. Elle étouffa un cri et s'enjoignit de garder son sang-froid.

En évitant tout geste brusque, elle se mit lentement debout, son cœur affolé comme un oiseau pris dans un filet.

*Pas de panique. Du calme. Du calme.*

Elle faisait défiler à toute allure dans sa tête les différentes options qui s'offraient à elle, quand Ethan apparut de derrière un arbre. Elle sursauta et se reboutonna maladroitement, ses yeux faisant des allers-retours entre lui et le serpent ou plus exactement entre Ethan et le lieu où s'était tapi le serpent. Car elle ne le voyait plus. Il s'était déplacé.

— Ethan...

— Excuse-moi, Sage, mais tu t'es absentée depuis si longtemps que je m'inquiétais.

Il voulut s'approcher mais elle l'arrêta.

— Serpent, dit-elle entre ses dents.

Il s'immobilisa lui aussi.

— Où ça ?

— Il était juste là ! répondit-elle en pointant son index vers les buissons.

— Je ne le vois pas. Tu as dû lui faire peur et il s'est enfui.

À la lumière de leurs téléphones, ils gagnèrent leur bivouac. Le feu flambait à présent et son crépitement était presque assourdissant dans le silence de la nuit. Loin de se reculer, Sage se laissa tomber par terre juste à côté, soulagée que les flammes tiennent à distance les animaux sauvages. Le visage d'Ethan s'était durci et il s'assit à côté d'elle, plus près que tout à l'heure. Il était sur le qui-vive. De toute évidence, il s'était attribué le rôle de sentinelle et, pour une fois, Sage décida de le laisser la protéger.

Ethan ne dit rien pendant un long moment, les yeux perdus sur le feu. Puis, soudain, il se tourna vers Sage et demanda à brûle-pourpoint :

— Ce Bryce, c'était sérieux avec lui ?

# 11

Les yeux rivés sur Sage, Ethan attendait sa réponse. Il s'en voulait un peu de lui avoir posé une question aussi personnelle mais, à présent qu'il connaissait les circonstances de la mort de ses parents, il cherchait à reconstituer le puzzle. La culpabilité qui la torturait, à tort, depuis cette nuit-là avait profondément affecté sa vie et en particulier sa vie affective. Ainsi, elle s'était convaincue que Bryce l'avait quittée à cause de son comportement pendant le feu de brousse.

— C'était une amourette, je suppose, finit-elle par dire du bout des lèvres en se tortillant nerveusement sur ce qui leur servait de tapis.

— Et elle a duré combien de temps ?

— Qu'est-ce que ça peut te faire ? lâcha-t-elle en enfonçant un bâton dans le sable entre ses pieds.

Il hocha silencieusement la tête. Il avait bien cherché cette rebuffade !

— Tu as raison. Cela ne me regarde pas.

— Juste quelques mois, soupira-t-elle. Et avec du recul, je vois bien que ce n'était pas sérieux. En fait, je suis comme toi. Les relations sentimentales ce n'est pas mon truc.

— Vraiment ? s'étonna-t-il dans un sourire ironique.

— Je suis assez douée pour torpiller mon bonheur, au cas où tu ne l'aurais pas remarqué, lança-t-elle d'un ton acerbe en redressant les épaules. Je suis persuadée que...

— Que tu ne mérites l'attention ou l'amour de personne. Ce qui est faux. Je te l'ai déjà dit mais je le répète : tu n'es pas responsable de la mort de tes parents. J'espère vraiment que tu le sais.

Elle pinça les lèvres et ne répondit pas.

— Tu n'étais qu'une gamine, Sage. Franchement, reprocherais-tu encore aujourd'hui à quelqu'un d'autre que toi ce qui est arrivé quand il avait dix ans ? Tu en as trente-cinq, c'est ça ? J'ai vu ton permis de conduire.

Quelqu'un lui rappelait-il de temps en temps cette évidence ? s'interrogea-t-il devant la sidération puis la perplexité de Sage. Ou même parlait-elle à quelqu'un en dehors d'Abigail ?

Au lieu de protester comme il s'y était attendu, elle jeta son bâton dans le feu et revint au sujet initial, plus facile.

— Je ne suis pas sûre d'avoir jamais été amoureuse de Bryce. Je ne crois pas avoir jamais été amoureuse tout court, en fait.

Il ne demanda pas pourquoi parce qu'il le devinait. Le syndrome du survivant et la peur de s'attacher à quelqu'un et de le perdre comme elle avait perdu ses parents avaient conditionné toute sa vie. De la même façon que, de son côté à lui, la perte de sa mère, de Cam et de Carrie avait conditionné la sienne.

— Plus j'y pense, plus je suis certaine de ne jamais l'avoir été, poursuivit-elle. En tout cas, je n'ai jamais voulu épouser qui que ce soit.

Sa voix s'enroua brusquement et elle se mit à triturer le bord de la serviette. Ethan, lui, fixait les flammes. Et un nouveau silence pesant s'installa qu'Ethan finit par briser, décidant de se risquer sur un terrain miné.

— J'ai demandé sa main à Carrie parce que ça n'allait pas très bien entre nous depuis un certain temps. Oui, je sais, ça paraît absurde. Simplement, je pensais que cela nous réunirait, car le mariage avait toujours fait partie de nos projets. Bref. Les fiançailles se sont éternisées. Quatre ans...

— Quoi ? Quatre ans ?

— En fait, nous nous sommes fiancés au bout de trois ans mais nous n'arrivions pas à nous mettre d'accord sur une date pour passer devant le maire, expliqua-t-il, conscient du ridicule de l'histoire. Avec le recul, je me dis que nous ne le souhaitions plus, ni l'un ni l'autre, depuis pas mal de temps. Carrie avait même arrêté de porter sa bague. Notre relation a commencé à se dégrader quand Carrie a perdu tout intérêt pour ce qui constituait ma vie, c'est-à-dire mes chevaux, ma famille, mon domaine. En d'autres termes, tout ce qu'elle avait aimé chez moi ou en tout cas prétendu aimer. Et puis ma mère est morte. J'ai dû m'occuper de mon père et je suppose que ça a probablement été la goutte d'eau qui a fait déborder le vase. Je ne me suis aperçu de rien. J'avais laissé mon chagrin prendre le pas sur tout le reste et je n'ai même pas remarqué que nous nous éloignions l'un de l'autre. Jusqu'à ce qu'elle s'en aille carrément.

Le fait de raconter cette partie de sa vie à Sage, qui l'avait écouté attentivement, sans l'interrompre, agissait comme une thérapie. Seule Jacqueline avait été au courant jusque-là.

— Comment as-tu découvert sa liaison avec Cam ?

Le regard toujours perdu sur le feu, Ethan se crispa. Mais il se rappela que le manque de communication avait signé la mort de sa relation avec Carrie.

— J'avais réservé un hôtel sur la plage pour l'anniversaire de Cam, se résolut-il à répondre. Comme chacun le faisait tous les ans pour l'autre. Une soirée entre garçons. Pêche, moto, surf... Cette année-là, Carrie avait insisté pour venir. Beaucoup insisté. Alors que nous allions passer à table pour le dîner, un chat s'est fait écraser juste devant l'hôtel. Je suis sorti voir si je pouvais aider et quand je suis revenu il n'y avait plus personne dans la salle du restaurant. Ni au bar. J'ai trouvé un peu bizarre qu'ils ne m'aient pas attendu, mais sans plus. Je suis monté à la suite que j'avais réservée pour Carrie et moi et, au moment où je m'apprêtais à entrer, je les ai entendus parler tous les deux.

Sage lui toucha le bras avec douceur, son regard affectueusement interrogateur.

— C'est bon, ça n'a aucune importance, assura-t-il dans une espèce de grondement sourd.

Et c'était vrai. D'autant plus qu'il n'allait pas lui relater en détail la conversation qu'il avait surprise, au cours de laquelle Cam et Carrie avaient évoqué son « truc bizarre avec les chevaux », où Carrie avait expliqué qu'elle avait sans arrêt repoussé la date de leur mariage parce qu'elle n'avait pas eu le cœur de rompre alors qu'il venait de perdre sa mère. Il ne lui dirait pas non plus qu'il les avait entendus s'embrasser.

— J'ai eu la preuve qu'elle allait me quitter, se contenta-t-il de conclure.

— Qu'as-tu fait ?

— Sur le coup, rien.

Il attisa les braises avec un bâton avant de reprendre :

— Je suis allé sur la plage pour m'aérer la tête et c'est là que Cam m'a trouvé. Quand j'ai voulu m'expliquer avec lui, il m'a accusé d'être responsable de la situation parce que j'avais négligé Carrie. Là-dessus, il avait raison. Elle s'était donc rapprochée de lui. Il était tombé amoureux d'elle et il n'avait pas pu lutter. Ensuite, je suis allé voir Carrie. Elle était en colère… mais surtout parce que je les avais découverts, je crois. Elle m'a annoncé qu'elle ne m'aimait plus. Qu'elle avait essayé mais que je n'étais plus le même homme. Et voilà. C'est aussi simple que ça.

— Sept ans passés ensemble… Ça ne me paraît pas simple.

Sage paraissait furieuse pour lui et la solidarité qu'elle lui témoignait la lui rendait encore plus séduisante.

— Comment pouvais-tu être la même personne après avoir perdu ta mère ?

— Je vais bien, s'empressa-t-il de dire. De toute façon, vu mon métier et vu le sien, notre relation n'était pas viable. Carrie était actrice et elle était en permanence entre deux villes, entre une fête et une répétition ou une soirée jusque tard dans la nuit. Moi, je me suis toujours consacré corps et âme à mon domaine, à réaliser les rêves de ma mère et à veiller à ce que mon père ne se sente jamais seul.

— C'est-à-dire à ce que tu aimes et à ce pour quoi tu es fait.

Ethan promena ses yeux sur les lèvres de Sage, surpris de lui raconter ce qu'il avait gardé pour lui jusque-là et de constater qu'il se rappelait à peine le visage de Carrie.

— Ces gens-là ne sont pas comme nous. Ni toi ni moi ne sommes de la ville, Sage.

— C'est exact. Il y a beaucoup trop de monde dans les villes.

— Et tu ne peux pas voir tes amis avec la pollution lumineuse.

— Mes amis ?

Il montra le ciel du doigt et elle sourit.

— Je mentirais si je prétendais ne pas aimer les endroits isolés et tranquilles, observa Ethan, rompant un silence détendu à présent. Cela dit, pour ce soir, j'aurais prévu un vrai dîner si j'avais su que nous resterions ici aussi longtemps.

— C'est une invitation ? demanda Sage sans se départir de son sourire.

Leurs regards s'accrochèrent l'un à l'autre et tous deux sentirent que le lien entre eux se renforçait et se resserrait. Ils se comprenaient. Il existait entre eux une complicité qu'Ethan n'avait connue avec personne depuis bien longtemps. À part avec les chevaux.

— Elle ne saura jamais ce qu'elle rate, tu sais, Ethan.

La voix de Sage était empreinte d'une compassion et d'un désir qui embrasèrent Ethan. Grâce à Sage, il s'était libéré de la douleur que lui avaient causée Carrie et Cam. Et maintenant...

Il tendit timidement le bras vers Sage et elle entrecroisa ses doigts avec les siens. Il se pencha alors vers elle, lentement, pour lui donner éventuellement la possibilité de le repousser.

Ce fut d'abord un baiser léger, presque retenu, qui s'approfondit bien vite en même temps qu'ils lâchaient tous les deux prise. Ethan entendait le sang battre dans ses oreilles et, comme il s'imprégnait de la saveur délicieuse de Sage, il laissa échapper un gémissement. Saisissant ce signal, Sage s'assit à califourchon sur ses cuisses et commença à se balancer d'une façon si excitante qu'il perdit toute capacité à penser. Et pendant ce temps, leurs langues s'étaient lancées dans une danse enfiévrée.

— Sage, s'entendit-il appeler dans un souffle avant qu'elle ne le bâillonne de ses lèvres.

Elle promena ses mains sur la poitrine d'Ethan puis remonta jusqu'à son cou qu'elle entoura fermement pour un autre baiser fougueux.

— Tu as un goût de ration de survie, dit-elle quand elle s'écarta le temps de reprendre son souffle.

Elle sourit contre sa bouche avant d'y glisser de nouveau sa langue. Leurs corps bougeaient à l'unisson. Il se perdait en elle, elle se perdait en lui et l'écorce de l'arbre qui labourait le dos d'Ethan tandis que Sage se déhanchait sur lui ajoutait à l'intensité du moment. Comme si la nature les encourageait à poursuivre leurs ébats. Il poussa un nouveau gémissement. D'impatience cette fois.

Il se laissa tomber sur le dos, entraînant Sage avec lui, sans cesser de l'embrasser. Il était totalement enivré par la saveur de Sage, par sa peau, par ses caresses, par la chaleur des flammes, par le chant des criquets. Au point qu'il ne se rappelait pas avoir jamais vécu une expérience comparable. Cette femme était taillée dans une étoffe différente de celle de ses congénères. Il l'avait senti dès le jour de leur rencontre.

Mais était-ce vraiment une bonne idée de s'abandonner à leur désir ?

— Ethan, souffla Sage contre ses lèvres.

Aussitôt Ethan ne pensa plus qu'à elle.

*Profite du moment*, s'enjoignit-il en effleurant du bout des doigts la courbe des hanches de Sage, le pourtour de son nombril... Les tressaillements qu'il sentit alors la parcourir l'enflammèrent irrésistiblement.

Sage se consumait de désir. Ethan s'emparait de sa bouche encore et encore, entraînant sa langue dans une valse endiablée avec la sienne comme s'il cherchait à étouffer la petite voix tentée de lui conseiller d'arrêter. Comme s'il considérait déjà Sage comme sienne. Ses grandes mains vigoureuses lui prodiguaient des caresses si merveilleuses qu'elle frissonnait malgré le feu. Elle prononça son nom dans un hoquet, ferma les yeux et laissa ses sens réduire son cerveau au silence.

*Arrête de t'inquiéter. Profite de l'instant présent !*

Jamais elle ne s'était sentie aussi vivante.

*Lâche prise. Abandonne-toi à ses caresses si douces, si tendres...*

Ils avaient roulé l'un sur l'autre, repoussant les serviettes loin d'eux, et Sage sentait les racines s'enfoncer dans sa chair comme si elles cherchaient à la retenir ici elle aussi.

Appuyé sur ses coudes, Ethan s'arc-boutait contre elle, imprimant le même mouvement à leurs deux corps.

Au moindre petit contact, au moindre petit baiser, elle se sentait un peu plus proche de lui, un peu plus connectée à lui alors qu'il ne l'avait même pas encore pénétrée.

— Tu es sûre que c'est ce que tu veux ? murmura Ethan, son haleine chaude contre le cou de Sage.

*Oui, oui, oui ! N'arrête jamais !*

Mais sa réponse audible se perdit quand Ethan promena ses lèvres sur son cou en un effleurement d'une sensualité inouïe. Elle se mit à trembler à l'extérieur comme à l'intérieur.

Les baisers d'Ethan se firent plus passionnés, plus intenses, plus conquérants. Il la cloua entre ses cuisses et laissa ses doigts errer le long de sa clavicule, puis le long de son dos jusqu'au creux de ses reins avant de remonter en sens inverse.

Elle se délecta de la vue de sa poitrine quand il se débarrassa de sa chemise puis, toujours emprisonnée entre ses cuisses comme un animal pris au piège, elle se cambra sous lui, le laissant déboutonner lentement son corsage puis déposer une traînée de baisers sur sa peau nue.

Jamais elle n'avait éprouvé cette sensation extraordinaire de partager un même désir dévorant.

Il s'écarta et, le regard toujours brûlant, la scruta, à la recherche d'une éventuelle hésitation sur son visage.

Elle confirma son accord avec ses yeux, avec ses mains et avec un autre baiser ardent, scellant ainsi un pacte entre leurs âmes. Apparemment convaincu par son consentement muet, Ethan baissa lentement le short de Sage. À chaque caresse de son pouce sur sa peau nue, à chacun de ses gémissements, elle se sentait plus femme qu'elle ne l'avait été depuis… ? Depuis quand ? Difficile de s'en souvenir. Le sexe bandé d'Ethan se pressait avec insistance contre sa cuisse. Elle approcha la main de son caleçon…

Mais Ethan l'arrêta, roula sur le côté et s'assit. Le cœur de Sage cognait contre ses côtes comme si un camion avait pilé et s'était arrêté une milliseconde avant de la heurter.

— Que se passe-t-il ? demanda-t-elle en s'asseyant à côté de lui.

Elle se sentait plus vulnérable que jamais auparavant et pas seulement physiquement. Elle s'était évadée dans un monde enchanté et enivrant alors qu'ils n'étaient pourtant pas encore allés jusqu'au bout. Quel paroxysme de plaisir annonçaient pareils préliminaires !

Ethan la regarda avec une expression de regret qui la déconcerta.

— Nous ne devrions pas, marmonna-t-il. Pas maintenant.

— Quoi ? Pourquoi ?

— Je n'ai pas de préservatif, prétexta-t-il en rattachant ses cheveux qui s'étaient libérés dans le feu de la passion.

— J'ai un stérilet, dit-elle sèchement, profondément humiliée.

Pour qui la prenait-il ? Comment pouvait-il penser qu'elle accepterait de faire l'amour sans un moyen de contraception ?

— Je suis désolé. Je ne sais pas ce qui m'a pris. Tu n'y es pour rien, OK ? Je me suis emballé mais ce n'est pas juste pour toi.

Sage n'en croyait toujours pas ses oreilles. Pas juste pour elle ? En fait, il venait tout bonnement de la rejeter.

Elle en resta pantoise. Son cœur à elle ne pouvait pas faire marche arrière aussi rapidement.

Probablement parce qu'il devina sa confusion et sa déception, il lui prit la main et lui embrassa tendrement la paume en lui caressant la joue d'une façon qui coupa le souffle à Sage.

— Ne crois surtout pas que tu ne me plais pas, Sage. Je te désire plus que tu ne l'imagines.

*Mais ?*

Il se débattait avec des émotions dont il ne parlerait pas, comprit-elle devant les traits soudain tourmentés d'Ethan. Était-ce trop tôt après Carrie ? Carrie, avec qui il était resté sept ans. Comment ne pas envisager cette possibilité ? Mais elle ne la mentionnerait pas.

Comme Ethan secouait la tête pensivement, elle ne put se retenir. Elle le prit dans ses bras et l'embrassa. Il répondit à son baiser. Toute trace d'incertitude se dissipa alors et elle se fondit de nouveau contre lui.

Bon, d'accord, ils n'étaient pas obligés de coucher ensemble maintenant. C'était probablement plus sage avec ce serpent qui rôdait et Dieu sait quelles autres bestioles dangereuses. Mais quand ils seraient rentrés chez elle, elle n'accepterait aucune excuse. Ils termineraient ce qu'ils avaient commencé. Hors de question qu'elle reste sur sa faim après des préliminaires aussi prometteurs, s'amusa-t-elle à part elle.

Elle s'allongea et roula sur elle-même, dos à Ethan qui l'entoura d'un bras protecteur par-dessus l'une des serviettes dont il les avait couverts. Une sorte de bouclier contre la nuit, songea Sage. Et contre tout ce qui l'avait emprisonnée jusque-là dans une bulle d'autodéfense et de déni. Pourquoi s'était-elle privée de ce droit à se sentir femme, même temporairement ?

Elle ne devait cependant pas oublier le traumatisme que Carrie avait infligé à Ethan. Elle n'en revenait toujours pas qu'il ait partagé avec elle ses souvenirs pénibles et qu'il soit là, à la serrer contre lui d'une façon qui ne la laissait pas douter de son désir pour elle. Peut-être était-elle la seule et unique personne qui avait réussi à faire émerger au grand jour une facette inconnue d'Ethan ?

En souriant à cette pensée, elle se pelotonna contre lui. La chaleur de son corps qui l'enveloppait, son cœur qui battait régulièrement contre son dos, les parfums de la nature qui se mélangeaient à sa délicieuse odeur de sueur... Tout cela suffisait pour le moment.

*Ah ! Si cette nuit pouvait durer éternellement !*

— Sage ! Réveille-toi !

La voix d'Ethan pénétra brutalement dans son rêve. Elle ouvrit laborieusement les yeux. Les premières lueurs du jour s'insinuaient entre les arbres derrière Ethan. À quatre pattes, il ramassait ses vêtements en toute hâte. C'est alors que le bruit lointain d'un moteur lui parvint aux oreilles. Combien de temps avait-elle dormi ?

— Dépêche-toi, la pressa-t-il en riant quand il lui lança son short.

Le ronflement du moteur se rapprochait. Dans sa précipitation, Sage dut s'y prendre à deux fois avant de boutonner correctement son chemisier.

— Je crois que du secours arrive, dit Ethan en pliant à la va-vite les serviettes.

Puis, avec beaucoup plus de soin, il dispersa les restes de leur feu.

Il avait laissé sa chemise ouverte et Sage, bien réveillée à présent, admirait ses tablettes de chocolat et ne pensait qu'à l'embrasser de nouveau.

# 12

Sage reconnut instantanément le vieux pick-up poussiéreux qui apparut sur la crête de la colline : celui d'Abigail et du maire !

Avec lui, le couple avait tellement sillonné le bush qu'il en connaissait la moindre route, la moindre piste sur des kilomètres à la ronde.

Bientôt le véhicule atteignit le campement. Abigail, vêtue d'une robe d'été bleu foncé et chaussée d'énormes lunettes de soleil qui cachaient ses beaux yeux expressifs, en descendit, suivie par son mari. Quand tout le monde se fut salué, le maire évalua rapidement la situation et commença à sortir des outils. Étonnamment, l'arrivée de son amie n'arrêta pas le maelström d'émotions qui emportait Sage. Elle s'obligea donc à fermer les yeux et à respirer profondément dans l'espoir de recouvrer un peu de sérénité.

Abigail l'entraîna à l'écart.

— Je parie que tu l'as fait exprès pour être seule avec lui, accusa-t-elle avec un sourire malicieux.

— Bien sûr que non ! s'insurgea un peu trop vivement Sage.

Puis, se reprenant, elle avoua dans un soupir :

— Je suis dans un sacré pétrin.

— Auriez-vous commis l'irréparable, mademoiselle Dawson ? interrogea Abigail en la gratifiant d'un coup d'épaule amical.

— Pas tout à fait, mais presque.

— Comme je te comprends ! s'exclama Abigail, feignant la pâmoison. Franchement, a-t-on jamais vu pareil adonis ? J'aime mon mari, mais un tel physique devrait être puni par la loi. Regarde-moi ces bras ! Ces abdominaux !

Sage hocha simplement la tête. Que pouvait-elle répondre ? Elle était encore pleine de la chaleur d'Ethan, des battements rassurants de son cœur, de tout ce qu'ils avaient partagé dans le silence de la nuit. La perspective de perdre ce lien si vite après l'avoir découvert l'anéantissait. Et, malgré elle, cette crainte gâchait le bonheur d'avoir passé la nuit dans ses bras. Avec ou sans sexe. L'intimité de leurs ébats, leur vulnérabilité partagée, tout avait été si parfait, si réel ! Mais elle avait l'impression que ce qu'ils venaient de vivre lui filait déjà entre les doigts. S'il jugeait que ce n'était pas juste pour elle qu'ils couchent ensemble, c'est qu'il aimait encore Carrie. Quelle autre explication ?

— Quelque chose te mine, Sage, je le vois.

— Il n'a pas voulu… Il n'a pas voulu aller jusqu'au bout avec moi, bredouilla-t-elle en plissant le nez.

— Enfin, Sage, regarde où tu te trouves ! Ce n'était probablement ni le moment ni le lieu. Et lui aussi est peut-être torturé par des souvenirs. Je n'ai pas raison ?

*Dans le mille, Abigail !*

— Tu me promets de le garder pour toi, Abigail ?

Abigail n'eut pas le temps de répondre. Un cri de joie des hommes annonça le succès de l'opération. L'aventure était terminée. Sage pouvait enfin rentrer chez elle et prendre une douche. Avec ou sans Ethan…

Sous un soleil matinal déjà brûlant, Sage et Ethan déchargèrent la camionnette pendant qu'Abigail se précipitait aux toilettes et que le maire allait rendre visite à Storm dans l'écurie.

— J'espère pouvoir le seller de nouveau et montrer ses progrès au maire, dit Ethan dont la main frôla accidentellement celle de Sage.

Une traînée d'étincelles se propagea aussitôt dans le bras de cette dernière qui serra la gourde fraîche contre elle et s'adossa à la camionnette.

— Ça va ? demanda Ethan en la scrutant de ses yeux bleu océan.

— Pourquoi ça n'irait pas ? rétorqua-t-elle en coinçant une mèche de cheveux derrière son oreille.

Les souvenirs de la nuit lui collaient à la peau davantage que la poussière à ses chaussures, et plus Ethan la regardait plus elle perdait ses capacités à réfléchir.

Sans la quitter des yeux, Ethan lui prit la gourde des mains.

— Tu n'as pas décroché un mot de tout le trajet. Si je suis allé trop loin...

— C'est ce que j'attendais, Ethan. Que tu ailles trop loin, je veux dire. Je croyais avoir été très claire à ce sujet.

Une fois de plus, elle avait parlé trop vite. Elle vit les yeux d'Ethan s'agrandir puis se plisser en se chargeant de questions.

*Oh génial ! Maintenant, il va te prendre pour une nymphomane. Très séduisant ! Bravo !*

— Je suis désolé si je me suis comporté bizarrement, finit-il par dire après s'être gratté le menton en silence pendant un moment. Je crois que je me suis égaré après notre conversation et en te voyant si...

— Si quoi ?

Dans un gémissement sourd il secoua la tête et, comme il ne répondait pas, Sage prit la parole :

— J'ai conclu que tu n'étais pas prêt à ce degré d'intimité après... Enfin, tu es resté avec elle pendant des années et tu n'as rompu que récemment. Il n'y a aucun problème.

*Menteuse !*

— Il ne s'agit absolument pas de cela, protesta-t-il avec une expression incrédule qui fit honte à Sage.

— Alors, de quoi s'agit-il ?

— Tu me déstabilises, Sage.

Elle regarda autour d'elle. Ils étaient seuls. Personne ne les regardait. Personne ne les écoutait.

Ethan la fixait.

— Tu me fais le même effet, Ethan.

Il détourna la tête.

— Ce que je t'ai raconté, Sage, tu es la seule avec ma sœur à être au courant.

— Comme toi tu es le seul, avec Abigail, à connaître mon histoire.

Il la scrutait de nouveau, comme s'il scannait son cerveau, et sa mâchoire bougeait de gauche à droite comme s'il ruminait ce qu'il allait dire. Et Sage se demanda si le fait qu'elle le déstabilise était une bonne ou une mauvaise nouvelle.

— Je ne crois pas que nous avions le choix, là-bas, finit-il par expliquer d'une voix tellement empreinte de complicité que Sage sentit des frissons lui parcourir les bras et l'entrejambe. Ce qui est arrivé entre nous devait arriver.

Quelle chaleur ! Sage attrapa les serviettes roulées en boule.

— Aïe ! cria-t-elle brusquement.

Elle lâcha les serviettes et se recula d'un bond, en serrant son bras contre sa poitrine.

— Qu'est-ce qu'il y a ? s'alarma Ethan.

— J'ai senti quelque chose de pointu...

Son poignet rougissait déjà et son sang se glaça quand elle découvrit les marques sur sa peau : deux minuscules trous rapprochés. En même temps, elle aperçut quelque chose de noir et rouge onduler hors des plis de la serviette qu'elle venait de laisser tomber.

— Un serpent ! hurla-t-elle.

Elle tomba à genoux, tétanisée de peur.

*Oh non, non ! Ce n'est pas possible ! C'est un cauchemar !*

Ethan sauta par-dessus le reptile qui se tortillait par terre et, en une fraction de seconde, il fut à côté de Sage et examinait son poignet.

— Il faut te transporter à la clinique. Tout de suite !

Trop tard. Une douleur fulgurante vrilla le bras de Sage. Le venin du serpent à ventre rouge se répandait déjà dans son organisme.

Bientôt, elle serait paralysée. Horrifiée, elle regarda la bête disparaître dans les broussailles.

C'était le serpent qu'elle avait aperçu pendant qu'elle était aux « toilettes » dans le bush. Il avait dû ramper vers le feu puis grimper dans la camionnette pendant qu'ils dormaient.

— Tu peux marcher ? demanda Ethan sans réussir à dissimuler son inquiétude.

— Ou… oui, bafouilla Sage.

En fait, le monde commençait à osciller autour d'elle. Ils devaient se dépêcher.

Voyant la rapide dégradation de son état, Ethan la prit dans ses bras et accéléra le pas. Blottie contre la poitrine d'Ethan, Sage se sentit rapetisser tandis que, quelque part dans son champ de vision périphérique, elle vit le maire accourir vers eux… au ralenti. Comme tout le reste. Sage serra les mâchoires de douleur.

*Ne t'évanouis pas, Sage, ne t'évanouis pas.*

— Reste avec moi, Sage, l'exhorta Ethan comme s'il avait lu dans ses pensées.

Elle s'accrocha à sa voix comme à une bouée en essayant de mettre de l'ordre dans le fatras de ses pensées.

*Cet imbécile de serpent… Que me voulait-il ? Pourquoi m'a-t-il fait ça ? Oh… Tout flotte autour de moi…*

— Sage, tout va bien, assura Ethan avec une confiance qu'elle ne partageait pas.

Il la serrait contre sa poitrine, pour de mauvaises raisons hélas. Elle eut alors l'impression de se dédoubler, une partie d'elle-même étant restée dans le bush pelotonnée dans la chaleur protectrice des bras d'Ethan.

Elle ne mourrait pas pour rien, songea-t-elle dans un brouillard car elle avait découvert que des nuits comme celle qu'elle venait de vivre lui étaient permises. Et il lui avait avoué qu'il la désirait toujours… qu'elle le déstabilisait parce que… parce que quoi ? Lui avait-il donné une raison ?

Ils pénétrèrent en trombe dans la clinique au moment où Abigail sortait des toilettes. Le maire était sur leurs talons et Sage entendit vaguement Ellie, revenue de son congé maladie, raccompagner en toute hâte un client et son animal.

— Sérum antivenin, vite ! cria Ethan en balayant d'une main tout ce qui se trouvait sur la longue table métallique avant d'y allonger Sage avec précaution.

Il devait à tout prix la maintenir éveillée.

Il lui serra la main et elle se cramponna à lui. Elle tremblait de peur et de douleur. Une douleur atroce qui voyageait de son bras vers ses poumons. Ses veines charriaient du feu. C'était fou, quand même ! Une seconde avait suffi pour que tout bascule. Et maintenant elle luttait contre la mort sur sa propre table d'opération, froide et dure.

Abigail lui tenait la main et le maire faisait les cent pas derrière elle. Il était au téléphone. À qui parlait-il ? À leur baby-sitter ?

*Ça n'a pas d'importance, Sage. Est-ce que je meurs pour de bon ?*

— Tu vas t'en sortir, ma chérie, entendit-elle Ethan lui murmurer. Tiens bon.

Il prit son bras, qu'elle ne sentait plus à présent, et injecta l'antidote. Sa vision se dédoublant de nouveau, elle vit Abigail les regarder tous les deux tour à tour et elle eut nettement l'impression que l'un d'eux avait dit quelque chose dont elle devrait se souvenir... Mais elle était tellement dans le cirage... dans le cirage...

Ethan bredouilla quelque chose et bientôt elle sombra dans une alternance de sommeil et de veille. Quelques instants – à moins que ce ne soient des heures – plus tard, le sérum commença à agir. Le monde autour d'elle reprit de la netteté et avec surprise elle s'aperçut qu'Ethan lui tenait toujours la main et la scrutait de ses yeux bleus à la recherche de tout symptôme inquiétant.

*Dieu que tu es beau !*

— Elle va en réchapper ?

Sage entendit l'angoisse dans la voix d'Abigail.

— Je ne laisserai rien lui arriver, assura Ethan avec une détermination absolue.

Si le cœur de Sage battait à un rythme endiablé, ce n'était plus seulement à cause du venin...

De quoi devait-elle donc se souvenir ?

Elle voulut se relever et fit tomber l'oreiller.

— Reste tranquille, Sage, ordonna Ethan en la forçant à s'allonger, son bras comme un cercle de fer autour de sa taille.

Progressivement, elle recouvra sa sensibilité et sentit la chaleur de la respiration d'Ethan sur sa tempe. Intime et bien réelle.

— Merci, murmura-t-elle en le regardant.

Sa voix n'était qu'un souffle. Elle était étourdie. Une brume résiduelle brouillait sa vision.

— Amenons-la chez elle, proposa Ellie au moment où Mme Dalloway, une de leurs fidèles clientes, entrait avec un chat dans un panier.

— Je m'en charge, dirent en chœur Ethan et Abigail.

— OK, ramène-la, Ethan, concéda Abigail en caressant la joue de Sage. Tu es plus costaud que moi.

— Merci, Ethan, vraiment merci, mais..., commença Sage, interrompue par ses efforts pour se lever et une violente nausée.

— Il faut que tu ailles t'occuper de Storm, reprit-elle. Je vais me débrouiller.

— Ne t'inquiète pas pour Storm. J'irai le voir tout à l'heure.

Les yeux d'Ethan débordaient d'une émotion sur laquelle Sage ne parvenait pas à mettre un nom. De l'inquiétude, oui. Mais qui se mêlait à autre chose à présent, quelque chose de plus profond.

— Si tu insistes..., fit-elle en s'efforçant de sourire.

Tout ce dont Sage eut conscience pendant son court transport jusqu'à ses pénates fut le rythme de la marche d'Ethan et sa voix rassurante.

— Et voilà, déclara-t-il en la posant délicatement sur son lit. C'est plus confortable qu'hier.

La fraîcheur des murs et des draps la soulagea de la fièvre qui la brûlait encore. Elle ne s'était toujours pas douchée. C'était un cauchemar... Sa chambre était-elle en ordre ? Avait-elle mis son linge sale dans le panier ou sa culotte traînait-elle dans le fauteuil avec la pile de vêtements ? Était-il convenable qu'un invité voie tout ça ? Ce n'était pas exactement ainsi qu'elle avait imaginé amener Ethan chez elle.

— S'il te plaît, Ethan, les autres vont..., commença-t-elle, stoppée par une nouvelle nausée.

— D'accord, accepta Ethan malgré son inquiétude visible en posant le téléphone de Sage sur la commode. Mais je reviendrai très vite te voir. Appelle si tu as besoin de quoi que ce soit.

— Ça marche, réussit-elle à répondre, la langue lourde comme une pierre.

Ethan se redressa. Il hésitait encore, tiraillé entre le devoir et le désir. Il voulut dire quelque chose mais se ravisa et, avec un dernier long regard, il partit en fermant doucement la porte derrière lui.

Restée seule, Sage ferma les yeux pour se détendre. Puis elle les ouvrit pour vérifier la pile de linge dans le fauteuil. Petit soulagement, sa culotte ne s'y trouvait pas. La présence d'Ethan dans son petit logis, lui si grand et fort, demeurait palpable, elle.

Maintenant qu'elle était tirée d'affaire, elle avait le temps de penser à... Ethan évidemment ! Ce qui s'épanouissait entre eux était bien réel, non ? Il l'avait même appelée « ma chérie »... Mais oui ! Voilà ce dont elle essayait de se souvenir ! Il l'avait appelée « ma chérie » devant tout le monde ! Devant Abigail ! Devant Ellie ! Pas « docteure », ni même simplement « Sage », mais « ma chérie ». Cela voulait-il dire qu'Ethan l'aimait ?

Quant à elle... elle l'aimait. C'était incontestable. Une pensée encore plus effrayante que celle du serpent, lové dans les broussailles à l'affût de sa prochaine victime.

# 13

Ethan caressait la crinière rêche d'un Storm calme et apaisé. Le jour se levait, l'air était frais et le paddock silencieux en dehors de quelques ébrouements occasionnels.

Homme et bête se regardaient les yeux dans les yeux en une conversation muette. La confiance ne se gagnait pas facilement en ce bas monde, en particulier chez un animal avec un passé de maltraitance comme Ethan le soupçonnait pour Storm. Plus Ethan travaillait avec lui, plus il était persuadé que son précédent propriétaire avait délibérément et fort malhonnêtement caché au maire une partie de l'histoire de l'animal. Mais les progrès étaient incontestables et s'accéléraient même. Avec l'aide de Billy, Ethan avait réussi à le seller l'autre jour. Certes, Storm n'avait pas apprécié et aussitôt après s'était mis à tourner dans le paddock en hennissant de colère sous l'œil amusé des autres chevaux.

Se détournant finalement de Storm, Ethan dirigea son regard vers le bungalow de Sage. Un petit logement modeste dont elle avait fait son nid. Elle s'y reposait depuis l'incident avec le serpent et il lui rendait visite régulièrement.

Vu les circonstances, il avait pris davantage de responsabilités dans le centre. Il avait même tondu l'herbe. La mise en place du système d'irrigation allait bon train et il avait préparé une surprise qu'il était impatient de partager avec Sage. Si la charge de travail ne le dérangeait pas, l'enthousiasme grandissant avec lequel il s'investissait commençait à l'inquiéter car tout ce qu'il faisait, il le faisait pour Sage. L'aimerait-il donc plus qu'il ne se l'avouait ?

Il désirait ardemment cette femme. Il l'avait désirée cette fameuse nuit en pleine nature, mais devant sa vulnérabilité, qui l'avait d'ailleurs poussé lui-même à dévoiler la sienne, un déluge de « et si » qu'aucun baiser, qu'aucun rapport sexuel ne pourrait jamais stopper, s'était abattu dans son cerveau. Oui, elle lui faisait perdre ses moyens, lui enlevait ses certitudes. Il était carrément pétrifié de peur à l'idée de se risquer sur un terrain sentimental sur lequel il s'était déjà cassé les dents. Malgré tout, il avait envie de tenter l'aventure, et encore davantage maintenant.

— Bonjour !

Sage, en chair et en os, avançait vers lui à pas sûrs mais précautionneux. À sa vue, Ethan sentit son désir… et sa terreur redoubler. Ils se désiraient et finiraient un jour ou l'autre par passer à l'acte. Mais qu'arriverait-il ensuite ? Ils se sépareraient car, à supposer même qu'elle lui rende visite dans le Queensland et qu'elle s'y plaise, c'était à Amber Creek qu'elle était chez elle. C'était là qu'elle s'était bâti une nouvelle existence après la tragédie qu'elle avait vécue. Là qu'elle avait créé sa clinique, s'était intégrée dans la communauté et avait trouvé une famille en Abigail, le maire et leurs enfants. Pas plus que Carrie n'avait accepté de renoncer à ses habitudes pour lui, Sage n'accepterait de renoncer à sa vie ici. Aussi, toute histoire avec elle se terminerait probablement de la même façon qu'avec Carrie et il en sortirait avec le sentiment de ne pas avoir su répondre à ses aspirations, de ne pas avoir été à la hauteur de ses attentes.

— Salut, répondit-il. Comment te sens-tu ?

— Mieux, merci, dit-elle en venant s'accouder à la clôture. Je devenais dingue dans cette chambre.

— Une bonne vétérinaire ne peut rester longtemps inactive, hein ?

Derrière son sourire, l'inquiétude était audible dans la voix d'Ethan, y compris à ses propres oreilles. L'incident du serpent s'invitait en permanence dans son esprit. Le souvenir du corps quasiment inerte de Sage entre ses bras, de son teint gris, de la terreur qui avait serré dans un étau son propre cœur le hantait. Il avait vécu un tel cauchemar qu'il s'étonnait encore d'avoir réussi à garder son sang-froid et à lui administrer l'antivenin. C'est aussi à ce moment qu'il avait compris la profondeur de ses sentiments pour Sage. Une révélation aussi angoissante que grisante qui continuait à l'obnubiler.

— Ces fleurs que tu m'as apportées, Ethan... Elles sont magnifiques. Quant aux disques vinyle...

Elle n'acheva sa phrase qu'après avoir levé les yeux vers lui.

— Comment as-tu deviné que j'aimais le jazz ancien ?

— Ta collection de disques t'a trahie, répondit-il en rougissant légèrement devant l'ébauche de sourire de Sage. Je me suis dit qu'un peu de compagnie ne te ferait pas de mal, même si c'était encore celle de Coltrane et Fitzgerald.

— Quelques-unes des plus grandes voix de leur époque. Merci, beaucoup.

Il s'était rendu dans le petit café en ville qui faisait aussi office de disquaire et s'était renseigné auprès du commerçant sur ce que Sage ne possédait pas encore.

Elle s'était un peu crispée et avait incliné la tête sur le côté, yeux plissés, comme si elle essayait de décrypter la signification de son cadeau.

Les mains d'Ethan s'immobilisèrent sur la crinière de Storm. Il se sentait écrasé par le poids de ses pensées. Il ne l'avait pas embrassée depuis le sauvetage du dingo. Ce n'était pas l'envie qui lui avait manqué pourtant, ni l'occasion quand il était passé chez elle avec des fleurs, lui avait préparé du thé, avait repositionné ses oreillers...

Bien sûr, l'état de faiblesse de Sage les avait empêchés de reprendre là où ils en étaient restés. Il n'empêche qu'ils étaient toujours dangereusement près du précipice. Ce qui se développait entre Sage et lui ne disparaîtrait pas d'un claquement de doigts. Il en était aussi sûr qu'il l'était de la confiance qui grandissait dans les yeux de Storm. Même s'il s'adjurait d'arrêter là avec Sage.

— Merci aussi pour tout ce que tu as fait au centre, dit Sage en brisant un silence tendu. Tout le monde t'en sait gré.

Taraudé par le désir et les souvenirs, il s'obligea à détourner le regard des jambes de Sage. Des jambes qu'elle avait serrées autour de sa taille lors de cette nuit qu'il serait probablement bien avisé d'oublier. Elle se tenait si près de lui en ce moment qu'il entendait le froufrou de son chemisier sur sa peau quand elle bougeait. Aussitôt surgit l'image de Sage se dévêtant entièrement cette nuit-là. Cette femme était aussi belle à l'intérieur qu'à l'extérieur.

— De rien, dit-il quand il se fut éclairci la voix et en reportant son attention sur Storm.

Au moment où Sage avança d'un pas, le cheval rabattit brusquement ses oreilles vers l'arrière. Signe que les fantômes de son passé continuaient à le hanter. Comme les siens malheureusement, songea Ethan.

— Tu sais ce qui cloche chez lui, n'est-ce pas ? demanda Sage à voix basse en reculant.

— Oui, chaque fois que je le touche.

Tout en parlant, Ethan suivait du doigt le flanc de Storm. Il regarda de nouveau Sage. Ils étaient physiquement si proches que chacun sentait la chaleur de l'autre.

— Il a été traumatisé par des hommes. On le voit dans la façon dont il tressaille au moindre mouvement brusque et dont il jette des coups d'œil autour de lui pour repérer un endroit par où fuir.

Ethan décela une lueur de fierté dans les yeux de Sage, très loin de ce qu'il y avait lu du temps où sa présence l'agaçait.

— Y a-t-il un moyen de l'aider à guérir complètement ? demanda-t-elle. Ou bien est-ce sans espoir ?

— Il faut du temps et de la patience. Il progresse. La confiance ne vient pas en une seconde, en tout cas quand elle a été trompée.

— Comme avec certaines personnes de notre connaissance.

Ethan savait qu'elle parlait de lui. Ou peut-être de tous les deux ?

— Écoute, Sage…

Un appel vidéo de son père l'interrompit. Jacqueline et ses enfants récoltaient leur miel et Kara et Jayson souhaitaient montrer leur butin à leur oncle. Sage l'encouragea à poursuivre d'un mouvement de tête. Il remarqua cependant la lueur de tristesse dans ses yeux.

À peine eut-il raccroché que l'alarme stridente de la clinique retentit. Aussitôt, ils partirent au pas de course.

Ellie était en grande discussion avec leur première cliente de la journée dans la salle de soins. Ethan reconnut Babs, la sympathique propriétaire de la pension. À côté d'elle, sur la table d'examen, son terrier gémissait. Une de ses pattes était enflée et un filet de sang suintait à travers ses poils. Sage enfila en toute hâte sa blouse blanche par-dessus son short et sa chemise.

— Marley a encore sauté de la terrasse, expliqua Babs un masque d'angoisse sur son visage habituellement si cordial, pendant qu'Ethan revêtait sa propre blouse.

— Voyons d'abord si sa patte est cassée, dit Sage avec autorité.

Elle était de nouveau en mode professionnel.

Mais son expression de tristesse persistait, nota Ethan qui n'eut pas le temps de s'attarder sur le sujet.

Il aida Sage à positionner correctement le chien pour la radio et le maintint avec fermeté et douceur à la fois. Le terrier tremblait de tous ses membres. Il était si petit, si désarmé ! Comme Sage lorsqu'il l'avait transportée dans ses bras jusqu'à la clinique après que le serpent l'avait mordue, laissant sur son poignet des marques encore bien visibles.

— C'est bien, Marley, murmura Sage en surveillant le chien pendant que l'appareil de radio effectuait son travail silencieux.

Elle ne supportait pas de voir un animal souffrir. Et encore moins un chien. C'était pour elle chaque fois la même épreuve, supposa Ethan. Et cela le resterait quand il serait retourné chez lui, avec son père, les abeilles et ses chevaux.

L'image apparut bientôt sur l'écran : fracture simple. Sage expliqua à Babs qu'ils allaient plâtrer son chien et lui prescrire un antidouleur.

— Il va pouvoir marcher ? s'inquiéta Babs.

— Sans aucun problème, répondit Ethan à la place de Sage qui plissa les yeux de mécontentement et lui reprit la parole.

— Mais il devra faire attention pendant quelques semaines. Interdiction de sauter ou de courir après les moutons.

Sage plâtra la patte de Marley avec des gestes pleins de douceur et des paroles rassurantes. Pourtant, quelque chose la contrariait visiblement.

Lui en voulait-elle toujours de sympathiser avec les clients ? s'interrogea Ethan.

Vu la petite taille d'Amber Creek, il connaissait à présent la plupart des habitants et il avait démontré que ses méthodes à lui fonctionnaient aussi bien que les siennes, voire mieux dans certains cas. Mais loin de lui l'idée de chercher à la supplanter !

— Merci à tous les deux, dit Babs en prenant Marley dans les bras.

— De rien, Babs, répondit Ethan dans un sourire.

Quand il l'eut raccompagnée et fut revenu dans la salle de soins, Sage se mit à le dévisager avec un regard lourd de reproches.

— Tu l'as appelée Babs, attaqua-t-elle en se juchant sur le bord du bureau et en retirant lentement ses gants, doigt après doigt.

— Comme tout le monde, plaida-t-il sans bien comprendre où elle voulait en venir.

— Peut-être, mais elle t'adore. Tout le monde te connaît ici. Heureusement, tout le monde sait aussi que tu vas bientôt t'en aller. Quand Storm ira mieux. Ce qui est le cas… Enfin, presque.

— Ah ! C'est donc ça ! C'est mon départ qui te tracasse.

— Tu vas partir, non ? rétorqua-t-elle d'une voix qui s'étrangla. Storm est métamorphosé.

Elle se leva et jeta ses gants dans la poubelle d'un geste d'une brusquerie inattendue. Dans une atmosphère qui grésillait d'une tension explosive, elle traversa la pièce jusqu'à l'évier dont elle ouvrit le robinet à fond, comme pour couvrir le vacarme dans sa tête. Ethan l'observa se laver les mains. Il savait que, comme lui, elle se débattait depuis des jours contre un bouillonnement d'émotions. Il avança vers elle. À chaque pas, il sentait son cœur cogner un peu plus fort contre ses côtes. Quand il arriva juste derrière elle, il ferma le robinet, rétablissant ainsi le silence.

— Sage, dit-il dans un souffle.

Elle se retourna lentement. Ses yeux verts exprimaient à la fois une vulnérabilité et un désespoir qui fendirent le cœur d'Ethan. Sans hésiter, il lui prit le visage entre ses mains et, à sa grande surprise, elle écarta la tête.

Pourtant ses lèvres avaient frémi quand il l'avait touchée...

— Non. Ça suffit, dit-elle d'une petite voix mal assurée.

— Nous n'avons rien fait, répliqua-t-il.

Hélas ! Car il brûlait de lui faire l'amour, au moins une fois. Une merveilleuse et exaltante fois. Même s'il était improbable qu'elle accepte une aventure d'une nuit bien sûr, ce qui était parfaitement normal. De toute façon, inutile de rêver, par son comportement il avait fermé cette porte. Et ensuite, eh bien oui, il était allé lui acheter des cadeaux, l'avait veillée, avait plié son linge de toilette, avait commandé une nouvelle machine à café, qui n'avait toujours pas été livrée d'ailleurs. Pas étonnant dans ces conditions que, pas plus que lui, elle ne sache où ils en étaient.

— Si, nous avons fait quelque chose, objecta-t-elle en passant ses doigts sur ses lèvres et en plantant ses yeux dans les siens. Ce n'est pas juste une histoire de sexe, Ethan. Ce que tu as éveillé en moi, je ne l'ai jamais ressenti pour personne.

Elle plissa son nez et traversa la salle en sens inverse.

— Tu m'as acheté des livres, des fleurs...

— Et c'est un péché ?

Il n'y comprenait rien. C'était ridicule. Il devait éclaircir ce qui se passait entre eux, quoi que ce soit. Il ne pouvait partir à des kilomètres d'Amber Creek avec des regrets, avec des « et si » obsédants.

— Moi aussi je suis perdu, avoua-t-il en la rejoignant.

Elle recula contre la porte fermée et il posa doucement sa main sur son bras, dont il sentit la chaleur même à travers sa blouse.

— Tu sais l'effet que tu me fais, Sage. Tu l'as vu. Mais je ne veux pas te blesser.

Et c'était vrai, même si une petite voix dans sa tête hurlait : *Menteur ! C'est toi qui ne veux pas souffrir.*

— Je ne peux pas rester à Amber Creek. Ma vie est dans le Queensland.

Peut-être avait-elle raison et était-ce effectivement trop tôt après Carrie pour qu'il offre son cœur à quelqu'un.

— Et la mienne est ici, répliqua-t-elle avec tristesse, si près de sa bouche qu'il sentit son haleine chaude sur ses lèvres. Donc, voilà. Notre route ensemble s'arrête là, Ethan.

N'importe quoi ! se révolta-t-il, les yeux fixés sur la bouche de Sage. Sa récente rupture avec Carrie n'avait rien à voir là-dedans. Ce qui en revanche avait tout à voir avec leur dilemme était sa lâcheté. En tombant amoureux de Sage il s'était remémoré la dépression dont il venait tout juste d'émerger et il avait été pris de panique. Mais il ne laisserait plus la peur lui dicter ses choix.

Il s'approcha de nouveau de Sage avec une détermination qui la prit par surprise et il s'empara enfin de ses lèvres roses. En même temps que leurs langues s'enroulaient avec fièvre, Ethan ouvrit la blouse de Sage d'un coup sec et colla son corps contre le sien, la plaquant contre la porte avec impétuosité.

Sage émit un gémissement qui signa sa reddition définitive. Ethan lui saisit les fesses qu'il serra d'abord doucement, puis en un geste possessif, tandis qu'elle inondait son visage de baisers en explorant chaque centimètre avec ses lèvres. Ethan fit glisser ses mains vers le short de Sage, qu'il baissa, puis vers ses cuisses, qu'il écarta...

On frappa à la porte. Sage se dégagea d'un bond, ajusta en toute hâte ses vêtements et cria d'une voix délicieusement troublée :

— Ça vient !

— Quoi ? Moi, j'en étais loin, chuchota-t-il dans un rire étouffé.

Quand elle fit mine de le frapper, il lui attrapa la main et l'embrassa de nouveau. Avec ardeur.

— Il faut que j'y aille, Ethan, murmura-t-elle fébrilement en plaquant les paumes de ses deux mains sur sa poitrine. Il faut que tu retournes auprès de Storm. Le maire va revenir.

Là-dessus, elle rattacha quelques mèches échappées de sa queue-de-cheval et s'apprêta à aller ouvrir la porte.

— Sage ! l'arrêta Ethan, son cœur battant la chamade.

Elle se retourna, ses yeux verts interrogateurs... et brillants d'espoir.

Impossible de revenir en arrière, se dit Ethan, vaincu.

— Viens faire une promenade à cheval avec moi ce soir. Je voudrais te montrer un endroit que j'ai découvert l'autre jour.

Il regarda le visage de Sage passer de la surprise, à la joie et à l'appréhension avant qu'elle ne prenne une profonde inspiration et réponde dans un vrai sourire :

— Pourquoi pas ?

# 14

Ils galopaient dans la nuit. Le martèlement des sabots sur le sol brisait le silence autour d'eux et levait de petits nuages de poussière. Le monde se réduisait pour Sage au vent qui sifflait à ses oreilles et à la force magnétique qui l'attirait vers l'homme qui chevauchait à côté d'elle. Et elle souriait.

La lune baignait la nature autour d'eux d'une lueur verte qui transformait le paysage accidenté en un décor onirique d'autant plus irréel que Sage savait qu'au bout de la route elle ferait l'amour avec Ethan, s'il leur restait de l'énergie après la nuit précédente dans son bungalow quand, alors que la pluie pianotait sur le toit et que la musique de jazz emplissait le petit salon, Ethan l'avait attirée contre lui et l'avait caressée avec la douceur de quelqu'un qui se méfie des réactions d'un animal sauvage. Elle en était encore parcourue de frissons.

Les cavalcades nocturnes étaient devenues un rituel depuis une quinzaine de jours et les pluies récentes ne les avaient pas découragées. Sage n'y voyait pas seulement l'occasion d'être avec « lui ». Elle obéissait aussi à l'appel de la nature qui lui intimait de ne pas autant travailler, d'arrêter de réfléchir et d'être tout simplement heureuse. Si elle avait aidé Ethan à ébranler certains des murs qu'il avait dressés autour de lui, lui-même avait ressuscité chez elle sa passion pour ces étendues sauvages et lui avait donné l'envie de sortir de la cage dans laquelle elle s'était emprisonnée depuis si longtemps.

— Où allons-nous ? demanda-t-elle.

— Tu verras... si tu arrives à me suivre, la défia-t-il dans un grand sourire juste avant de donner un coup de talon dans les flancs de Karma.

Avec son profil éclairé par la lune, Ethan semblait venir d'une autre planète. Oui, Ethan était un extraterrestre ! Le sentiment dévorant que Sage éprouvait pour lui avait germé à partir d'une petite graine d'admiration et de rancœur et s'était développé en un phénomène qu'elle manquait de mots pour décrire.

Chacune de leurs escapades se concluait par des ébats fiévreux. Partout. N'importe où. Jusqu'à ce que, ces deux dernières nuits, ils aient eu davantage l'impression de faire l'amour.

L'amour... Le mot sonnait de manière étrange aux oreilles de Sage. Ce qu'elle ressentait ressemblait à un kaléidoscope de couleurs et de formes qui entraînait ses pensées dans des directions dans lesquelles elle ne s'était pas aventurée depuis très longtemps. C'était un sentiment presque étouffant. Mais le monde lui paraissait différent désormais, comme si la présence d'Ethan à ses côtés, au travail et dans le plaisir, avait modifié le prisme à travers lequel elle le voyait. Les couleurs étaient plus vives, les détails plus nets, les clients lui souriaient davantage parce qu'elle leur souriait davantage, et tout était imprégné d'émerveillement et de magie.

Elle garda ses réflexions pour elle par peur de tout gâcher en les exprimant à voix haute. Elle l'entendait déjà lui répondre « je ne peux pas rester à Amber Creek » ou « ne parle pas de ça maintenant, profitons juste du moment ». Et le charme serait définitivement rompu. Elle avait conscience de vivre des moments trop parfaits pour durer. Elle savait qu'Ethan retournerait dans le Queensland. Simplement, elle essayait de l'oublier. Provisoirement du moins.

La crainte de voir des gens qu'elle aimait disparaître sans prévenir avait étriqué son existence. Certes elle avait réussi sa carrière, mais la vie ne se résumait pas à gagner de l'argent, si ? Elle s'était entièrement investie dans son travail pour réduire au silence la petite voix qui l'incitait à partager son quotidien avec quelqu'un.

En conséquence de quoi un sentiment de solitude et de vide s'était régulièrement abattu sur elle et avait même contaminé l'atmosphère de sa maison. Jusqu'à Ethan. À présent, son bungalow résonnait de rires et de tous les secrets qu'ils échangeaient dans le noir.

Revigorée par ce changement, elle avait même trouvé le courage de rechercher Bryce. Pour enfin tourner la page. Pour avoir la confirmation que, comme le soupçonnait Ethan, il était parti du jour au lendemain à cause d'un problème de salaire ou simplement parce qu'il n'était pas amoureux d'elle. Une explication moins traumatisante que de croire qu'il n'avait pas supporté que tant d'animaux soient morts à cause d'elle.

— Wouah, Karma !

L'ordre tonitruant lancé par Ethan coupa court aux réflexions de Sage. Ils étaient arrivés à la limite entre la forêt tropicale et le désert de sable. Où exactement ? Mystère.

— Nous y sommes, annonça Ethan.

Le spectacle qui s'offrit à Sage lui coupa le souffle : une clairière éclairée par une lumière qui semblait venue d'une autre planète et au milieu de laquelle une petite mare reflétait les rayons de lune.

— Bienvenue à Star Creek, « la Mare aux Étoiles », dit avec fierté Ethan en se laissant glisser à terre. J'ai découvert cet endroit quand je pistais une horde de chevaux sauvages, l'autre jour.

Sage mit pied à terre elle aussi. Elle était émue par pareille beauté et étonnée qu'un tel lieu ait échappé à ses explorations de la région.

— Je n'en ai même jamais entendu parler, avoua-t-elle alors qu'ils allaient attacher leurs chevaux près de l'eau pour qu'ils s'abreuvent.

Ethan la captura entre ses bras et l'attira contre lui avant de l'embrasser sur le front, l'électrisant des pieds à la tête.

— Normal puisque c'est moi qui ai baptisé ainsi la mare. Je suppose qu'elle s'est formée avec les récentes pluies.

Là-dessus, ils entreprirent de reconnaître les lieux, le bruit de leurs pas étouffé par le sol meuble. L'air bruissait du chant des criquets, des cigales et d'autres bestioles nocturnes. Le cœur de

Sage battait au rythme de cette sérénade alors que la main d'Ethan trouvait la sienne et que leurs doigts s'entrelaçaient spontanément.

Ils s'installèrent et Ethan sortit de sa sacoche de selle une bouteille de vin millésimé.

— D'où la tiens-tu ?

— Babs l'a apportée pour nous remercier d'avoir soigné son chien. Tu étais occupée avec un client quand elle est venue et j'ai décidé d'attendre un moment exceptionnel pour l'ouvrir avec toi.

Avec un moulinet théâtral il déboucha la bouteille et dégaina deux verres qu'il avait soigneusement enveloppés dans une serviette. Il laissa à Sage la primeur de la première gorgée du liquide capiteux et enivrant. Elle posa ensuite la tête sur l'épaule d'Ethan, les yeux levés vers le ciel. Qui osait dire que la perfection n'était pas de ce monde ? Que pouvait-elle rêver de plus parfait que d'être dans ce petit paradis avec Ethan à côté d'elle ?

Les conditions lui parurent idéales pour se risquer à lui demander comment il envisageait l'avenir, voire à lui suggérer de rester. De peur de donner l'impression de quémander cependant, elle décida de se détendre, de s'en remettre au destin et de laisser venir.

— Regarde ! s'écria Ethan en désignant une étoile particulièrement brillante au-dessus d'eux. Elle est nouvelle, non ?

— Trouvons-lui un nom, suggéra-t-elle.

Ils émirent plusieurs propositions tandis qu'Ethan dessinait lentement de son doigt des cercles sur la nuque de Sage qui frémit de désir. Et ils s'embrassèrent longuement avant de revenir à leur discussion.

— Ah ! Je sais ! s'écria Sage. Appelons-la Espoir.

— Espoir..., répéta Ethan en caressant les doigts de Sage de son pouce. Ça me plaît bien.

— C'est un sentiment qui m'est longtemps resté étranger, soupira-t-elle.

Elle le tairait à Ethan mais elle conservait vraiment l'espoir – l'immense espoir – qu'il ne se lasserait pas d'elle une fois que Storm serait complètement rétabli. Ce qu'elle vivait était bien plus qu'une aventure passagère. C'était une expérience complètement inattendue dont elle ne s'imaginait plus se passer. Jusqu'à Ethan, personne ne lui avait jamais donné l'impression qu'elle était de taille à tout surmonter.

Était-ce l'effet du vin ? Toujours est-il qu'elle ne se sentit plus capable de cacher à Ethan qu'elle avait pris contact avec Bryce la semaine précédente.

— Bryce ? répéta Ethan dont l'expression devint soudain impénétrable.

— Pour tourner la page, j'ai besoin de savoir pourquoi il a quitté le refuge, pourquoi… il m'a quittée moi.

Elle scruta le visage d'Ethan à la recherche d'un signe montrant qu'il comprenait sa démarche. Mais il lui lâcha la main et s'entoura les genoux de ses bras.

— Et il a répondu ? demanda-t-il d'une voix calme mais distante, comme s'il s'était brusquement retiré derrière un mur.

— Pas encore.

La trouvait-il ridicule de fouiller le passé en quête d'une explication qui ne viendrait probablement pas ?

Au fur et à mesure que le silence se prolongeait, le pessimisme gagnait Sage.

— C'est important de tourner la page, finit-il par dire mais sans la regarder. À moins que tu ne veuilles qu'il revienne, bien sûr.

— Pourquoi voudrais-je qu'il revienne ? s'indigna Sage. Avec lui, c'était une simple aventure sans lendemain. Rien à voir avec ce que nous vivons tous…

Elle s'arrêta net en voyant Ethan serrer les mâchoires et expirer longuement, les yeux obstinément braqués sur l'eau.

Quelle idiote de ne pas avoir tourné sept fois sa langue dans sa bouche ! Elle lui avait avoué qu'elle tenait beaucoup à lui et qu'elle ne considérait pas ce qu'ils vivaient comme une simple aventure, alors que lui n'avait jamais admis qu'il existait quoi que ce soit entre eux.

— As-tu besoin de lui pour te rappeler que ce qui est arrivé à tes parents et aux animaux du bush n'était pas ta faute ou bien vas-tu un jour commencer à y croire pour de bon ? s'agaça-t-il

Quoi ? Pourquoi changeait-il de sujet ? C'était d'eux qu'elle parlait.

— Ça fait des semaines que je te le répète, continua-t-il. J'espère que, même si je ne suis plus là, tu te souviendras au moins de ça, Sage.

« Même si je ne suis plus là... » Eh bien, elle était fixée à présent. Il y avait eu quelque chose de définitif dans sa phrase, comme s'il avait préparé ce message de longue date et avait attendu la première occasion pour le délivrer.

Le silence devenait de plus en plus assourdissant, à en donner la migraine à Sage.

— Je ne sais pas ce que j'aimerais que Bryce me dise, finit-elle par dire.

Et c'était la vérité. Elle avait trouvé le courage de le contacter, mais en réalité elle se moquait de sa réponse ou de sa réaction. Ce qu'il pensait d'elle ne l'intéressait plus depuis longtemps. Le problème, c'était elle et sa peur invalidante que quelqu'un entre dans sa vie et la quitte en ne laissant derrière lui que des cendres.

Elle regarda Ethan qui buvait son vin tranquillement et elle brûlait de lui demander à quoi il pensait. De lui demander s'il était envisageable que leur relation devienne davantage qu'une simple aventure sans lendemain. Mais l'atmosphère ne s'y prêtait plus. Manifestement, une tempête se déchaînait dans le crâne d'Ethan. Comme Bryce, il allait bel et bien la quitter. Depuis le début de leur « histoire » il avait vraisemblablement décidé qu'ils coucheraient ensemble pour se tenir chaud la nuit jusqu'à ce qu'il ait terminé sa mission avec Storm.

Elle ne pouvait l'accuser de l'avoir trompée. Dès qu'ils s'étaient rencontrés, il lui avait clairement dit qu'il ne faisait pas dans les relations de couple. Et il ne lui avait pas caché non plus qu'il rentrerait dans le Queensland où il possédait un centre équin prospère, des terres fertiles, un million de souvenirs de sa mère, et son père qui comptait sur lui. Elle s'était tellement éprise de lui qu'elle avait oublié tous ces paramètres. Ou plus exactement choisi de les oublier.

*Ne dis rien sinon tu vas encore empirer les choses.*

Sagement, elle prit donc une autre gorgée de vin, laissant ses arômes la distraire momentanément des questions qui avaient commencé à grignoter sa toute nouvelle confiance en elle. Cette histoire allait mal se terminer, alors mieux valait rétropédaler un peu, avant que tout ne soit définitivement perdu.

# 15

Dans l'écurie mouchetée de taches d'ombre, le bruit des sabots, assourdi par la couche de foin au sol, se mêlait au bourdonnement du bush. Ethan se tenait là, bras croisés. Il commençait à apprécier ces matins paisibles, en particulier le moment où il se réveillait dans le lit de Sage à côté d'elle. Pour l'instant, il la regardait déballer la surprise qui avait enfin été livrée.

— Une machine à café ! s'exclama-t-elle comme elle finissait d'enlever le papier kraft.

Il n'aimait rien tant que de voir cette femme heureuse. Pourtant, il allait devoir s'habituer à vivre sans son sourire, sans son rire, sans ses cheveux qui lui chatouillaient le visage sur l'oreiller à côté du sien quand il se réveillait.

— Tu es le meilleur, Ethan, déclara-t-elle en plantant ses yeux verts dans les siens.

Le regard de Sage ne détenait plus aucun mystère pour Ethan, quelles que soient les circonstances, quelle que soit la lumière. Il savait quand elle était vraiment contente, comme maintenant, et quand elle se refermait et était contrariée, comme c'était le cas depuis qu'il l'avait emmenée à Star Creek.

— Merci, Ethan. C'est une super bonne idée. Qui va faire plaisir à tout le monde.

Il voulut lui répondre qu'il l'avait fait pour *elle* mais se retint. Inutile. Elle le savait. Ou devrait le savoir. Car leur relation avait été un peu bizarre ces derniers temps, marquée par un regain de tension que ses remerciements simples et spontanés venaient quelque peu dissiper.

Vu leur intimité physique au cours des dernières semaines, Ethan s'était pris à croire que rien ne pourrait leur arriver. Pourtant, il savait qu'il passerait bientôt sa dernière nuit ici et que plus il essayait de retarder l'inévitable, plus les adieux seraient douloureux.

Il ne pouvait pas s'ancrer à Amber Creek. Il était trop attaché à sa terre natale, à son entreprise, à sa famille. Et il ne voyait pas pourquoi elle, de son côté, accepterait pour ses beaux yeux de partir de là où elle se sentait chez elle. Il ne faisait pas le poids. Comme il n'avait pas fait le poids avec Carrie.

— J'ai pensé qu'elle te plairait, dit-il les mains dans les poches pour s'empêcher de prendre Sage dans ses bras. Elle est bien, non ?

— Oui, parfaite, assura Sage avec un sourire qui n'atteignit pas ses yeux.

Alors qu'elle lui tournait le dos pour examiner de plus près la machine, Ethan s'attarda d'un air pensif sur ses cheveux châtains qui ondulaient dans son dos. Les questions tourbillonnaient dans sa tête et, tels des crochets d'hameçon, menaçaient à tout moment de rouvrir brutalement ses pires blessures.

Peut-être allait-elle bientôt se lasser de lui et le remplacer par un autre ? Par Bryce par exemple si elle écoutait ses explications, les comprenait et lui pardonnait. Il ne pourrait le lui reprocher puisque lui-même refusait toute relation sérieuse. Et c'était là que le bât blessait.

Après Carrie, pourrait-il un jour faire suffisamment confiance à une femme pour lui remettre son cœur ? Quand il avait glissé la bague de fiançailles au doigt de Carrie, rien n'avait paru plus important pour elle que leur relation et leurs projets. Et on savait comment l'histoire s'était terminée. Pour autant qu'il sache, Carrie attendait peut-être un bébé de Cam à l'heure qu'il était.

Le passé lui collait à la peau comme une sangsue, suçant tout son courage quand il s'agissait de parler avec Sage de l'avenir. Son père et Jacqueline lui avaient tous les deux conseillé d'inviter

Sage dans le Queensland, histoire de voir si elle s'y plaisait ou plus exactement si elle s'y plairait. Seulement, depuis cette nuit à Star Creek, il avait de nouveau érigé des murs autour de lui, brique après brique. À la seconde où elle s'était fermée, il s'était fermé lui aussi. En fin de compte, la seule solution consistait à ne pas s'embourber davantage dans cette histoire.

*Tu penses trop, mon vieux. Agis et demande-lui tout simplement de venir passer quelques jours dans le Queensland !*

— Au fait, s'entendit-il dire, brisant brusquement le silence. J'ai réfléchi...

— À quoi ?

— Au Queensland, répondit-il, le nom lourd et dur comme un caillou dans sa bouche.

Elle tressaillit.

— Ethan, je...

La sonnerie du téléphone de Sage mit fin à l'amorce de conversation. Sage regarda qui l'appelait et son expression devint indéchiffrable.

— On en reparle, Ethan, mais là, excuse-moi, il faut que je prenne l'appel, dit-elle en sortant.

— OK, murmura Ethan en la regardant partir.

Il avait l'impression que des chacals lui déchiraient les entrailles.

Tout à l'heure, il mettrait fin à cette torture et lui demanderait de venir lui rendre visite dans le Queensland. En attendant, une relation à distance fonctionnerait peut-être, qui sait ?

— Je vous en supplie ! Elle a été attaquée par un crocodile !

Un homme d'une cinquantaine d'années fit irruption dans la salle, un bouvier australien couvert de sang dans les bras.

— Sauvez ma Belle !

Sage le suivait et Ethan, tout en enfermant en toute hâte dans sa cage le cochon d'Inde qu'il venait de soigner, remarqua la lueur de panique dans ses yeux. Le chien, un animal puissant et musclé bien adapté à l'outback, était inerte et respirait difficilement. Son flanc et sa patte étaient profondément entaillés. Ses poils étaient collés par le sang.

— En salle d'opération ! hurla Sage et Ethan, l'homme sur les talons, ouvrit la voie.

Ellie les accueillit à la porte.

— Annule mon prochain rendez-vous, ordonna Sage avec un calme démenti par le flot d'émotions qui envahissait ses yeux.

Ethan dut d'ailleurs réprimer un cri en découvrant l'expression de peur et de chagrin sur son visage.

— Tout doux, Belle, murmura-t-il.

Tous les deux transportèrent la chienne sur la table d'opération en acier inoxydable, froide et dure, tandis que le propriétaire restait en arrière en se tordant les mains d'angoisse.

Ils enfilèrent des gants et disposèrent méticuleusement les instruments nécessaires.

— Multiples perforations et lacérations, annonça Sage, sourcils froncés. Il faut arrêter le saignement et vite.

Avec un geste expert, Ethan exerça une pression sur l'artère pour ralentir l'hémorragie pendant que Sage nettoyait le pourtour des plaies afin de pouvoir en évaluer la gravité. La chienne gémissait doucement et, malgré les sédatifs qu'ils avaient immédiatement administrés, des spasmes de douleur lui secouaient le corps. Au moins elle était vivante et respirait sans assistance.

— Ça va aller, Belle, souffla Sage tout en s'occupant d'une autre grosse déchirure avec une concentration qui frisait le recueillement.

Ses mains travaillaient avec une dextérité acquise au cours de toutes les années qu'elle avait consacrées à soigner les animaux. Chaque mouvement, chaque encouragement, chaque acte portait la promesse silencieuse de mettre un terme à la souffrance. Comme toujours, Ethan imagina Sage enfant regardant les flammes dans lesquelles ses parents et son chien étaient en train de mourir.

Il était impensable qu'il la fasse encore souffrir en lui demandant de s'installer dans le Queensland et de se lancer dans une relation qui avait toutes les chances de mal finir. La vie en autarcie avec lui, son père et ses chevaux, était-ce ce à quoi elle aspirait ? Sans le réseau d'amis qu'elle s'était constitué ici ? Bien sûr, restait la possibilité que lui déménage à Amber Creek. Et abandonner son père, Jacqueline, les enfants, renoncer à exaucer le rêve écologique de sa mère ? Non. Impossible.

— Scalpel !

Ethan le déposa dans la main qu'elle tendait vers lui.

— Je l'ai ! s'écria-t-elle en montrant triomphalement le morceau de dent qu'elle venait de retirer de l'arrière-train de Belle.

— Bravo, patronne, dit Ethan avec une telle admiration que le regard de Sage s'adoucit. Il ne reste plus qu'à laver les plaies et à les suturer.

Ensemble ils rincèrent soigneusement chaque blessure avec du sérum physiologique en veillant à ne laisser aucune trace d'infection. C'était devenu un ballet familier qu'ils exécutaient avec une telle synchronisation qu'Ethan se demandait parfois s'il trouverait un jour un collègue avec qui il travaillerait aussi bien.

De quoi ne seraient-ils pas capables tous les deux s'ils parvenaient à s'entendre et si elle venait vivre avec lui dans le Queensland ! Ils pourraient ouvrir une clinique pour animaux, comme son père l'avait toujours souhaité. Son père, qui avait été déçu de l'arrivée dans la famille d'une actrice de Brisbane plutôt que d'une vétérinaire qualifiée qui aurait pu élargir le champ d'activité de l'entreprise familiale.

Ils continuèrent à travailler en parfaite harmonie, devançant les demandes de l'autre, s'échangeant les instruments sans avoir à parler.

Petit à petit, la respiration de Belle se stabilisa. Quand Sage posa le dernier point de suture, un soulagement palpable envahit la pièce. Ethan enleva son masque. Il avait l'impression d'avoir retenu son souffle pendant toute l'opération.

— Elle est tirée d'affaire, annonça Sage en ôtant ses gants et en adressant un sourire las à Ethan. Mais il faut la garder en observation.

— Je ne sais comment vous remercier tous les deux, dit le maître de Belle d'une voix qui s'étrangla tandis qu'il caressait la tête et les oreilles de sa chienne.

Là-dessus, rassuré mais nerveusement épuisé, il partit.

Ethan regarda Sage qui observait Belle. La façon dont elle s'investissait dans son métier, dont elle se battait pour sauver chaque animal dont elle s'occupait comme si sa propre vie en dépendait, continuait à remuer profondément Ethan. Un sentiment qui dépassait l'admiration professionnelle pour s'épanouir en une affection grandissante nourrie du plaisir que lui procurait sa compagnie. Mais il peinait à croire à la réalité de ce qu'il ressentait si peu de temps après son histoire avec Carrie.

— Au fait, c'était Bryce au téléphone tout à l'heure, dans l'écurie, annonça-t-elle de but en blanc.

Il se tourna vers elle, mâchoires serrées. Mais elle s'employait déjà à remplir la paperasse.

— Que voulait-il ? demanda-t-il en feignant l'indifférence et en étouffant une jalousie déplacée.

— Venir me voir.

Il vit les épaules de Sage se crisper. Elle aurait manifestement préféré garder cette nouvelle pour elle, mais en avait décidé autrement.

— Pas de problème, si tu tiens toujours à le voir. Mais qu'attends-tu de lui exactement ?

Il la regarda droit dans les yeux et l'encouragea silencieusement à s'expliquer. Mais comme elle ne répondait pas, il se lança :

— Si tu as encore besoin d'être rassurée sur ton absence de responsabilité dans ce feu de brousse, pourquoi ne m'as-tu pas parlé avant de prendre contact avec Bryce ?

Les yeux de Sage se voilèrent. Elle détourna la tête en reniflant et se mura dans le silence.

Sage réagissait comme Carrie. Elle refusait de se confier, ou même simplement de reconnaître qu'elle n'était pas heureuse alors qu'il lui demandait simplement d'être franche avec lui. Pendant combien de mois, ou d'années même, Carrie avait-elle couché avec

Cam avant qu'il ne découvre le pot aux roses ? Il n'avait remarqué que Carrie et lui communiquaient de moins en moins que lorsqu'il avait été trop tard.

Il avait pensé que, malgré les obstacles, ce qu'il vivait avec Sage était à des années-lumière de ce qu'il avait connu avec Carrie. Mais il devait se rendre à l'évidence : Sage l'excluait délibérément, le poussait vers le bord de la falaise.

Il était revenu à la case départ.

# 16

Sage coupait méthodiquement des carottes dans la cuisine d'Abigail au milieu d'une cacophonie de cris et de rires. Les gamins couraient en tous sens autour des deux femmes, déployant une énergie à l'opposé du calme et de la sérénité des chevaux dont le maire s'occupait dehors.

Les nuages s'amoncelaient dans un ciel de plus en plus sombre et Sage sentait déjà l'atmosphère se charger d'électricité. Ou l'imaginait.

— Bryce m'a appelée, avoua-t-elle à Abigail par-dessus le raffut.

Elle avait hésité à l'annoncer à son amie par peur de sa réaction, car Abigail ne prenait pas de gants pour dire le fond de sa pensée.

— Il veut venir à Amber Creek. Pour parler.

Abigail leva les yeux des morceaux de poulet qu'elle était en train d'assaisonner, les sourcils froncés de perplexité sous sa frange.

— Et tu vas accepter ?

— Je ne sais pas, grimaça Sage.

— Tss-tsss... Comment peux-tu y songer une seule seconde ? Il est parti du jour au lendemain, pouf ! sans laisser d'adresse, non ?

Sage soupira et coinça une mèche folle de cheveux derrière son oreille.

— Ethan... n'est plus le même depuis que je le lui ai dit. Il n'a même pas passé la nuit chez moi hier. Il est retourné à la pension. Je l'ai remplacé par Belle, ajouta-t-elle avec autodérision.

— Mais *pourquoi* lui as-tu dit ? demanda Abigail en embrochant un filet de poulet dans un geste assassin.

— Je n'en sais rien, répondit Sage en posant son couteau.

— Tu cherches à te protéger et tu crois toujours que tu ne mérites pas une vraie relation, comme celle que tu sembles être en train de construire avec Ethan. Tu crées délibérément un conflit – en l'occurrence la venue de Bryce – pour qu'Ethan parte. En même temps, tu paniques à l'idée qu'il te quitte. Tout ça, ce sont tes vieux démons, Sage. Nous les connaissons bien.

Abigail laissa passer un bref silence avant de conclure en serrant la main de Sage contre son cœur :

— Laisse-les filer, Sage. Je t'en prie, Sage, libère-toi de tout ça.

— Je sais. Je devrais...

— S'il te plaît, Sage. Même si Ethan semble prendre ses distances, un lien spécial existe indéniablement entre vous. J'en suis témoin. Quand tu t'es fait mordre par ce maudit serpent, j'ai vu dans quel état cela a mis Ethan. Je t'assure qu'il est fou amoureux de toi. Comment t'y es-tu prise, au fait ?

Sage réfléchit à ce qu'elle venait d'entendre pendant que son amie, tout en s'occupant de ce qu'elle avait sur le feu, tentait de calmer ses enfants.

Qu'Abigail ait raison ou non au sujet des sentiments d'Ethan, une chose était sûre : elle n'était pas dupe des excuses de Sage et voyait clair dans ce qui se passait dans sa tête et l'empêchait de vivre depuis la mort de ses parents. C'était vrai, elle sabotait tout ce qui était susceptible de changer sa vie, en bien ou en mal.

— Tu irais t'installer dans le Queensland s'il te le demandait ?

Sage s'arrêta net, couteau en l'air, visiblement ébranlée par la question.

— Il ne me l'a pas demandé. Un jour, il a vaguement mentionné le Queensland et puis il est passé à autre chose.

— Ouh là ! chantonna Abigail en moulant un peu de poivre au-dessus de la casserole. Suspense ! Il arrive.

— Quoi ? Ethan vient ?

— Jarrah l'a invité pour le remercier de ses bons soins à Storm.

*Et moi qui croyais que ce devait être un dîner tranquille, détendu, entre amis !*

Mais comment aurait-elle reproché à Jarrah son invitation impromptue ? Comme tout le monde, il était tombé sous le charme d'Ethan. Avant qu'elle ne puisse en savoir davantage sur les raisons de ce soudain changement de programme, un bruit de sabots sur les graviers lui annonça qu'Ethan était déjà là. Sa poitrine se serra quand elle regarda par la fenêtre tandis qu'Abigail s'étranglait :

— Il monte Storm !

Sage mit un certain temps à comprendre la nouvelle donne. Ethan était là, sur un cheval qui n'avait laissé personne le monter jusque-là.

Storm était donc guéri ?

Elle s'essuya les mains dans son tablier, prenant soudain conscience de son jean couvert de farine et de ses doigts qui sentaient l'oignon. Quelle importance après tout ? Personne ne la regardait. C'était Ethan la vedette. Charlie, Daisy et la petite Lucie hurlaient et sautaient tous les trois de joie autour de lui.

Quelques instants plus tard, la porte de derrière s'ouvrit et Ethan entra dans la cuisine, suivi par la petite tribu, et planta ses yeux dans ceux de Sage.

— Bonjour, balbutia-t-elle.

Hypnotisée par l'intensité de son regard, elle sentit ses pieds avancer d'eux-mêmes vers lui. Elle tendit les lèvres vers lui comme elle le faisait dorénavant en privé, mais la main d'Ethan se posa doucement sur son épaule pour la retenir.

— Il ne vaut mieux pas, lui glissa-t-il à l'oreille. N'oublie pas que je suis toujours un employé du maire.

— Mais Jarrah est au courant pour nous, protesta-t-elle tout bas en scrutant son visage à la recherche d'une explication.

La mâchoire d'Ethan se crispa. Une lueur indéchiffrable traversa fugitivement son regard. Puis il se ressaisit.

— Peut-être, mais il faut rester professionnel en public, déclara-t-il posément mais d'un ton sans appel.

Sage se recula, le cœur en panique, les oreilles bourdonnantes.

À la demande d'Abigail, elle s'employa à mettre la table. Elle avait beau avoir aidé à servir des repas dans cette maison des centaines de fois, elle était aujourd'hui tellement perdue qu'elle ouvrait et fermait les placards sans trouver ce qu'elle cherchait.

Ethan se comportait très bizarrement. Probablement à cause de la venue de Bryce. Elle devait s'excuser, reconnaître qu'elle était ridicule d'avoir besoin de son ex pour tourner la page. Car Abigail avait tapé dans le mille : elle utilisait Bryce comme bouclier contre Ethan. Or pourquoi Ethan et elle ne réussiraient-ils pas à créer quelque chose ? Malheureusement, Ethan avait décidé qu'il était toujours amoureux de Carrie et qu'elle, Sage, ne représentait qu'un lot de consolation le temps de son séjour à Amber Creek.

Et s'il tombait de cheval et mourait ?...

Toutes ces questions qui revenaient en boucle, c'était trop pour le cœur de Sage.

— Poulet au menu aujourd'hui, s'entendit-elle annoncer en présentant une assiette à Ethan.

Elle fit accidentellement tomber une fourchette qui atterrit sur ses genoux. Il lui lança un regard et elle sentit aussitôt ses mains se mettre à trembler davantage. Et son désir monter. Oui, elle le désirait d'autant plus maintenant qu'il s'éloignait et qu'elle pourrait le perdre de mille et une façons différentes. Qu'elle *allait* le perdre puisque Storm était guéri.

Elle s'assit à la place qui lui avait été attribuée, à côté de lui, et essaya de se calmer malgré la chaleur de leurs deux corps qui se mêlait alors même qu'ils ne se touchaient pas. Il la connaissait bien maintenant et avait donc certainement deviné qu'en lui refusant un baiser, il avait ravivé son désir pour lui.

— Alors, ces abeilles ? demanda Abigail qui poursuivit par des questions sur le miel qu'il fabriquait, sur son projet de permaculture et sur la collecte des eaux de pluie qu'il avait mise en place avec son père.

Rencontrerait-elle un jour le père d'Ethan ? s'interrogea Sage. Ce qu'ils essayaient de construire dans le Queensland ne manquait pas d'intérêt. Un euphémisme, car il s'agissait apparemment de bâtir un avenir durable, dans tous les sens du terme. À Amber Creek, rien de tel ne pourrait jamais exister en raison de la sécheresse du climat et de la nature des sols. En revanche, sa clinique, elle, pouvait en théorie être déplacée n'importe où. Certes cela l'obligerait à repartir de zéro, à se faire de nouveaux réseaux de clients, d'amis, de relations. Ce qui était à sa portée, non ?

*Oui. Tu partirais dans le Queensland s'il te le demandait. En fait, tu le suivrais n'importe où. Parce que tu l'aimes de tout ton cœur.*

Elle observa Ethan couper sa viande avec des gestes précis et maîtrisés. Il ne la regardait pas franchement, comme si c'était au-dessus de ses forces. Tel un loup épiant sa proie, il lui jetait de temps en temps des coups d'œil en coin. Et Sage gambergeait. Même s'il n'aimait plus Carrie, leur histoire mouvementée le perturbait vraisemblablement et, pas plus qu'elle-même, il ne voulait que son monde vole de nouveau en éclats.

— Ethan, murmura-t-elle en essayant de lui prendre la main sous la table.

Il la repoussa. Gentiment mais fermement.

Plus ils restaient assis là à parler chevaux, abeilles, marchés de producteurs, plus Sage s'éloignait et moins Ethan tentait de la retenir. Elle avait l'impression qu'il éteignait progressivement une lampe entre eux.

Il s'était lassé d'elle parce qu'elle ne s'était ouverte à lui que partiellement, comprit-elle soudain. Si elle ne se décidait pas à se montrer parfaitement franche – au contraire de Carrie –, il partirait et ne reviendrait pas. Et qui le lui reprocherait ?

Sage entendit un jouet tomber par terre au-dessus de leurs têtes. Abigail et le maire étaient montés coucher les enfants et, en bas, l'atmosphère s'était considérablement refroidie. Ethan regardait Sage à la dérobée. Ils étaient seuls.

— Super dîner, dit-il en s'appuyant sur le chambranle de la porte de l'autre côté de la pièce.

Elle hocha la tête mais son esprit était ailleurs car elle était sur le point de faire une confession susceptible de bouleverser sa vie. Elle allait lui avouer ses sentiments et s'inviter dans le Queensland s'il ne le faisait pas.

— Tes parents seraient très fiers de tout ce que tu as accompli ici, Sage, dit-il soudain à voix basse. Mais, écoute, je ne suis pas venu à Amber Creek chercher quoi que ce soit de sérieux.

Sage en demeura sans voix.

— Que veux-tu dire ? finit-elle par bredouiller.

— Simplement que je ne veux pas entamer de relation avec toi.

Il avait la mine terriblement sombre et détournait obstinément les yeux.

— C'est à cause de Bryce ?

— Non. Regardons la réalité en face. Depuis le début, c'était voué à être du temporaire entre nous.

« Temporaire »... Autant dire sans intérêt. Comme s'il volait déjà vers d'autres cieux plus attrayants.

Le cœur de Sage se serra, comme si Ethan l'écrasait dans son poing.

— C'est vraiment ce que tu veux ? demanda-t-elle d'une voix blanche.

Ethan ne la regardait toujours pas. Sage avait l'impression que le sol s'ouvrait sous ses pieds, qu'Ethan lui reprenait lentement mais résolument la sécurité, la confiance en elle, le soutien, l'amour, bref tout ce qu'il lui avait offert.

— C'est parce que tu as peur que je me sauve avec un autre ? Comme Carrie ?

— C'est mieux ainsi.

— Je ne te crois pas.

Il continuait à ne montrer que son profil, le visage fermé. Mais elle resta là, en silence, jusqu'à ce qu'il soit obligé de la regarder. Elle le fixa en espérant que ses yeux exprimaient colère, déception et mépris mais, en réalité, prit-elle conscience, elle lui proclamait son amour, elle essayait de le forcer à reconnaître qu'il la désirait.

Plus il demeurait sourd à sa déclaration muette, plus elle intensifiait son regard et plus il la rejetait.

Il finit par détourner de nouveau la tête. Un camouflet qui anéantit Sage.

— Je me suis complètement trompée sur toi, Ethan.

— Je voulais simplement que tout soit clair avant mon départ, murmura-t-il. Je ne veux pas de malentendus entre nous.

Sage hocha la tête et gagna la fenêtre. Dehors, Storm se régalait d'herbe dans la cour inondée de lumière. Si Ethan croyait qu'elle allait lui donner la satisfaction de craquer devant lui et de le supplier de l'emmener avec lui, il se fourvoyait !

— Sage... Je vais partir à la première heure demain.

— Va-t'en, dit-elle.

Comme elle lui tournait toujours le dos, il ne voyait d'elle que ses jambes qui tremblaient. Mais elle plissait les yeux pour retenir ses larmes et une nausée la menaçait.

— Va-t'en, Ethan, répéta-t-elle. Je dirai à Abigail et Jarrah que tu as été appelé pour une urgence.

Elle l'entendit bouger.

*Ne te retourne pas. Ne lui fais pas ce plaisir. Ne lui crie pas que tu l'aimes.*

Ethan partit sans ajouter un mot. Au moment où la porte d'entrée se fermait derrière lui, Abigail apparut dans l'escalier.

— Le maire leur lit une histoire..., commença-t-elle.

Mais voyant Sage s'affaler dans un fauteuil, elle se précipita vers elle.

Sage lui relata la scène. Après un moment de stupeur en apprenant les propos tenus par Ethan, Abigail réconforta son amie avec tous les arguments que cette dernière avait besoin d'entendre. Entre autres qu'Ethan cédait à la panique parce que, comme tous les hommes, il était incapable de parler ouvertement de ses émotions. En conclusion, elle lui conseilla de le rattraper et de lui avouer ses sentiments.

— J'ai déjà essayé, Abigail !

— Vraiment ? Tu lui as dit « je t'aime, Ethan » ?

Sage étouffa un gémissement dans ses mains. Il savait ce qu'elle éprouvait pour lui. Alors pourquoi ne pouvait-elle le lui avouer clairement ?

— Tu penses ne pas le mériter, observa Abigail. Mais as-tu envisagé la possibilité que tu sois celle dont *lui* a besoin ?

Là encore, Abigail avait raison, songea Sage. Elle devait se montrer courageuse pour une fois. Obnubilée par ses propres traumatismes, elle avait négligé de prendre en compte le fait qu'Ethan était entouré d'autant de murailles et de zones d'ombre qu'elle. Simplement, en côtoyant Ethan, elle avait ouvert une porte dont elle avait même ignoré l'existence et derrière laquelle se cachait le bonheur. Rien ne garantissait qu'Ethan partageait ses sentiments, ou même qu'il accepterait de lui parler si elle le rejoignait à la pension de famille et s'asseyait sur sa valise pour l'empêcher de faire ses bagages. Mais ils avaient dépassé le stade des « et si » et des « peut-être ».

# 17

Debout à la fenêtre de sa chambre à la pension de famille, le regard perdu au loin tandis que les premières gouttes de pluie commençaient à tomber sur les plantes du balcon, Ethan se morfondait. Pourquoi donc avait-il lancé à Sage qu'il ne voulait pas entamer une relation avec elle ? Le mot même de « relation » ne traduisait pas tout ce qu'il avait imaginé vivre avec elle. Depuis qu'il était arrivé à Amber Creek, c'était la même chanson : il était tiraillé entre son désir pour Sage et la crainte de finir en loque humaine comme cela s'était produit avec Carrie.

— Salut, frangine, dit-il quand son téléphone sonna.

— As-tu déjà réservé ton billet d'avion ? Les enfants t'attendent avec impatience.

D'un ton léger frisant la désinvolture, il invoqua les retards dans les vols et la tempête annoncée, mais Jacqueline ne fut pas dupe.

— OK. Qu'est-ce qui ne va pas ?

La douceur dans la voix de sa sœur lui délia la langue.

— J'ai tout gâché avec Sage, ma collègue vétérinaire, parce que je me suis monté la tête à propos d'une broutille.

— C'est à cause du souvenir de ton histoire avec Carrie ?

Jacqueline, qui le connaissait bien, interpréta son silence comme un acquiescement.

— Sage n'est pas Carrie, Ethan. Donne-lui sa chance. Une vraie chance.

La comparaison le hérissa. Ne sachant comment exprimer la

peur viscérale de souffrir de nouveau qui le paralysait, il se mit à arpenter la pièce, envoyant voler au passage un cintre qui traînait.

— Je voulais juste m'amuser un peu. Et puis l'histoire a pris des proportions inattendues… Bref, il faut que j'oublie cette fille.

— Pourquoi ne lui laisses-tu pas sa chance, Ethan ? insista Jacqueline.

— Parce que je ne veux pas.

Jacqueline poussa un long soupir et c'est tout juste si Ethan ne la sentit pas lever les yeux au ciel.

— Je t'adore, Ethan, mais tu es un imbécile. Tu es amoureux d'elle, c'est évident. Ne prends que cela en compte et tout ira bien. Bon, il faut que j'y aille.

Son téléphone toujours collé à l'oreille, Ethan serra son poing libre. Il respirait mal.

— Je ne suis pas amoureux de Sage, marmonna-t-il dans le vide comme pour en convaincre les murs, voire lui-même.

Les mots tombèrent à plat. Le mensonge lui enflammait la poitrine. Il continuait à faire les cent pas entre son lit et la fenêtre.

— Sage n'a pas besoin de moi. Elle est mieux toute seule.

Au même moment, l'image de Sage, hilare, donnant des coups de pied dans la vieille machine à café, surgit devant ses yeux. Quand Sage oubliait la douleur et la culpabilité qu'elle portait comme une médaille, sa joie de vivre arrêtait le temps. Un rire comme le sien, on ne pensait qu'à le prolonger et à noyer ses propres idées noires dans son éclat.

Il garderait gravé dans son esprit jusqu'à la fin de ses jours le visage de Sage quand il l'avait repoussée. Elle lui avait donné l'impression qu'elle ne rirait plus jamais, qu'il venait de lui voler un bien nouveau, précieux et irremplaçable, un bien qu'il avait contribué à lui constituer. Et il l'avait aimée encore plus après avoir commis son forfait, parce que personne ne l'avait jamais regardé avec autant d'amour.

Quand il repensait au nombre de fois où il s'était seriné qu'il ne voulait pas s'engager dans une relation sentimentale, il sentait son ventre se tordre. Parce que c'était faux en ce qui concernait Sage. Simplement… comment être sûr que même si elle venait chez lui, même si elle lui promettait un amour éternel, même si elle lui donnait l'envie de devenir père, elle ne l'abandonnerait pas finalement comme Carrie ? Certes, elle n'était pas Carrie et n'agissait pas comme elle, mais autre chose pourrait arriver qui le ramènerait à la case départ. Il en était donc réduit à lui faire confiance, à la croire incapable de le blesser. Ce qui était le cas, en fait, prit-il subitement conscience. Oui, il avait une entière foi en elle. Malheureusement, il avait détruit tout ce qui existait entre eux. Comment pourrait-elle jamais lui pardonner ?

Il essaya de lui téléphoner. Elle raccrocha. Évidemment ! Pourquoi prendrait-elle un appel de sa part ? Elle devait le haïr à présent.

Il savait qu'elle ne souhaitait pas réellement voir Bryce, qu'elle cherchait seulement à se protéger. Pourtant, au lieu de lui insuffler la confiance en elle dont elle avait encore besoin ou de lui conseiller d'oublier Bryce et de venir avec lui dans le Queensland où ils feraient l'amour dans son bureau, dans la cabane, dans la serre, où elle rencontrerait ses chevaux, sa sœur… Bref. Au lieu de cela, il lui avait claqué la porte au nez.

Il l'appela de nouveau et attendit en se rongeant les ongles… En vain.

— Demain, marmonna-t-il.

Moins une promesse qu'il se faisait qu'une planche de salut. L'infime possibilité restante d'une vie avec Sage si seulement il passait à l'action au lieu de se torturer l'esprit.

Demain, il irait voir Sage pour réparer tout ce qu'il avait cassé, ou au moins essayer d'expliquer les raisons qui l'y avaient poussé.

Sage était rentrée chez elle sous la pluie.

Elle bouillonnait quand elle était allée se coucher et sa fureur avait encore monté d'un cran quand elle se réveilla une heure plus tard seulement, sous des cieux de plus en plus menaçants.

*Comment ose-t-il m'humilier ainsi ? Et pourtant, je l'aime.*

— Tiens, Belle, dit-elle en posant une petite assiette de croquettes sur le lit à côté de la chienne pour épargner sa patte blessée.

Objectivement, il était contraire à toutes les règles de l'éducation canine d'autoriser la chienne à monter sur son lit, mais elle lui apportait un tel réconfort !

Sage enfouit sa tête dans son oreiller. Il était imprégné de l'odeur d'Ethan, l'amant doux et animal qui la dégustait et la vénérait tour à tour et lui laissait tout loisir de l'explorer en retour.

*Comment ai-je pu m'aveugler à ce point sur cet homme et me tromper autant sur la nature de ce qui nous lie ?*

— J'étais allée à la pension pour rattraper la situation, dit-elle à voix haute en jetant l'oreiller par terre, s'attirant la compassion de Belle qui se mit à lui lécher la main.

Au moment où, après s'être renseignée auprès de Babs sur le numéro de la chambre d'Ethan, elle allait frapper à la porte, prête à lui démontrer qu'ils commettraient un crime en renonçant à tenter de sauver le lien qu'ils avaient noué, prête à lui dire que les montagnes russes émotionnelles qu'ils vivaient prouvaient qu'ils se trouvaient sur la bonne route malgré les obstacles qui se dresseraient, prête à lui annoncer qu'elle l'accompagnerait dans le Queensland s'il l'invitait, à ce moment-là donc, elle avait surpris la conversation téléphonique entre Ethan et son père ou sa sœur.

« Je voulais juste m'amuser un peu, et puis l'histoire a pris des proportions inattendues... Bref, il faut que j'oublie cette fille... Je ne veux pas lui donner sa chance. Je ne suis pas amoureux de Sage. »

Plus encore que les paroles, c'était le ton d'Ethan qui l'avait blessée.

Quel gâchis ! En ce moment, il devait être à l'aéroport en train de compter les minutes avant le décollage. La colère qui brûlait la poitrine de Sage se transforma en un déluge de larmes.

Un coup de tonnerre retentit. Sage se redressa d'un coup. L'orage annoncé.

— Reste ici, Belle. Il faut que j'aille voir les autres animaux.

Sage rendit donc visite à ses trois pensionnaires : une tortue, un chat et un wallaby. Elle avait l'habitude d'être seule dans la clinique, ses patients la retenant souvent bien après le départ de ses collègues, mais elle se sentait oppressée ce soir, vraisemblablement à cause d'Ethan. Et l'électricité qui saturait l'air n'arrangeait rien.

Une autre déflagration, plus proche, la fit sursauter de frayeur. Elle se retourna d'un coup vers la fenêtre et ce qu'elle vit la cloua sur place.

*Non ! Non ! Pas encore !*

La foudre avait frappé son bungalow. Des volutes de fumée s'élevaient d'un endroit qui lui était caché. La peur lui nouait le ventre. Non ! Elle ne pouvait affronter un autre incendie ! Et puis soudain, elle se rappela que Belle était coincée dans le bungalow.

Dieu sait comment, elle parvint au téléphone et appela les secours. Mais ils mettraient trop de temps à arriver. Le feu avait entièrement embrasé sa maison à présent. Les flammes sortaient du toit, dévorant avec avidité les bardeaux et le bois sur leur passage. Et Belle était toujours prisonnière à l'intérieur. Les jambes de Sage la propulsèrent dehors.

— Belle ! appela-t-elle inutilement.

Devant ses yeux, les flammes effectuaient une danse étrangement familière. Elle était projetée dans le passé, à cette nuit où les mêmes langues de feu orange avaient léché avec un appétit insatiable les tentes, les arbres, le ciel et l'avaient dépouillée de tout ce qu'elle avait connu et aimé. L'énormité de ce qu'elle s'apprêtait à entreprendre pesait comme du plomb dans sa poitrine. La même terreur qui l'avait tétanisée quand elle était gamine lui labourait les entrailles et menaçait de la paralyser de nouveau.

Mais la pensée de la pauvre Belle terrorisée, encerclée par le feu, l'aiguillonna. Elle n'était plus une enfant. Et maintenant, avec le recul de l'âge, elle comprenait enfin que ce qui était arrivé à ses parents n'était absolument pas sa faute. Parce qu'elle avait laissé la culpabilité et la peur la diriger, elle avait perdu l'amour de sa vie. Mais aujourd'hui, elle ne laisserait pas Belle mourir. Belle avait besoin d'elle.

*Allez Sage ! Tu en es capable.*

La porte, véritable muraille de chaleur, se dressait devant elle. Elle la força et aussitôt des torrents de fumée déferlèrent, se mêlant au vent et à la poussière et l'aveuglant. Elle respirait difficilement. Ses yeux la brûlaient. La lueur du feu sous la porte de la cuisine dessinait des ombres monstrueuses qui dansaient sur les murs comme des représentations de ses peurs les plus effroyables.

*Allez ! Tu en es capable*, s'encouragea-t-elle une nouvelle fois.

— Belle ! appela-t-elle d'une voix rauque, en une supplication désespérée, tandis qu'elle franchissait le seuil en titubant.

Elle suffoquait. Elle avançait à l'aveuglette. Mais elle ne reculerait pas ! Elle ne laisserait pas l'histoire se répéter. Le feu ne lui prendrait plus rien.

Elle n'eut pas le temps d'aller plus loin. Une main s'abattit sur son bras et la tira violemment en arrière. Ethan se tenait là, dans toute sa puissance et sa détermination, et la transperçait de ses yeux bleus avec une intensité égale à celle du feu. Sa camionnette, dont il n'avait pas éteint le moteur, était derrière lui.

— Qu'est-ce que tu fabriques, Sage ?

Elle secouait frénétiquement la tête. Elle ne parvenait pas à s'expliquer la présence d'Ethan.

— Belle est dans ma chambre, Ethan ! Je dois...

Le visage d'Ethan s'adoucit.

— Ne bouge pas d'ici, ordonna-t-il avant de la lâcher et de s'élancer vers la chambre.

— Ethan ! hurla-t-elle alors qu'il disparaissait dans la fumée.

Son cœur s'arrêta de battre. Quand elle voulut de nouveau crier son nom, elle fut prise d'une quinte de toux et fut contrainte de reculer. Elle entendit des sirènes au loin et serra les poings. La pensée qu'elle pourrait le perdre l'empêchait de respirer. Son sang lui martelait les oreilles. Et les secondes s'égrenaient...

Pourquoi était-il revenu ? Il avait pourtant été très clair au téléphone. À moins qu'un morceau du puzzle ne lui ait échappé ? Dans l'état de confusion et de désarroi dans lequel elle s'était trouvée, elle avait peut-être réécrit l'histoire, comme elle l'avait fait avec Bryce. En revenant ici malgré le violent orage, pour la voir manifestement, Ethan avait abattu la forteresse qu'il avait construite autour de ses émotions. Et maintenant il avait plongé dans le brasier. Sans la moindre hésitation. Pour elle. Pour Belle.

— Ethan ! appela-t-elle d'une voix gutturale, de nouveau happée par une terreur abyssale.

Et s'il ne revenait pas ?

Les sirènes approchaient. Elle imagina Ethan luttant contre la fumée et la chaleur du brasier et essaya désespérément de s'accrocher à la pensée qu'il était invincible. Mais le doute l'envahissait aussi vite que l'espoir s'évanouissait, lui murmurant qu'il n'était pas un surhomme. Les secondes paraissaient des heures. Des images d'Ethan suffoquant et terrassé par la chaleur défilaient devant ses yeux. Elle secoua la tête violemment pour essayer de les chasser.

Il était plus fort que tout. Il réussirait.

— S'il te plaît, Ethan, murmura-t-elle d'une voix qui se brisa. S'il te plaît.

Elle avança d'un pas, puis d'un autre. Son corps semblait bouger de lui-même. Elle ne pouvait pas laisser la peur la paralyser encore. Elle allait entrer dans la fournaise, quand une silhouette apparut devant elle.

Ethan !

Il était couvert de cendres et tenait dans ses bras Belle, inerte.

— Va-t'en ! ordonna-t-il d'une voix éraillée par la fumée mais péremptoire en repoussant Sage vers la cour.

En se retournant, elle vit des pompiers sauter de leur véhicule, dérouler des tuyaux en se lançant des ordres. Peu importait que sa maison et tout ce qu'elle contenait soit en train de disparaître. Tout ce qui comptait pour elle à cet instant était l'homme qui la conduisait dans la clinique à l'écart de l'incendie.

Belle commença à reprendre vie dans les bras d'Ethan et il la posa avec précaution. Malgré le chaos qui régnait dehors, Sage attira Ethan pour un baiser qui, espéra-t-elle, contenait tous les mots qu'elle n'avait pas dits et n'aurait toujours pas pu prononcer avec la meilleure volonté du monde.

— Ethan, balbutia-t-elle enfin, les mains dans ses cheveux gris de cendres. Je n'aurais pas survécu si tu étais mort. Mais que fais-tu ici ?

Dans un geste plein de tendresse, il la prit par la nuque et la serra contre lui.

— Tu allais entrer dans le brasier, Sage, répondit-il en lui caressant la joue avec son pouce. Toi ! Tu te rends compte de ce qui aurait pu t'arriver ?

— Je ne pouvais pas laisser Belle mourir.

— Et tu aurais fait la même chose pour tes parents si tu avais pu. Si tu n'avais pas été une gamine terrorisée. Tu comprends ça maintenant ?

Elle ferma les yeux et appuya son front contre celui d'Ethan.

— Oui, oui. Je comprends maintenant.

— J'ai parlé de toi à ma sœur, dit-il par-dessus le vacarme de l'eau jaillissant des lances à incendie et des cris des pompiers. Elle m'a gentiment fait remarquer que j'étais en plein déni. Je t'aime, Sage. Pour de bon. Je suis amoureux fou de toi.

Le cœur de Sage s'emballa sous les baisers dont il la couvrit tandis que Belle se redressait, un peu perdue mais apparemment saine et sauve.

— J'ai entendu ta conversation à la pension de famille, avoua-t-elle contre la bouche d'Ethan. J'étais venue te parler après ton départ de chez Abigail. Je croyais...

— Quoi ? s'alarma-t-il comme elle hésitait. Que croyais-tu ?

— Je croyais t'avoir entendu dire que tu ne m'aimais pas. Que nous prenions juste du bon temps ou quelque chose comme ça.

Un rire nerveux lui échappa et elle secoua la tête.

— Mais j'ai raté une partie de la conversation, c'est ça ?

Ethan lui prit le visage entre ses mains et essuya les salissures sur ses joues.

— Tu as entendu ma peur s'exprimer, Sage. Ma peur d'admettre mes sentiments pour toi. Mais nous devons nous parler, Sage, ne plus rien nous cacher. OK ? Nous réglerons tous les problèmes, à condition d'en discuter.

C'est alors que dans la façon dont ses yeux brillaient, dans l'infime tremblement de ses mains qui tenaient les siennes, elle sentit son amour. Et aussi sa vulnérabilité, qui la toucha en plein cœur. Comment avait-elle pu vouloir s'expliquer avec Bryce quand elle avait Ethan à côté d'elle ?

À ce propos, il fallait qu'elle prévienne son ex de ne pas faire le voyage.

— Si je t'ai repoussé, Ethan, et je t'ai incontestablement repoussé, c'est que j'avais peur de perdre encore quelqu'un que j'aimais. Et toi…

— Moi, je pense que tu devrais venir dans le Queensland avec moi, termina-t-il en lui levant le menton pour qu'elle le regarde. Qu'en dis-tu ?

Sage eut l'impression qu'on la libérait de ses chaînes et un grand sourire éclaira son visage.

— Ta proposition, ce n'est pas uniquement parce que tu as pitié d'une sans-abri qui a perdu sa maison dans un incendie ? plaisanta-t-elle.

— Non. C'est parce que je t'aime, répondit-il en lui souriant en retour. Combien de fois veux-tu que je te le répète ?

— Autant que tu veux. En fait, n'arrête jamais.

Là-dessus elle l'embrassa de nouveau. Elle savait à présent qu'elle irait n'importe où avec lui et pour lui. Qu'un avenir radieux s'annonçait.

# Épilogue

Juchée sur le bord de la véranda, les jambes ballantes, Sage buvait la limonade au miel qu'elle avait fabriquée avec Kara, Jayson et quelques autres enfants de l'école locale, et s'emplissait les poumons du parfum apaisant des eucalyptus autour de la maison. Ethan était assis à côté d'elle, les yeux braqués vers l'endroit où le nouveau cheval boiteux devait bientôt apparaître.

— Je vais avoir du pain sur la planche avec celui-là, mais ça va le faire, dit-il avec la sérénité qu'il affichait toujours à l'égard des pensionnaires de son centre équin du Queensland.

— Comme toujours.

Les chiens, une bande hétéroclite de corniauds qu'ils avaient sauvés, étaient paresseusement allongés à leurs pieds. Dans le paddock Joey, un kangourou que Sage avait recueilli quand il était bébé, effectuait sa gymnastique matinale. Chacun de ses bonds était un défi aux lois de la gravité et Sage éclata de rire quand il se mit à courir après un oiseau. Tous les enfants l'adoraient.

Le système d'irrigation qu'ils avaient installé fonctionnait à la perfection et ils avaient récemment organisé un atelier en ville pour apprendre aux habitants intéressés à récupérer les eaux usées et de pluie.

Ethan passait le plus clair de ses journées avec les chevaux. Sage, elle, dirigeait la petite clinique qu'elle venait d'ouvrir dans une partie de la maison et qui connaissait un succès croissant. À l'occasion, Ethan venait lui prêter main-forte.

Parallèlement, elle qui jusque-là avait été trop occupée à s'auto-flageller pour se faire des amis, s'était inscrite à plusieurs clubs et menait une vie sociale très active.

Instinctivement, elle posa sa main sur son ventre qui commençait tout juste à s'arrondir. Trois mois de grossesse, et déjà la petite vie en elle éveillait un amour protecteur qu'elle n'avait pas soupçonné.

— Comment te sens-tu ? demanda aussitôt Ethan en couvrant de sa grosse main rassurante celle de Sage. Tu as encore des nausées ?

— Ça va mieux aujourd'hui.

Au début, l'attitude protectrice, presque tyrannique, d'Ethan l'avait irritée, en particulier quand il avait refusé qu'elle parte à cheval seule, mais elle avait vite compris que son comportement était uniquement dicté par son amour pour elle et elle lui savait gré à présent de son soutien indéfectible.

Sage pensait de temps en temps à sa maison d'Amber Creek qui avait été reconstruite après l'incendie. Seul son tourne-disque avait été sauvé des décombres et, lorsque Abigail et le maire étaient venus leur rendre visite, ils le lui avaient apporté.

— À quoi penses-tu ? s'alarma Ethan, toujours attentif, en posant sur elle son regard bleu quand il la vit respirer à fond.

— Au nom que nous allions donner au bébé. J'en ai déjà un en tête. Celui de mon père si c'est un garçon et de ma mère si c'est une fille.

Tout en parlant, elle l'observait avec un peu d'inquiétude. Mais la réaction d'Ethan la rassura instantanément.

— Anthony ou Caroline ? J'adore. Tes parents seraient fiers.

Son enthousiasme se transforma en une tendresse qui enveloppa Sage dans un cocon douillet.

— C'est vrai ?

Le doute dans sa voix, un vestige de ses anciennes angoisses, disparut complètement dès qu'Ethan la souleva de terre en l'embrassant.

— On ne peut plus vrai, répondit-il en s'écartant un peu pour la regarder dans les yeux. C'est parfait.

Un craquement sur la véranda leur fit tourner la tête. John, le père d'Ethan, sortait de sa partie de la maison, un panier d'œufs à la main. Son sourire entendu leur apprit qu'il avait surpris la fin de leur échange.

— Bonjour, tous les deux, cria-t-il en approchant d'une démarche identique à celle d'Ethan. Œufs frais pour le petit déjeuner.

— Merci, papa, dit Ethan en repoussant la paperasse qui encombrait la table.

Sage étudia le visage de John. Il était empreint de la sagesse que conférait l'âge et d'une gentillesse naturelle dans laquelle elle puisait quand elle en avait besoin. La cohabitation avec lui ne posait aucun problème, bien au contraire. John lui avait en fait apporté un apaisement inattendu en comblant le vide laissé par la mort de son propre père. Bien sûr, il ne le remplaçait pas – personne ne le remplacerait jamais – mais sa présence adoucissait sa peine et elle savait avec une certitude absolue que ses parents l'auraient adoré eux aussi. Ils auraient tout adoré ici, en fait.

D'après Ethan, son père avait changé. Il était moins abattu et avait recouvré sa vitalité de jadis. Et ce, seulement grâce à à Sage. Ethan aussi était probablement différent. Sage et lui étaient en cours de reconstruction, mais leur relation fonctionnait. Parce qu'ils communiquaient. Et parce qu'ils s'aimaient.

— Des projets pour aujourd'hui ? demanda John avec une lueur complice dans l'œil.

— Non, on traîne et on se repose, répondit Sage. Je pensais passer quelques coups de fil aujourd'hui pour annoncer ma grossesse.

— Parfait, parfait, acquiesça John.

Puis il regarda Ethan et dit avec douceur :

— Tu sais, fiston, je suis extrêmement fier de la famille que tu fondes. Ça va être un immense bonheur pour vous. Pour nous tous.

Sage sentit son cœur se gonfler.

— Appelons Abigail en premier, proposa Ethan en serrant tendrement les doigts de Sage.

Ses yeux bleus étincelaient d'une impatience qui ravit Sage. Ils allaient annoncer une grande nouvelle, qui changerait leur vie et susciterait beaucoup de commentaires. Abigail allait exploser de joie.

Sage venait de cesser la contraception quand l'apparition du trait bleu sur le test de grossesse avait provoqué chez elle des larmes d'allégresse et d'appréhension dans les toilettes d'un centre commercial de Brisbane. Pourquoi de l'appréhension ? Parce qu'elle n'avait pas la moindre idée de la façon de s'y prendre avec un bébé. Mais Ethan avait vite étouffé ses craintes. Il était convaincu qu'ensemble ils pouvaient tout surmonter. Il suffisait d'ailleurs à Sage de regarder la propriété autour d'elle pour lui donner raison.

— Abigail ? C'est Ethan. Tu peux mettre le haut-parleur, s'il te plaît ? Sage a quelque chose à te dire.

La communication grésilla un peu avant que la voix familière et chaleureuse d'Abigail ne leur parvienne.

— Bonjour, vous deux ! À quoi dois-je ce plaisir ?

— Bonjour, répondit Sage dont le cœur se mit à caracoler. Nous voulions que tu sois la première à l'apprendre...

Elle prit une profonde inspiration et s'appuya sur le regard d'Ethan pour achever :

— Je suis enceinte.

Il y eut un moment de silence médusé, puis Abigail poussa des hurlements à réveiller tout le pays.

— C'est pas vrai ! Tu es sérieuse ? Félicitations !

De soulagement, Sage éclata de rire. Elle venait d'être libérée d'un poids qu'elle n'avait pas eu conscience de porter.

— Nous sommes aux anges, avoua-t-elle.

— Je voudrais pouvoir te prendre dans mes bras ! s'écria Abigail et Sage cligna des yeux pour retenir ses larmes. Tu te rappelles le jour de votre mariage, Sage ? Quand les gamins ont couru après les poules dans le poulailler et ramassé les œufs comme si c'était un trésor ? Maintenant, ils vont avoir un cousin ou une cousine pour leur apprendre les secrets de la vie dans une ferme.

— Ça a été une belle journée, dit Sage ramenée cinq mois en arrière.

— Oui, magique. Depuis, Kara et Jayson insistent pour aider à trier les déchets et à jeter le marc de café sur le compost. Je ne sais pas comment tu t'y es prise. Ils veulent venir vous voir le plus vite possible.

— Ils sont les bienvenus.

Sage sourit au souvenir des frimousses émerveillées des enfants de son amie et de leurs élégantes tenues de mariage tachées de boue.

— Nous allons devoir te laisser, intervint Ethan. Nous accueillons aujourd'hui un cheval qui va avoir besoin de notre savoir-faire et de notre amour.

— Bien sûr ! Prenez soin de vous et de ce petit miracle. Je vous embrasse très fort.

— Nous aussi. À plus, Abigail.

Sage se laissa aller contre le dossier de son fauteuil. Elle se sentait incroyablement légère. Elle jeta un coup d'œil à Ethan qui, déjà perdu dans ses pensées, guettait l'arrivée du cheval. Elle n'en revenait pas d'être ainsi gâtée par la vie. Bientôt ils ne s'occuperaient pas que d'animaux. Ils élèveraient leur enfant.

— Ah ! Voilà mon nouveau pensionnaire et son propriétaire, annonça Ethan. Je peux te laisser seule le temps d'aller les voir, madame Matthews ? Ça va aller ?

Il tendit la main pour repousser une mèche folle du visage de Sage et se pencha pour embrasser son ventre.

— Ici, ça ira toujours, monsieur Matthews, répondit Sage en plantant ses yeux dans ceux de son mari.

Elle savait avec une certitude absolue qu'elle était vraiment chez elle et en sécurité et qu'il en irait toujours ainsi tant qu'Ethan serait à ses côtés.